Huguette Clara

PIERRES VIVES

CHRONIQUES DE COURAURGUES
TOME 2

roman

Relecture et corrections : Claude Damais, Anne Damais-Cepitelli

Autres contributeurs : Serge Pesce , Sophie Reynier-Clara, Jean Louis Clara

Édition : BoD · Books on Demand, 31 avenue Saint-Rémy, 57600 Forbach, bod@bod.fr
Impression : Libri Plureos GmbH, Friedensallee 273, 22763 Hamburg (Allemagne)
ISBN : 978-2-3225-7175-8
Dépôt légal : Avril 2025

« *Amor mi sprona in un tempo et affrena*

assecura e spaventa, arde e agghiaccia,

gradisce e sdegna, a sé mi chiama et scaccia,

or mi tene in speranza et or in pena »

Petrarca, sonnet CLXXVIII

Amour m'aiguillonne et me freine à la fois

Me rassure et me fait peur, me brûle et me glace

Me séduit et me dédaigne, m'appelle à lui et me chasse

Tantôt soutient mon espérance, tantôt ma douleur

1

Il savait qu'il suffisait d'attendre. Avec patience. Il connaissait la patience, son métier la lui avait apprise. Il devait la cultiver et l'utiliser comme on utilise un outil de travail. Il n'avait qu'une chose à faire : provoquer la lumière. A un moment, par lassitude, depuis toutes ces années où il se jouait d'elle, la lumière cédait. Car elle cédait toujours. Cette lumière si unique, si jalouse, finissait par faire ce qu'il voulait, lui, Augustin le berger, qui, d'une certaine manière, savait la maîtriser. Il y était habile même si, chaque fois, il tremblait de ne pas voir le miracle se renouveler.

Jusque là, la lumière ne l'avait jamais trahi. Elle lui avait toujours donné ce qu'elle ne donnait à personne. C'était un secret entre eux, une sorte de pacte. Il lui devait beaucoup. Sa survie sans doute. Sans cette lumière éblouissante du soleil, pleine de facéties et de promesses, il n'eût pas pu continuer de vivre seul dans la montagne. Il n'avait que son troupeau pour compagnon, ces brebis pleines de sagesse, qui connaissaient tout de sa vie et qui manifestaient le même mépris que lui pour la compagnie des hommes. Toute la journée, il arpentait, les sentiers bordés de thym et de lavande qui serpentaient entre les rochers, ces autres compagnons dont le silence le réconfortait et qui savaient se montrer coopératifs quand la lumière l'ordonnait, quand le moment arrivait.

Et dans le soleil qui brûlait ses yeux à force des promesses et des certitudes que ses rayons, plombant droit sur sa tête, lui asséwnaient, plein de confiance en cette lumière sans mensonge, il la voyait paraître, au creux des rochers, comme si elle naissait d'eux, telle qu'autrefois il l'avait aimée. Elle le regardait sans honte, défaisait son caraco dans un geste d'offrande, libérait ses seins blancs, et roulait lascivement les rondeurs de ses hanches d'un rocher à l'autre. Elle disparaissait entre les rochers, comme dans les bras d'un amant qui l'eût aimée plus que la lumière du soleil, plus que le bleu du ciel et bien plus qu'Augustin lui-même. Puis, elle ressurgissait le moment suivant, encore plus belle, encore plus tentante, offerte. Les rochers étaient complices. Ils offraient son corps à Augustin, comme sur un écrin de soie précieuse. Et le désir devenait plus grand et plus profond, avec les années.

Il y avait eu tellement d'années. Il aurait pu en faire le décompte, mais il ne savait pas beaucoup compter. Ces années avaient été toutes bien remplies grâce aux sortilèges de la lumière. Il n'avait pas perdu son temps.

Si par hasard, la lumière, au bout de la journée, avait omis de répondre à ses provocations, une agitation le prenait, qu'il ne pouvait maîtriser. Alors Augustin laissait son troupeau divaguer toute la nuit. Il arpentait les sentiers en tous sens, dans le noir, guidé seulement par la lueur des étoiles, se perdant encore, malgré la connaissance précise qu'il avait des recoins les plus cachés de la montagne.

Il n'aurait pu dire combien de milliards de pas il avait faits parmi les rochers, sur ces sentiers escarpés. Ni combien de pierres avaient roulé sous ses pieds, le propulsant en avant dans son infatigable recherche. Ses pas avaient fini par prendre racine parmi les pierres. Des racines si profondes, impossibles à arracher, même après sa mort. Il sentait sous ses pas une vibration, la respiration de la terre. Son cœur battait au rythme de cette respiration qui lui assurait de vivre. La terre était son amie, la montagne entière était son amie et jamais elle ne l'oublierait, comme lui-même n'oublierait jamais Apolline.

C'étaient les seules certitudes de sa vie et tout ce qui comptait pour lui.

Avec le temps cependant, la lumière était devenue plus tyrannique. Elle brûlait ses yeux sans pitié avant de lui offrir ce qu'il attendait d'elle. Elle entrait dans son esprit et errait en lui, le laissait hagard pendant des heures, comme saoul de vin, sans espoir de voir renouvelé le prodige. Lorsqu'il sentait son hostilité, ses pas devenaient plus lourds, s'enfonçaient plus profondément dans la terre, comme prisonniers d'elle. La lumière était alors si cruelle qu'elle le laissait à nu, son secret dévasté. Plus aucun coin d'ombre n'était permis à son cœur où le tenir caché. Il pouvait s'asseoir au milieu des rochers et hurler tout le temps qu'il voulait, cela ne changeait rien. Quelquefois, il faisait un grand feu pour la combattre, pour essayer de la provoquer encore. Il se souvenait des feux qu'il faisait la nuit pour qu'Apolline retrouve son chemin quand elle venait le rejoindre, toute jeune fille, en cachette de son père. Puis elle s'était mariée. Il avait su qu'elle avait eu un enfant. Il avait cru qu'elle ne reviendrait plus. Il avait fallu des années d'attente et d'errance, de prières aux rochers et à la lumière. Et elle était revenue. Il n'avait jamais douté de son amour.

Depuis quelques temps à nouveau, elle lui faisait faux bond. Il y avait des semaines qu'il l'attendait, allant d'un rocher à l'autre comme une âme en peine. Ne sachant plus quoi faire, il était arrivé jusqu'au ravin Pigouret. Comme il y avait trouvé un arbuste mort, il avait eu l'idée de rassembler quelques branches et de leur donner le feu. Il pouvait apercevoir l'autre bord du ravin où d'énormes rochers gris étaient en équilibre au-dessus du vide, et dormaient au soleil, indifférents à la présence d'Augustin. C'est alors que, répondant à l'appel des flammes, la lumière céda une fois encore. Apolline était là. Mais loin, si loin que, dans la fumée du feu naissant, les pauvres yeux d'Augustin ne pouvaient pas bien la voir. C'était pourtant bien elle. Elle avait cette façon de rouler son corps contre les rochers qui la portaient et la caressaient, car ils la savaient précieuse au cœur d'Augustin. Elle avait aussi ce geste unique en défaisant son caraco et en offrant à la lumière la blancheur de son corps nu. Il connaissait bien le geste qui faisait tomber le jupon par terre. Combien de fois, autrefois, n'en avait-il pas défait les lacets. C'était il y avait bien longtemps, bien avant qu'Apolline ne devienne ce sortilège que la lumière rendait impalpable, tout en le révélant à ses yeux. Aujourd'hui, elle était toujours aussi belle, son corps nu blanc, dans le soleil. Elle ne bougeait plus. Il la regardait et il retrouvait peu à peu l'apaisement. Il savait que ce bonheur permettrait à son vieux cœur de battre encore pendant longtemps à l'unisson de celui de la montagne.

Assis au bord du ravin Pigouret, Augustin était tout à sa contemplation quand tout à coup, l'homme arriva. Un homme dont on ne pouvait voir le visage caché sous un étrange chapeau. Il avait surgi d'on ne savait où. Les yeux d'Augustin, avec le temps, étaient devenus si faibles, qu'il ne pouvait voir qu'une chose à la fois. Et il avait pris soin de ne pas détacher une seconde son regard d'elle, tant il avait peur de troubler la lumière qui avait accepté de lui faire encore une fois ce cadeau, après tant de jours d'attente et de désespoir.

L'homme, il ne l'avait ni vu ni entendu venir. Lui aussi avait dû rester un moment à l'affût de la lumière. Mais maintenant il se précipitait sur Apolline. Augustin voyait les deux corps ne faisant qu'un dans un affrontement sauvage. Il était trop tard pour courir au secours d'Apolline. Il fallait traverser ce ravin qui était profond et la distance n'était pas petite. Il se mit à hurler pour dire à l'homme de cesser. Ce dernier se retourna. Mais les grands gestes d'Augustin et sa houppelande qui volait au vent ne l'arrêtèrent pas. Il lui répondit par des signes de menace et lui cria de disparaître. Puis tout se passa très vite. Elle se rhabillait précipitamment, comme prise de panique. L'homme se mit à lui parler fort, à la brutaliser. Ils se disputèrent violemment, Augustin toujours hurlant et impuissant de l'autre côté du ravin. Puis l'homme, comme pris d'une exaspération incontrôlable, lui asséna des coups, tant de coups qu'elle tomba à terre inanimée. L'homme se frotta les mains l'une contre l'autre. Il chargea le corps sur son épaule comme il l'eût fait d'un sac de blé. Et après un dernier coup d'œil à Augustin, il entreprit de descendre.

L'homme était jeune et marchait vite. Mais Augustin devait aller au secours d'Apolline. Le soleil avait disparu à l'horizon lorsqu'il arriva de l'autre côté du ravin. Il reconnut le rocher au pied duquel la jeune femme était tombée. Juste à cet endroit, il y avait un objet. Il sut tout de suite ce que c'était. C'était un gage qu'Apolline lui laissait pour l'assurer de son amour et quelque indication pour la retrouver. Exactement comme autrefois. Ils utilisaient des messages de cette sorte, déposant un objet, comme une promesse, à l'endroit du prochain rendez-vous. Le père d'Apolline les aurait tués tous les deux s'ils avaient surpris leur secret.

Il n'eut qu'à se baisser pour ramasser la minuscule boîte. Il ouvrit le couvercle d'écaille décoré de lettres entremêlées qui brillaient dans l'ombre. Un papier y était plié menu. Augustin ne s'était pas trompé. C'était la première fois qu'il recevait d'Apolline une lettre d'amour. Assis à terre, il caressa longtemps la lettre, avant de la replier et de la ranger soigneusement dans la petite boîte. Il ne savait pas lire. Mais Prudence, elle, savait. Elle allait trouver ce que contenait cette feuille toute blanche et à quel endroit se cachaient les mots. Il ne pouvait compter que sur Prudence pour l'aider.

2

Il aimait plus que tout le bruit de succion que faisait son cheval en buvant. La subtile aspiration et les borborygmes qui s'en suivaient, indiquaient l'application que la bête y mettait, comme si elle avait compris que, dans ce pays où la sécheresse laissait la terre et ses habitants assoiffés pendant des mois, l'eau était un don précieux. La survie des hommes et des bêtes dépendait d'elle qui les unissait dans le même destin. La bête semblait savoir tout cela mieux que les hommes. Le plaisir évident qu'elle mettait à enfoncer son menton dans l'eau claire, levant la tête et la secouant, avec de grands élans joyeux de l'encolure, soufflant et faisant voler des gerbes de gouttelettes que le soleil du soir enflammait de ses rayons d'or, ce plaisir dans lequel il reconnaissait le sien, la lui rendait plus attachante encore. C'est pourquoi il lui devait bien cette courtoisie qu'était un arrêt à l'abreuvoir, avant le nouvel effort qu'il allait lui demander.

Après les longues chevauchées de l'après-midi qui l'avaient mené d'une bergerie à l'autre, et de hameau en hameau, le brigadier Achille Marino rentrait à Couraurgues. Dans l'étroite écurie, qui lui servirait de quartier général jusqu'à l'inauguration de la gendarmerie, il bouchonnait son cheval, réajustait son harnachement, et après avoir étrillé la queue pour la libérer des brindilles et de la poussière de la longue journée de marche, il cirait ses sabots qu'il rendait brillants comme les boutons de son uniforme. Il vérifiait ensuite la bonne tenue dudit uniforme. Puis, il revissait soigneusement son bicorne sur sa tête. Le brigadier

Achille Marino et sa monture étaient fins prêts pour la ronde du soir. Il ajustait les rennes, dressait le buste et entreprenait l'ascension du village par les rues empierrées où il fallait se garder de la moindre glissade.

Le brigadier avait à cœur de bien s'entendre avec cette bête dressée tout exprès pour soutenir sa mission, car il avait conscience que son prestige tenait tant à celui de son propre uniforme qu'à la prestance de sa monture. En quelque sorte, de cet ensemble parfait que le couple formait, dépendait sa carrière, bien qu'il ne fût pas homme à n'avoir que celle-ci en tête, contrairement à certains de ses supérieurs qui se faisaient mener par elle comme par une maîtresse. En réalité, il n'avait aucun doute à son sujet, convaincu que sa carrière était devant lui et qu'elle allait profiter, sous peu, du choix que la préfecture avait fait d'établir un poste de gendarmerie à Couraurgues.

Ce chef-lieu de canton avait maintenant assez d'importance pour mériter qu'une brigade y fût détachée. Quelques années auparavant, des événements obscurs s'y étaient produits au cours desquels l'inspecteur Debrume, mandaté par la préfecture, s'était brillamment distingué. Le brigadier ne savait pas en quoi exactement avaient consisté ses exploits. Mais l'inspecteur était devenu une sorte de héros dans le village. Après avoir quitté la police, il était venu s'y installer, pour y couler une retraite paisible, malgré son jeune âge. Depuis, le village n'avait plus connu ni délits, ni assassinats.

Le brigadier Achille Marino se faisait fort d'être lui aussi pour quelque chose dans le maintien de la paix et de la concorde entre les villageois, conformément au but assigné à sa mission. Son rutilant uniforme, digne reflet de la magnificence du pouvoir, y était pour beaucoup. Il faisait grande impression. Seul, parmi cette population de paysans et de bergers, le brigadier Marino était porteur des insignes de l'Empire, qui assuraient la puissance de la loi à coups de dorures et de galons. C'était dire que le harnachement de son cheval devait être à la hauteur. Voilà pourquoi il ne sortait jamais dans les rues sans avoir d'abord astiqué ses sabots et lustré son poil, le pansant chaque jour avec le plus grand soin, ne lui mesurant jamais l'avoine. Certes, la bête lui en savait gré. Elle lui obéissait au doigt et à l'œil. Elle faisait état de son habileté de cavalier. On se poussait du coude à son passage. Certains le saluaient militairement, ce qui n'était pas pour lui déplaire. Car, s'il se donnait à sa mission sans retenue, il aimait que sa valeur fût reconnue.

Ce soir-là était comme tous les autres soirs. Coiffé du bicorne grâce auquel on identifiait sa silhouette de loin, et qui était sa plus sûre protection contre les malfaiteurs, il avait fait son entrée par la porte d'Occident que le dernier soleil caressait encore, faisant étinceler les galons de son uniforme, avant que le cheval n'engageât ses pas dans le dédale des rues sombres. Il atteignait ainsi la place du lavoir que les lavandières avaient déserté, à cette heure, pour préparer le repas du soir. Sur les pierres arrondies et lissées à force de passage, les sabots du cheval se posaient avec précaution. C'était avec la même précaution que le cavalier scrutait les recoins des rues, les escaliers des caves qui s'enfonçaient sous des voûtes sombres, à l'ombre desquelles poussaient des touffes d'orties et qui pouvaient cacher tous les crimes. Les contrevents n'ayant pas encore été tirés, il s'assurait, en regardant par les fenêtres, du bon déroulement des occupations domestiques, qui, après la force de la loi, étaient le mieux à même de garantir la paix parmi les populations.

Le village était résolument calme. Marino avait beau s'appliquer, pas plus que les autres jours il ne trouvait de quoi assouvir le désir d'action qui le taraudait et qui, comme toujours, se transformerait en un ennui dont il aurait toutes les peines du monde à supporter le poids, pendant les heures solitaires qui allaient suivre. Le village, rendu par ses soins désespérément calme, n'offrirait rien à mettre sous la dent d'un sous-officier en mal de quelque prouesse apte à élargir son autorité aux plus sceptiques. Les journées étaient longues, les soirées encore plus. Il devait se contenter, comme il le faisait depuis des mois, du cérémonial dont il revêtait ses rondes, pour lui tenir lieu d'action et apaiser son esprit. Il mettait donc toute la conviction dont il était capable à promener sa belle allure le long des rues où l'activité journalière avait peu à peu cessé. Bientôt le village serait désert. Les portes se refermeraient hermétiquement sur les secrets de ces vastes cuisines où se réunissaient les familles, autour de la table éclairée par la lueur parcimonieuse de quelque *calen* qui pendait aux poutres du plafond. Puis, Couraurgues s'abîmerait dans un profond sommeil. Déjà tout y était en ordre pour la nuit. Le maréchal-ferrant avait éteint la forge. Et le brigadier ne rencontrait plus, pour saluer son passage, que quelque vieillard assis sur le banc de pierre, devant la porte de sa maison, son bâton entre les jambes, à attendre la soupe du soir, réchauffant ses os glacés à la dernière chaleur de l'été finissant.

Ayant dépassé la forge de Paterne Cavadaire, le cavalier faisait une halte après la montée qui l'avait conduit à la placette du four. Par la porte grande ouverte, il pouvait voir le boulanger attelé à sa besogne, s'affairant autour des flammes qui illuminaient la noirceur de la voûte. Le brigadier profitait d'un régime de faveur, de même que l'ex-inspecteur Debrume. On gardait pour eux, à l'abri de la convoitise des gourmands, les fines michettes, produites en petites quantités comme les choses rares. Il avait déjà dans le nez le parfum subtil qui envahirait les rues demain matin.

Le brigadier Achille Marino mettait toujours pied à terre devant la maison de Debrume pour le saluer. Même s'il avait donné sa démission, l'ex-inspecteur restait un congénère. Il était plus à même que quiconque de comprendre et approuver sa façon de procéder dans la surveillance étroite à laquelle il soumettait le village. Mais certains soirs, il avait beau actionner la main de cuivre, cette main féminine qui tenait délicieusement une boule dans sa paume, personne ne lui répondait. L'ex-inspecteur n'était pas encore rentré.

En remontant à cheval, il entendait chaque soir les mêmes cris. Il n'y prêtait plus attention. C'était le vieil Augustin qui arrivait au pas de charge avec des hurlements de chat égorgé. La mère Malmaure sortait de chez elle et le même dialogue recommençait, identique à celui de la veille. :
- Prudence… Prudence !!! Je l'ai vue… aujourd'hui, je te dis que je l'ai bien vue ! criait-il.
- Qui ?
- Apolline, vous savez bien ! Apolline ! Apolline !
- Mon pauvre Titin, si elle est au cimetière depuis des lustres, notre pauvre Apolline…

Les cris d'Augustin n'émouvaient plus personne. Quand on le croisait, on se contentait de répondre à ses propos par un acquiescement condescendant. On l'aimait bien. On savait que, quand il n'était pas sous l'emprise de ses délires, il était capable de rendre de petits services.
- Non, elle n'est pas au cimetière. Puisque je l'ai vue, de mes yeux, vue… Je pouvais presque la toucher… Apolline !

Prudence Malmaure n'avait pas le temps de poser son fuseau tant elle mettait de hâte à répondre aux hurlements désespérés qu'elle connaissait bien. Elle était peut-être la seule à savoir quoi dire au vieil homme pour calmer sa douleur.

- Oui Titin, tu me dis ça chaque fois. Je sais, je sais... Allez, viens boire un coup.

Elle refermait la porte au nez du brigadier, jugeant dangereux d'étaler un secret de famille devant un étranger. Le brigadier avait assisté à la scène tellement de fois qu'il haussait les épaules et reprenait sa marche. Il continuait sa ronde vers la place de la mairie, en espérant que les ouvriers qui devaient construire la nouvelle gendarmerie étaient enfin arrivés.

Ce soir-là pourtant, qui ressemblait tellement à tous les autres soirs, il n'entendit rien. Ni la voix éraillée d'Augustin, ni les dénégations de Prudence Malmaure. Debrume n'était pas chez lui, ce qui était fréquent. Mais ce qui était nouveau, c'était ce silence, ce calme insolite dû à l'absence des acteurs habituels de la farce qui se jouait là tous les soirs. Il était pourtant bien la même heure. Il vérifia à sa montre à gousset. Il hocha la tête, sans penser que ce silence pouvait avoir une quelconque signification. Il haussa également les épaules pour la seconde fois et continua sa route sans plus y penser.

Pas un instant il ne lui vint à l'esprit que ce deuxième haussement d'épaule était un geste malencontreux qui laissait toute sa place au hasard et à la négligence, la plus mauvaise prévention contre le crime. Le brigadier avait trop peu d'imagination pour entrevoir ce que pouvait cacher l'agitation habituelle d'un berger un peu demeuré. S'il avait pu le faire, il aurait anticipé les évènements qui allaient mettre en danger l'ordre public, cet ordre établi au moyen de la lourde discipline qu'il s'imposait pour mieux la faire peser sur les autres. Son esprit manquait d'agilité pour soupçonner que quelque chose allait avoir lieu, qui, de longtemps, ne lui donnerait plus le loisir d'observer l'avancement des travaux de la nouvelle gendarmerie, cette bâtisse qui devait rendre à sa fonction la stature qu'elle méritait et le prestige que le fait d'être relégué dans les quartiers reculés du village, avait passablement ébréché.

<u>3</u>

« (…) *Le jour où je vous ai vue pour la première fois, sans aucune prudence, j'ai mis le pied dans votre mystère, et votre mystère a dévoré ma vie. Croyant la retrouver en vous, j'ai perdu Céleste une seconde fois. En vous voyant pour la première fois, j'ai cru que vous l'aviez rappelée d'entre les morts pour l'engloutir, en dépit de sa volonté, dans les arcanes de votre esprit qui n'a de pitié pour rien ni pour personne. Si les morts ont encore quelque souhait, s'ils sont encore capables de quelque choix, hors de notre volonté à les faire revivre dans notre cœur, vous ne les avez pas respectés. Vous avez revêtu Céleste de la parure de votre mystère. L'incandescente brume que vous avez déversée sur elle, a eu le pouvoir de faire disparaître à mes yeux sa silhouette, ainsi que les linéaments de son visage. Et pourtant je les connaissais au point que j'étais capable, du bout de mes doigts, de les redessiner dans le noir, avec une précision qui me la rendait vivante. J'ai perdu à jamais Céleste en perdant cette faculté à la faire revivre par la pensée. Dès que je cherche à la revoir, c'est votre image que je vois se superposer à la sienne. Je n'ai plus la faculté de démêler laquelle est l'image, laquelle est le reflet. Les deux figures s'emmêlent, s'annulent l'une l'autre. Voilà ce que vous avez fait de ce qui m'était le plus cher. Comment pourrais-je avoir de l'amitié pour vous ?* »

Debrume constata que la mèche de la lampe à pétrole envoyait une flamme trop vive. Il fallait en surveiller la consommation et ne pas chauffer le verre jusqu'à le faire éclater. Dans le pays, le pétrole lampant était une denrée rare et il n'était pas sûr que le petit commerce de la place de la Combe, seule boutique du village, possédât quelque verre de rechange. Il faudrait attendre le passage des boutiquiers ambulants qui venaient régulièrement installer leur étal sur la place, pour le remplacer. Il baissa donc la mèche et constata que la réserve dans le récipient de verre était bien entamée. Voilà ce qui faisait le charme de la vie dans ce village coupé du monde. Tout y était rare, et il aimait cette rareté qu'il goûtait avec parcimonie, comme on jouit des choses précieuses, comme il eût voulu jouir de chaque instant qui passe, en ayant présent à l'esprit qu'il ne reviendra plus. Il pouvait continuer à écrire, cependant, même s'il y voyait peu, cette lettre n'étant destinée à être lue par personne. Et il avait encore tellement à dire pour y voir plus clair en lui-même.

« La confusion que vous avez fait naître en moi, lorsque vous vous êtes volatilisée sans me donner aucun espoir de vous revoir, m'a amené là où je suis aujourd'hui. Après plusieurs années d'errance et de recherches infructueuses, qui m'ont fait parcourir l'Europe de la Hollande à la Sicile, et où j'ai épuisé l'essentiel de ma fortune et de mon énergie, je me suis donné le droit au renoncement. Ma trahison envers Céleste désormais consommée m'ôte la bonne opinion que j'ai pu avoir un jour de moi-même. Cette opinion ridiculement positive, et dont je ne sais d'où elle pouvait me venir, mais qui m'aidait à affronter la vie…

Me voilà donc revenu à Couraurgues pour y rester. Ma naïveté a de quoi faire sourire les esprits prosaïques, ou tout simplement attachés à un certain rapport avec la réalité. Cette réalité que je m'efforce en vain de tenir à distance.

Ne pouvant dissocier l'une de l'autre sans perdre le souvenir de l'une comme de l'autre, devrais-je vous considérer toutes deux comme mes douces aimées ? Il n'y aurait que cela pour m'apporter quelque consolation.

Jamais personne ne lira ces lignes que je livrerai au feu, comme tant d'autres auparavant, juste après les avoir écrites. En les relisant une dernière fois, je revois s'ouvrir l'anfractuosité de mon âme où macère ma blessure. Mais je ne fais que l'entrevoir. Dans quelques instants, les flammes auront tout effacé en effaçant les mots. J'espère en elles, les flammes. Elles sont mes alliées, ma tentation, le lieu de mon apaisement provisoire et celui de ma torture. Elles sont ce qu'elles ont été pour toi, Marthe. Car elles ont ce pouvoir d'oubli auquel l'esprit humain aspire et qu'il ne possède pas. »

Il relut longuement. Puis il ouvrit le poêle, fit glisser les ronds de fonte à l'aide d'une tige de fer, et jeta au feu les feuillets qu'il venait d'écrire. Il eut un soupir de soulagement et un léger frisson lui fit secouer les épaules. Il se frotta enfin les mains l'une contre l'autre avec une certaine satisfaction. Il se sentait plus léger tout à coup. La purification par le feu n'était pas un vain mot. Il espérait qu'un jour, sa mémoire finirait par réussir le même tour de force. Certes, cette compétence venait à tous avec le temps et de manière inéluctable. Pour l'heure la sienne était encore à vif, et en proie à la douleur qui se manifestait à chaque instant de sa vie. Elle était une richesse et une entrave.

Les flammes montaient devant lui pendant que le papier se tordait en accomplissant sa terrible transmutation. Peut-être que l'oubli tordait l'âme de la même manière quand il réalisait sa fonction de nettoyage. Les mots devant lui, s'envolaient vers le ciel, se dissipaient dans l'air de la pièce calfeutrée qui le protégeait du froid de ce début d'automne. Il vit le mot « aimées » résister longtemps avant de se rendre.

Quand il eut fini, muni de sa chandelle, il s'engagea dans l'étroit escalier qui montait à sa chambre. Son sommeil serait accompagné, ce soir encore, des bruits de la nuit du village, sa voix secrète, la cloche des heures au timbre si reconnaissable, le raclement de la palette de bois sur la pierre du four quand le boulanger enfourne le pain. Il imaginait aussi avec délectation la bonne odeur qui le réveillerait demain matin. Les rues de Couraurgues qui lui avaient été autrefois si hostiles, étaient pleines d'un réconfort domestique qu'il y découvrait chaque jour avec une sorte d'étonnement.

Il quitta ses lourds brodequins qui avaient remplacé ses bottes fines. Il se félicita au passage d'avoir opté pour leur confort rustique, comme il avait opté pour la parcimonie de la lueur de la lampe à pétrole et des calens à huile, pour l'odeur du pain, dans les rues le matin, pour les voix qui s'appelaient d'une maison à l'autre dans leur rauque dialecte, pour le pas des femmes qui descendaient au lavoir, leur panier sur la tête, laissant sur leur sillage, comme un parfum, un halo de labeur et de discrétion, pour le glissement des sabots des mulets sur la pierre des rues, pour le piaillement des poules qu'on laissait sortir des caves où on les élevait, pour l'appel du tambour quand arrivait un colporteur sur la place, pour cet ensemble de petits événements dont la vie du village était faite et dont il devait savourer le goût, recherchant sa subtilité partout où il pouvait la découvrir et à chaque minute de son existence.

Son retour définitif à Couraurgues, qu'il avait l'intention de ne plus jamais quitter de sa vie, allait servir non pas à sa carrière comme il l'avait espéré la première fois qu'il y avait séjourné, mais à faire entrer son coeur dans une paix sans tache, où toute passion serait tenue à distance. Il y exploiterait ce que son expérience lui avait permis d'apprendre au sujet de sa propre personne. Il y oublierait son ancien métier et donnerait à sa vie un autre tour. Car il voulait effacer ce qui encombrait sa mémoire, croyant, comme le poète que « *quanto piace al mondo è breve sogno* ».

Mais il se trompait de bout en bout sur son avenir et sur la faculté qu'on a d'échapper à ce qu'on peut, avec quelque emphase, appeler son propre destin. Que le temps est une inconnue, il allait le toucher du doigt. Il allait constater que, depuis toujours, sa vie n'était faite que de ces erreurs d'évaluation auxquelles il semblait abonné. Et que c'était sur de telles erreurs que jusque là il l'avait bâtie.

4

L'imposante façade de l'hôtel qui abritait l'étude du notaire Anselme Trabon occupait le tiers de la longueur de la place de la Combe. Elle faisait face à l'auberge de Prosper Maurin où Debrume était descendu durant ses précédents séjours et qu'il avait été heureux de quitter pour la petite maison qu'il occupait dans le centre du village et dont la dépense convenait mieux à sa nouvelle situation.

L'hôtel Trabon abritait l'étude que des générations de Trabon se transmettaient de père en fils. Cette charge héréditaire était sur le point d'être interrompue, Maître Trabon ayant eu pour seul héritier une fille, Evangéline. Une femme ne pouvait faire son droit, on n'en eût pas voulu dans les amphithéâtres. Toute jeune, elle devait être mariée selon sa condition, et un peu au-dessus si possible, pour éviter à un père d'être confronté à des situations peu confortables auxquelles, sans l'aide d'une femme, il n'eût pu faire face. Madame Trabon, sa jeune épousée, avait eu la mauvaise idée de quitter cette vie à la naissance de sa fille et de le laisser se débattre avec les problèmes de son éducation pour lesquels il n'avait pas beaucoup d'imagination. Aussi Maître

Anselme Trabon s'était-il longtemps désespéré avant de trouver un mari digne de sa fille et de lui-même, un gendre qu'il pourrait du même coup, (mais pour cela, la providence devait s'en mêler), désigner comme son successeur. Car les secrets de famille ne pouvaient se vendre comme une marchandise. Celui à qui il confierait son étude devrait savoir les garder comme il avait su le faire lui-même, en tirant les profits auxiliaires que cette discrétion – qui elle non plus n'avait pas de prix – méritait.

La tâche lui eût été facilitée s'il ne lui était échu pour fille une sauvageonne qui ne pensait qu'à employer son temps à de longues chevauchées dans la campagne et qui n'avait jamais su tenir une aiguille en main, à fortiori un tambour à broder. Evangéline refusait depuis son plus jeune âge, tout apprentissage auquel on contraignait les filles de famille pour leur assurer un avenir en leur apprenant à tenir une maison avec panache et à faire bonne figure dans la société. La musique l'avait vite lassée. Elle avait démonté son clavecin pour comprendre le fonctionnement des sautereaux qui lui paraissait la chose la plus énigmatique du monde. Sa curiosité s'avérait insatiable. Elle avait adoré mesurer la longueur des cordes pour vérifier quelque loi de physique acoustique, au lieu de se contraindre aux exercices que le bon curé voulait lui apprendre afin de rendre ses doigts agiles et de leur éviter l'inactivité qui conduit sur les chemins dangereux qu'ouvrent les sens, quand l'esprit n'est pas capté par des besognes saines. Maître Trabon s'était désolé de voir les cordes emmêlées à terre. La jeune personne, après avoir constaté qu'elles étaient devenues inutilisables, s'employait à les tresser pour renforcer, disait-elle, le licol de son cheval en piteux état, car elle gardait le sens des réalités qui lui tenaient à coeur.

Elle en avait profité pour faire une scène à son père. Il fallait un nouvel harnachement pour la belle Angarade. La course qui avait lieu chaque année dans la ville de V approchait. Evangéline s'était mis en tête d'y participer. C'était ce jour là que le père s'était senti le plus démuni. Il n'avait su que répondre à de tels arguments. Angarade ne se consolait pas de devoir se contenter d'une selle à la sangle usée que sa cavalière avait dû faire recoudre par le cordonnier du village, juste bon à fabriquer les godillots des paysans. La pauvre Angarade méritait pourtant une belle selle. Le bourrelier de V en faisait de magnifiques, et il était injuste que, quand on habitait Couraurgues, on ne pût bénéficier de ses talents. La discussion avait duré des heures, portant sur le détail de la finesse des points employés pour coudre les rênes, une couture faite dans une gorge creusée dans le cuir, qui les rendait lisses et coulantes dans les mains, alors que les points du pauvre cordonnier de Couraurgues lui arrachaient la peau, et que les aspérités de la couture ne lui permettaient pas le contact qu'elle eût désiré avec la bouche de son cheval. Cette fille, incapable de distinguer un point de bourdon d'un point lancé et qui savait tout de l'art des bourreliers, avait laissé son père pantois.

Evangéline ne connaissait que les jeux auxquels se livraient les hommes. Elle donnait peu de possibilité à son père de lui trouver un mari parmi les notables de V ou d'une ville de la Riviera qui eût exigé d'elle l'accomplissement de tâches mondaines n'ayant à voir que de loin avec l'art des bourreliers. C'est ainsi que, contraint et forcé, il lui fallait se contenter d'un hobereau de province sur lequel, même s'il n'aimait pas la chasse et les chevaux, il pourrait faire quelque pression. Il ne pouvait penser qu'au marquis de Bourdaine.

Le fief de Bourdaine était limitrophe de la commune de Couraurgues dont de grandes étendues de terres, des jas et des fermes faisaient partie. Ils rapportaient quelques milliers de livres de rente. Mais le tout, hypothéqué depuis longtemps, ne tarderait pas à devenir la propriété de Maître Trabon si le jeune homme continuait à s'entêter dans le célibat, sans chercher à renflouer sa fortune par une dot consistante. Maître Trabon avait passé des heures à démontrer au jeune évaporé qui dilapidait sa fortune dans les salles de jeux de Nice et de Monaco qu'il était temps de se ranger des voitures, s'il ne voulait pas voir s'envoler ces belles possessions que sa famille lui avait léguées et sur la population desquelles elle avait exercé son pouvoir absolu, sans que les tourments de la révolution ne vinssent l'entamer malgré les déprédations auxquelles avait été livré le château. Quant aux hypothèques, il y avait toujours un moyen de les faire lever. Une alliance entre deux familles serait salutaire à tous et une dot comme celle d'Evangéline ne se trouvait pas sur les chemins. Il était facile et avantageux de faire un contrat en bonne et due forme. Pour cela, Monsieur le Marquis pouvait compter sur lui qui lui était tout dévoué.

Mais le plus difficile resta de convaincre Evangéline. Il y parvint moyennant la promesse de la construction d'un haras pour lequel il procurerait les fonds ainsi que les terres. Elle pourrait acheter d'autres chevaux et les faire courir autant qu'elle le voudrait sur les champs de course de la région.

En devenant Evangéline de Bourdaine, la jeune épousée avait gagné sur tous les plans. Son mari, le marquis, était un personnage falot que n'intéressaient pas les femmes. Quant à elle, elle lui préférait la compagnie des palefreniers et des écuyers. Si Evangéline vivait d'une manière très libre, voire dissolue, pendant que son mari continuait de fréquenter les salles de jeux, elle connaissait cependant le sentiment de fidélité. C'était à sa nourrice, la seule personne qui lui avait été proche depuis sa naissance, que la jeune marquise le dédiait. Elle lui rendait visite lors de chacun de ses passages à Couraurgues, dans la petite maison du plan des lavoirs que celle-ci habitait depuis le départ de sa protégée à Bourdaine, non loin de la forge de Paterne Cavadaire.

Lors de chaque visite, Evangéline en profitait pour faire ferrer ses chevaux. Ainsi, venant de la place de la Combe, elle amorçait prudemment la descente dans les rues empierrées, ces calades scrupuleusement agencées pour retenir la terre et éviter le ravinement de l'eau. Il fallait être adroit cavalier et inciter son cheval à la prudence. Mais Evangéline préférait ce circuit à tous les autres pour sa difficulté qui se précisait devant la porte du four communal, et devenait plus ardue devant la maison de l'ex-inspecteur Debrume qu'elle ne connaissait que de renom.

Depuis sa fenêtre étroite comme une meurtrière qui flanquait la porte d'entrée, celui-ci observait la manœuvre à chacun de ses passages. Il y prenait du plaisir. Car c'était un spectacle de voir l'habile cavalière accompagner de ses encouragements et de ses gestes incisifs les tergiversations d'un jeune étalon qui subodorait ce qui l'attendait et avait à cœur d'exprimer son désaccord. A force de pressions bien dosées sur la bouche et les jambes, le cheval se rendait à sa main après s'être épuisé à déployer la puissance de ses reins en ruades où il avait risqué plusieurs fois de se casser les jarrets contre les murs des rues étroites. Mais la cavalière avait prévu chacun de ses mouvements et su protéger sa monture d'elle-même, avec une maîtrise qui relevait du grand art.

C'est pourquoi Debrume avait été étonné, un jour, de la voir renversée par un jeune hongre dont elle n'avait su mesurer la subtilité des ruses. Une courbette majestueuse la désarçonna et elle se trouva à terre, voyant ainsi entamées la dignité et l'élégance de sa superbe amazone et de son chapeau dont le plumet se trouva en partie arraché. Aussitôt plusieurs villageois s'étaient précipités pour l'aider. Sortant précipitamment de chez lui, Debrume se mit en avant également. Elle était tombée sans lâcher la bride. Elle refusa toute aide avec une véhémente indignation, comme s'il s'agissait d'une injure faite à son talent de cavalière et se mit à donner de petits coups de sa cravache sur le nez du jeune cheval qui se rangea aussitôt à ses raisons, sans demander son reste.

C'était ainsi que Debrume avait fait la connaissance d'Evangéline de Bourdaine et qu'il lui avait parlé pour la première fois. Il lui avait trouvé autant de morgue qu'à Mademoiselle Marthe. A la différence près que cette morgue avait un effet : on se pliait à ses caprices et on se courbait à son passage, car elle jouissait d'une autorité absolue sur ceux qu'elle considérait comme de simples sujets. Mais la comparaison s'arrêtait là. Si la morgue était la même, le charme n'y était pas.

Comme tout remerciement pour les sollicitudes qu'on avait eu pour elle, elle avait demandé à tous de s'écarter et avait fait tant de ses jambes qu'en un clin d'œil elle avait descendu la rue et s'était engagée sur le plan des lavoirs, laissant chacun les bras ballants à la regarder disparaître.

Debrume avait hoché la tête et était rentré dans sa maison. L'intérêt pour une femme ne tenait pas à grand-chose et celle-ci, qui était belle et aurait pu en avoir, en manquait cruellement. Tout en soupirant de découragement, il avait pourtant ramassé, à tout hasard, cette moitié de plumet ridicule qui s'était détaché de son chapeau.

5

Il ne savait ce qu'était devenue Marthe. Après ce bref séjour à Amsterdam d'où elle lui avait envoyé la lettre promise lors de son départ, elle avait gardé le silence. Parti à sa recherche, il n'avait pas retrouvé sa trace. Avait-elle rejoint les Corsan à Londres en Italie ou ailleurs ? Toujours fidèles à leurs idées républicaines, il n'était pas impossible qu'ils aient travaillé ensemble pour venir en aide au vieux chef de guerre épuisé par les désillusions d'une vie de luttes inabouties. Alors que le Roi de Piémont devenu Roi d'Italie n'avait plus qu'à accomplir l'annexion de Rome pour que sa gloire fût à son comble, les partisans de Mazzini ne pouvaient espérer autre chose que la condamnation à mort. Il n'était pas sûr qu'ils aient eu l'intention d'apprendre la prudence un jour ou l'autre. Marthe avait oublié depuis longtemps la signification de ce mot.

Debrume remuait ces questions, le soir sous la lampe. Il écrivait fébrilement, emplissait des feuillets qu'il jetait au feu, car jamais ils ne contenaient un semblant de réponse. Dans la clôture de la petite maison lovée au cœur du village et dont les murs s'appuyaient sur les murs des maisons voisines depuis tant de siècles, inlassablement reconstruites sur les ruines qui les avaient précédées, il ressassait en lui-même ces tourments de l'âme qui ne sont pas du chagrin. Sa vie prenait une couleur glauque qui coulait à l'infini sur son passé et son avenir, la teinte uniforme de l'ennui et du vide.

Il n'y avait que l'activité qui régnait dans les rues pour le distraire. Les artisans, les paysans, les bergers, tout ce monde en effervescence depuis la première heure du jour emplissait le village de sa présence turbulente et sonore. L'odeur du pain chaud, au petit matin, se mêlait à l'âpreté des mots échangés entre les femmes qui descendaient au lavoir et des paysans qui gagnaient leurs granges et leurs champs.

Il avait peu dormi. Après le café du matin, le passage de la belle cavalière qui se rendait chez le maréchal-ferrant était le spectacle le plus réjouissant de la journée. C'était pour elle que, quelquefois, il ne quittait pas sa maison avant de voir le soleil pénétrer entre les venelles.

Mais, le plus souvent, il n'attendait pas le lever du jour pour seller son petit cheval qui se trouvait dans une écurie exiguë, de l'autre côté de la placette, et qui allait lui faire traverser la plaine du Can, dépasser Combeferres et escalader, par la passe du Diable, les pentes vertes du Couron. En cette saison, l'automne semblait encore hésiter devant les dernières belles journées. Il errerait sur les sentiers et rentrerait chez lui le soir, fourbu et sans avoir rencontré âme qui vive.

C'était exactement pour cela qu'il avait choisi son cheval, sachant cette race aguerrie au climat montagnard et capable d'exécuter des exercices équestres auxquels la montagne contraignait les cavaliers les plus émérites. Il avait fait le voyage à Marseille où on lui avait dit qu'il trouverait un grand choix de chevaux venant des montagnes pyrénéennes, ces petits mérens qui n'avaient ni la lourdeur des chevaux de trait, ni l'élégance des anglo-arabes, mais la solidité des mulets.

Il avait mis du temps à s'accorder avec cette bête à la robe noire, aux jambes alourdies par une cheville épaisse, ce jeune hongre vif et sympathique, toujours prêt à se lancer à l'aventure et qu'il fallait retenir, mais qui obéissait avec ardeur au moindre jeu de jambes et à la moindre pression des mains. C'était un cheval fait pour lui, car, s'il ne comprenait pas tout de son cavalier, il obligeait ce dernier à montrer plus d'intérêt envers le monde qui l'entourait tant sa vivacité d'esprit et sa curiosité étaient grandes et tant il manquait de prudence. Ce jeune cheval était comme un chaton curieux de tout et qui s'éveille au monde. Ce n'était pas en sa compagnie que Debrume pouvait se perdre dans le labyrinthe de ses pensées. Il avait beau lui céder les rênes, il ne risquait pas de le voir s'arrêter tête ballante, aussi endormi que lui-même, comme cela lui était arrivé tant de fois avec les chevaux de trait que l'hôte Prosper Maurin lui procurait, évaluant son choix aux piètres possibilités du cavalier.

Avec ce petit mérens et sa robe noire luisant au soleil de ses reflets bleutés, Debrume ne craignait plus le ridicule. Il l'avait baptisé Icare, puisque sa curiosité insatiable l'entraînait vers les dangers qu'il n'évaluait jamais à leur juste valeur. Certes, il n'était pas encore prêt à rivaliser d'élégance avec le brigadier Achille Marino, car Icare avait ses lubies et n'était pas toujours aussi docile qu'il l'eût voulu, surtout quand il s'agissait d'accomplir quelque volte difficile dans un carrefour étroit, encombré de *banastres*, de charretons aux bras levés ou de fagots de bois. Mais il sentait que le brigadier Marino le tenait en grande sympathie pour son goût des chevaux bien tenus et des crinières tressées comme pour les comices. A cela s'ajoutait la prestance que lui attribuait sa fonction de défenseur de la loi, Debrume étant son aîné de quelques années et bénéficiant d'un certain renom depuis l'affaire Cavadaire. Mais l'ex-inspecteur évitait soigneusement Marino. Cet homme, qui aimait les ragots et qui prenait inévitablement les agissements des villageois pour des indices, voire des preuves, tous étant à ses yeux des suspects, l'eût détourné de ses méditations habituelles.

Car on parlait beaucoup. Autant des amants qu'on attribuait à Evangeline de Bourdaine que des absurdités que racontait la vieille Bernadette, ces histoires du passé qu'elle évoquait souvent avec la mère Malmaure, quand elle ne les racontait pas tout haut, en arpentant les rues, de retour des pâturages, comme se parlant à elle-même. Alors, elle dévoilait sans le vouloir l'existence enfouie en elle, d'une autre qui l'habitait en secret et dont personne ne savait rien. Elle partageait avec cette autre, une profonde intimité. Changeant de langage pour s'adresser à elle, elle continuait de vaquer à ses occupations. Elle poussait ses quatre chèvres dans la ruine qui lui servait d'étable et dont elle habitait la mansarde, après l'écroulement du plancher qui avait laissé un trou béant au-dessus des mangeoires. Bernadette valait la peine d'une certaine attention. Elle possédait la richesse de plusieurs vies qui ne ressemblaient pas à celle qu'elle menait aujourd'hui. Elle avait été témoin de tant de choses qui s'étaient déroulées ici, que sa mémoire ne pouvait sans doute plus les ordonner et les contenir. Sa vie l'avait dépassée par l'accumulation d'événements et d'émotions sous la force desquels elle s'était écroulée, comme la force du temps avait fait s'écrouler le plancher de sa maison. Debrume pensait qu'au fond de cette mémoire vivante qui la torturait encore, elle gardait peut-être quelque secret dérangeant que le village s'était accordé à oublier.

C'était à son poste d'observation d'autrefois que Debrume aimait plus que tout se rendre chaque jour, fouillant du regard du côté de Combeferres, espérant y revoir les images d'autrefois, celles qui l'avaient fait revenir à Couraurgues. Icare ayant repéré, le long des taillis qui bordaient le pré, quelque herbe tendre qu'il avait plaisir à déguster, il avait ici un certain répit. De la haie qui entourait cette butte ronde, émergeait la ruine d'un cabanon qu'il eût été bon de faire reconstruire. Ainsi le site de Combeferres eût été à portée de regard du matin au soir pendant qu'Icare se serait rassasié de cette herbe exceptionnelle dont il ne se lassait pas. A force d'attendre et d'observer, peut-être quelqu'un ou quelque chose eût-il fini par réapparaître. Pour l'heure, il ne retrouvait même pas l'écu d'or du tilleul qui lui avait montré le chemin la première fois.

Il aimait l'idée de remonter les vieux murs de ce cabanon. Chaque jour il y revenait. Il inventait à son chantier fictif de nouveaux agréments et un nouveau confort. Une fois couvert de tuile, il aurait pu y passer la nuit, faire du feu, préparer du café qu'il aurait laissé sur un trépied au-dessus des cendres chaudes, pendant que, dès l'aube, depuis le fenestron, il aurait promené ses regards sur les collines, détaillant chaque pli de terrain, chaque taillis, chaque hallier, se régalant de la lisse étendue des jachères, veillant en chaque saison à la progression des cultures, à l'organisation des travaux dans les champs, et appréciant la coordination parfaite des différentes activités pour les tâches communes, comme les moissons ou la cueillette de la lavande sauvage. C'était tout au moins le tableau qu'il se faisait des travaux de la terre dont il prônait l'authenticité avec l'insouciance des citadins qui ne se sont jamais penchés sur elle pour essayer de la rendre fertile et d'en tirer leur subsistance.

A force d'attente et de volonté, en l'observant de loin à chaque heure du jour, il reverrait Combeferres. Une apparition quasi réelle le laisserait pantois, comme cela lui était arrivé une fois. Il aurait assez d'imagination pour pénétrer dans ses murs, se régaler de la belle ordonnance des pièces, des petits salons illuminés *a giorno* par les grands candélabres d'argent et les girandoles de cristal. Alors, elle serait là, près de lui, et il saurait quoi lui dire. Il saurait lui parler de son amour pour Céleste et de ce sentiment qu'il avait pour elle et qui lui ressemblait tant.

Ainsi s'obstinait-il à espérer le miracle d'un retour du temps sur lui-même, la reconstitution d'un passé qu'il voyait fuir inexorablement derrière lui sans pouvoir faire un geste pour en arrêter la dilution dans les couches immatérielles du temps. Mais les miracles ne se répètent pas. Celui de l'amour non plus. On ne pouvait aimer deux fois dans une vie avec la même intensité. Quelque poète l'avait dit autrefois. Pour percer le secret de cet amour exclusif d'une vie, Debrume avait cherché dans sa bibliothèque le vieux *Canzoniere* recouvert de cuir usé qui avait appartenu à son père. Il savait qu'il n'y trouverait aucune similitude avec son amour, si incertain et impalpable qu'il ne savait dire à quelle femme il le dédiait. Il secouait la tête, découragé par sa propre inconsistance.

Et, arrachant Icare à sa friandise préférée, il repartait, parcourant les collines et les montagnes inlassablement, avant de revenir rôder autour des ruines de Combeferres qui continuaient de l'attirer comme un aimant. La vision du salon illuminé, l'image qui, parmi les ruines, lui était apparue, des deux jeunes femmes devisant en paix tout en brodant, leurs jupons étalés devant les flammes, ne revenait pas. Elle n'avait été qu'une image que l'air avait engloutie, en emportant avec elle jusqu'à l'idée de ces deux visages. Son esprit embrouillé avait effacé la mémoire de leurs traits. Les deux silhouettes se confondaient dans un flou de mouvement qui ne lui rendait pas la sensation éprouvée quand il les voyait marcher devant lui autrefois. Reflet l'une de l'autre, les deux femmes avaient perdu toute identité. Elles s'étaient annulées dans la vanité du rêve.

Il s'obstinait à la recherche d'un souvenir. Mais son imagination ne suffisait pas à le recréer. La femme qu'il espérait revoir n'existait plus nulle part. Il ne la rencontrerait plus jamais. Elle le condamnait à la solitude. Comme le poète, il ne reverrait plus « *i bei capelli a l'aura sparsi* » qui flottaient comme un étendard sur les épaules de celle qu'il suivait sur les sentes du Couron, sans savoir qui elle était vraiment. Elle lui avait donné l'illusion de suivre Céleste et sa blondeur évanescente que le temps avait terni. Mais celle qu'il cherchait n'existait plus nulle part. Il allait jusqu'à se demander si elle avait existé un jour. L'incertitude qui l'assaillait, se mêlait d'angoisse grandissante. Il était perdu puisque même les images de son passé se dérobaient. Il payait ainsi, se disait-il, la légèreté qu'il avait mise à vouloir continuer à vivre dans un monde devenu désert après la disparition de Céleste.

6

Le matin, le brigadier Marino, prenait son service de très bonne heure. Le jour était à peine levé qu'il avait déjà bouchonné son cheval, tressé sa crinière, et rendu brillants ses sabots comme des bottines de vernis. Aussi impeccable que sa monture, il effectuait sa première ronde, ayant à cœur de ne baisser la garde en aucune situation, fût-ce quand les rues étaient désertes et que personne ne pouvait le voir.

Il partait de l'abreuvoir de la placette située au pied des remparts. De là, il entreprenait son périple dans le village en sens contraire par rapport à sa ronde du soir. Marino était un homme d'habitudes. Il n'aimait pas en changer. N'ayant aucun palefrenier à sa disposition, aucune ordonnance, il accomplissait ces tâches sans se plaindre, sachant qu'en contrepartie, il était son propre maître. Il profitait de ces derniers moments de liberté. Quand la gendarmerie serait terminée, la brigade s'enrichirait de nombreux hommes. Il aurait à sa disposition tous les chevaux et tous les palefreniers nécessaires, mais il devrait leur dédier tout son temps.

Il était certain que l'Empire aimait le corps des gendarmes qui l'aidait à maintenir l'ordre dans les contrées les plus reculées, comme ce chef-lieu de canton de montagne où l'information n'arrivait qu'à retardement, où personne, sauf quelque notable, ne savait lire, où les journaux étaient distribués une fois par semaine par la patache de V, si les routes étaient carrossables et après la fonte des neiges, l'hiver. C'était un pays de rustres et de bergers que le bicorne et les galons éblouissaient.

Jamais le brigadier ne se serait hasardé à mettre en péril son autorité en sortant sans arborer ces insignes du pouvoir dont la nouvelle gendarmerie serait le fleuron. Il en avait vu les plans. Elle serait l'ornement de ces espaces désertiques où il fallait travailler comme des bêtes pour tirer de la terre la moindre nourriture. Elle serait le symbole du nouvel ordre et du nouvel espoir que l'Empire portait en lui.

C'était parce qu'il aimait plus que tout l'Empire, qu'abandonnant la rude condition de ses parents, Achille Marino s'était engagé dans la gendarmerie, joignant ainsi l'utile et l'agréable. Le prestige de l'empereur lui-même rejaillissait sur sa personne quand il chevauchait, sa monture dûment harnachée, aussi malléable à ses ordres que lui-même l'était aux ordres de ses supérieurs.

L'un des plus beaux jours de sa vie avait été celui où il s'était trouvé parmi les rares privilégiés qui avaient pu voir le plan et la maquette de la nouvelle construction. Il avait été désigné pour escorter le commandant Anselme Joubert à la préfecture. Une fête avait été donnée pour l'inauguration du projet de construction de plusieurs bâtiments sis dans divers chefs-lieux de canton dont l'essor devait être encouragé, situés comme ils étaient à des endroits stratégiques du département.

Cela avait été une belle fête, mais plus que par l'apparat des salons de la préfecture, la profusion des uniformes des gradés et l'élégance de leurs épouses, Marino avait été subjugué par l'alignement parfait de ces maquettes qui ressemblaient si bien à la réalité. Elles étaient le symbole de l'intelligence organisatrice qui allait dispenser, sur ces terres reculées, le progrès apporté par un pouvoir qui ne laissait pas de rassurer. Mais le projet mettait une certaine lenteur à se réaliser.

Le brigadier Marino venait d'être détaché à Couraurgues. Il avait attendu avec impatience le début des travaux. L'envoi en avait été donné lors d'une cérémonie que le préfet avait honorée de sa présence, au son des cuivres de la ville de V appelés pour l'occasion. La cérémonie avait mobilisé toutes les bonnes volontés du village. Les musiciens de la fanfare avaient été hébergés chez l'habitant et pendant plusieurs jours, les ruelles avaient résonné des sons de leurs instruments. Un va et vient insolite avait mis le village en liesse comme lors des journées d'été dédiées à Saint Laurent, le patron du village, après les moissons. Prosper Maurin avait ouvert toutes grandes les portes de son auberge, et préparé, à l'aide de plusieurs servantes et marmitons embauchés pour l'occasion, d'abondants repas largement offerts aux musiciens par la municipalité, en l'honneur de l'événement.

L'emplacement de la nouvelle gendarmerie avait été tracé quelques jours auparavant par l'ingénieur responsable des travaux qui n'eût manqué pour rien au monde cette cérémonie où son nom revint plusieurs fois dans les discours du préfet et du maire. Et ce fut une joie pour tous de voir avec quelle élégance et comment, sans salir ses gants, le préfet avait fait le geste de sceller la première pierre que les maçons avaient déposée au préalable à l'endroit voulu. Tout le village était radieux, les notables endimanchés au premier rang. Les villageois, ces rudes paysans au regard obstiné, se tenaient un peu à l'écart, témoins suspicieux de ce geste dérisoire pour lequel on faisait tant de bruit.

Mais contrairement à ce qui avait été prévu, le préfet ne s'était pas attardé, et après son discours, qu'il avait voulu bref pour n'ennuyer personne, mais empreint d'une confiance inébranlable en l'avenir, il avait décliné l'invitation au grand banquet offert en son honneur, et abandonné les notables du pays à leur déception, sans autre formalité. Il était reparti aussitôt avec son escorte, appelé par ses devoirs et autres honneurs auxquels sa haute fonction le soumettait. Mais on se consola en commentant son discours qui fut jugé chaleureux bien qu'un peu évasif. Tout le monde avait été cité, même si les noms avaient parfois été écorchés, et s'était senti flatté et valorisé dans sa fonction, si modeste fût-elle. On n'avait pas renoncé au banquet pour autant. Mais il avait fallu insister pour vaincre la modestie de Monsieur le Maire, afin qu'il acceptât d'occuper la place d'honneur destinée au préfet, agrémentée des fleurs commandées à un fleuriste de la côte qui, pour garantir leur fraîcheur, les avait livrées le matin même, faisant le voyage de nuit, à la lueur des lanternes, par ces routes de montagne qu'il ne connaissait pas.

Ce banquet restait dans le souvenir du brigadier Marino, comme le plus beau et le plus abondant qu'il avait fait de sa vie. Les vins étaient fins et le champagne avait fini de le griser car il en avait bu plus que de raison, pour accompagner entremets et desserts sucrés dont il n'était pas coutumier. Le repas était d'un raffinement extrême, Prosper Maurin ayant fait venir, pour l'occasion, le chef cuisinier d'un célèbre restaurant niçois fortement recommandé par le secrétaire particulier du préfet en personne.

Mais, depuis ce jour, la première pierre était restée la seule. Marino allait matin et soir à la mairie pour demander des nouvelles des travaux. Ils avaient été plusieurs fois remis, soit à cause des intempéries, soit par manque de temps, les équipes ayant fort à faire avec tous ces bâtiments dont on avait décidé l'envoi à l'unisson. Il s'agissait d'attendre son tour. Mais Marino était muni de la patience que donne la confiance absolue. Et c'était avec un plaisir à peine contenu que chaque matin, il arrêtait son cheval en haut de la côte où commençaient les premières maisons du village. Il tapotait distraitement son encolure, tout en rêvant les yeux ouverts à la grande bâtisse qui allait s'élever là, face à lui, à cet emplacement que le préfet avait somme toute désigné, l'investissant d'une gloire promise, par le geste digne mais plein d'humilité qu'il avait eu en posant la première pierre.

Achille Marino imaginait la superposition des quatre étages scandés de hautes fenêtres dont la rigoureuse distribution des linteaux de pierre taillée évoquerait l'ordre imposé par la loi aux populations. En même temps que la vision qu'il avait de la force émanant de l'austérité de cette façade, le brigadier respirait le parfum de sainteté et de richesse que la paix imposée au peuple dégageait. Les effluves de la foi en des valeurs éternelles auxquelles le brigadier avait décidé de consacrer sa vie inondaient son esprit. Se consacrer à elles était devenu le but de son existence et son unique rêve. Il était prêt à se battre pour elles au mépris de sa propre vie. Car on ne plaisante pas avec l'idéal et un rêve en vaut bien un autre lorsqu'on veut donner le sens qu'elles méritent aux choses qui vous entourent.

Ce matin-là, le brigadier Marino avait prolongé tellement longtemps sa méditation devant cette première pierre si prometteuse, qu'il ne put être témoin d'un événement de première importance pour le maintien de l'ordre à Couraurgues. Ce dernier avait lieu à l'autre bout du village. Cet événement, dont on mesurerait plus tard la gravité, Charles Debrume, qui n'était pas encore parti pour sa promenade parmi les rochers du Couron, put l'observer tout à loisir. Il en tirerait par la suite et en temps utile, les conclusions qui allaient s'imposer à son esprit et que de nouveaux événements, plus tragiques encore, allaient corroborer.

7

C'était un début de journée comme tous les autres à Couraurgues et l'événement aurait pu passer tout à fait inaperçu. La petite maison que Debrume habitait au sein du village avait eu, pour l'éveiller, les mêmes douceurs que tous les autres jours. Ses poutres séculaires qui soutenaient les planchers, avaient craqué doucement et il avait entendu avec netteté cette qualité de résonance qui émane des murs et qui donne une voix et sa particularité à chaque maison. Celle-ci toute modeste qu'elle était, avec ses quelques pièces en enfilade, son sol de tomettes rouges et son escalier abrupt aux marches hautes construit, comme ceux des maisons voisines, pour économiser le maximum d'espace, possédait cependant la voix d'une demeure aux vastes volumes, comme si l'écho que ses murs transmettaient venaient de la profondeur du temps. Ils évoquaient la vie domestique d'autrefois, avec ses rigueurs et sa chaleur. Dès son réveil, et comme chaque jour, Debrume avait conscience d'être dans une maison qui, si elle ne lui appartenait pas, avait la délicatesse de le traiter en maître, lui rapportant ce que personne ne pouvait plus ni voir ni entendre, comme si cela était un présent qu'elle avait gardé jusque là caché dans ses murs, seulement pour lui.

Les bruits et les odeurs venant de la rue également participaient de cette atmosphère qui adoucissait son éveil, en se mêlant à la subtile résonance qui émanait de sa maison. Ce jour-là aussi, ils avaient été l'assurance d'une journée pleine de promesses. Une journée qui, bien que calquée sur la précédente, ne pouvait pas lui ressembler tout à fait. Peut-être aujourd'hui précisément, mille petites choses observées dans ses promenades à cheval allaient lui permettre de mieux comprendre ce qu'il était venu faire ici, dans ce désert de pierres où, naguère, la vie semblait avoir voulu lui donner une nouvelle chance qu'il n'avait pas su saisir.

Au premier hennissement qu'Icare avait fait retentir depuis son écurie, de l'autre côté de la placette, Debrume avait sauté du lit. Par la fenêtre, dont il ne tirait jamais les contrevents et qui donnait sur une rue étroite, il avait observé le ciel. Il devait se pencher pour apercevoir, à demi cachées par la maison voisine, les collines qui faisaient face au village et à travers lesquelles serpentait la route qui amenait la patache de V tous les soirs, au moment où sonnait l'angélus. C'était par cette route que Debrume était arrivé la première fois. C'était sur cette route que, quelques mois plus tard, il avait galopé derrière le convoi conduit par Yves Utto, et qui emportait Marthe loin de lui. Plus loin, sous les arbres de la forêt de Garmagne alors démunis de verdure et qui ressemblaient à des fantômes humains se cherchant l'un l'autre au milieu de la brume, elle lui avait dit adieu. Il l'avait vue disparaître dans la calèche qu'elle conduisait, suivie de ses chevaux tenus en longe.

Depuis, il avait eu beau la chercher, il ne l'avait jamais revue. Pour ce faire, il avait abandonné son métier, vendu tout ce qu'il possédait. La rente qu'il avait ainsi constituée était bien maigre et il avait fallu vivre d'expédients comme un misérable, lors des longs voyages qu'il avait entrepris pour accomplir cette recherche. Devant ses échecs répétés, il avait finalement choisi de revenir à Couraurgues pour s'accrocher au souvenir. Avoir sous les yeux le paysage où il avait vu tant de fois Marthe galoper à travers champs et prés, comme si elle avait le diable à ses trousses ou comme si elle était habitée par ces forces malignes suspectées par les villageois et qui les faisaient trembler, était devenu le but de ses journées. Car c'était ainsi qu'il avait cru distinguer mille fois, parmi les rochers du Couron, la silhouette légère de Céleste alors que c'était elle, Marthe, qu'il poursuivait comme un fou, en se tordant les pieds sur les pierres. Après tant de temps, et malgré tout, c'était à ce mystère qu'il pensait chaque matin, en sellant Icare. La confusion étonnante que son esprit faisait, contre sa propre volonté, entre ces deux femmes le déroutait toujours autant. Elle brouillait les deux visages qui, se superposant et confondant ne pouvaient plus être séparés l'un de l'autre. La même confusion, en effaçant le souvenir de Céleste, ravivait la douleur de sa perte et lui rendait l'urgence de revoir Marthe. Comprendre pourquoi cette dernière s'était interposée entre le souvenir de son amour et lui-même, était devenu l'obsession qui emplissait ses journées.

Plein des images d'un passé inaccessible qui l'assaillaient dès son réveil, il avait quitté sa chambre et était descendu dans la cuisine pour allumer du feu. Alors que, à l'autre bout du village, le brigadier Marino se mettait en selle, il avait bu son café brûlant sur le pas de la porte. Le jour n'était pas encore levé. Tournant le dos aux collines qui émergeaient d'une lueur bleutée, encore incertaine, il avait dirigé son regard vers le Couron dont on devinait la présence tutélaire planant sur le village, mais qu'on ne voyait pas. Il savait mieux que personne la caresse de la première lueur du jour qui touche les pentes rocheuses, invisibles depuis sa maison.

Ce jour-là, alors que le brigadier Achille Marino s'attardait devant l'unique pierre de la gendarmerie, Debrume s'apprêtait à seller Icare, lorsqu'il entendit la course de brodequins ferrés faisant résonner les pierres de la rue, insolite dans la rumeur discrète du matin qui disait le lent retour à la vie de tous les jours. Ces pas sonnants et pressés appartenaient à quelqu'un qui était en ce moment agité d'une forte émotion. C'est ce que se disait Debrume quand il vit paraître sous le court andrône qui débouchait sur la placette, la bergère, la vieille Bernadette, bancale et échevelée, qui courait à perdre haleine malgré son âge avancé, et dont il allait entendre les grommellements qui accompagnaient toujours son pas lourd de marcheuse infatigable. Mais ce jour-là, elle était étrangement silencieuse. Dans une virevolte de ses sombres cotillons, elle entreprit de monter l'escalier de la maison de Prudence Malmaure, sa maîtresse, celle à qui elle devait de continuer à garder les chèvres de la ferme de Pecorelle.

Debrume constata avec une certaine satisfaction qu'il n'avait pas perdu la manie de l'observation, l'apanage de sa profession. Il prêta l'oreille et attendit sans bouger malgré les coups de tête que lui donnait Icare qui réclamait son avoine et qui avait hâte de sortir de cette étroite écurie où il s'ennuyait ferme depuis la veille. Mais Debrume, figé sur place, restait à l'écoute, soupçonnant un événement d'importance sur le point d'ébranler la tranquillité du village.

Il entendit distinctement les pas dans l'escalier, les coups frappés à la porte, les mots incompréhensibles prononcés par la chevrière. Après quelques petits cris d'effroi, Prudence Malmaure la fit rentrer chez elle en toute hâte, claquant brutalement la porte. Debrume eut alors la certitude qu'il se passait quelque chose d'assez grave pour émouvoir ces paysannes aguerries aux chagrins et aux blessures de la vie.

Au bout d'un moment de calme, il entendit à nouveau les voix. On avait ouvert la porte, on descendait l'escalier. Penchant sans précaution la tête hors de l'écurie, alors que le mérens trépignait sur place, il vit les deux femmes s'engager sous l'andrône, Bernadette toujours aussi agitée, Prudence Malmaure enveloppée dans un grand châle de laine, noire de la tête aux pieds, et marchant du même pas pressé que la bergère, d'une allure dont on ne l'aurait jamais imaginée capable.

La décision de Debrume fut vite prise, à la grande joie d'Icare qui dut cependant remettre à plus tard le plaisir de l'avoine. Mais la bête était jeune et intrépide. Le besoin de se donner de l'exercice lui était plus nécessaire que la nourriture. Debrume pensa qu'en cela ils se ressemblaient plus qu'il n'aurait pu croire. Il aimait plus que tout se trouver sur une piste, à la recherche d'il ne savait quoi, peut-être seulement de lui-même. Aujourd'hui elle s'ouvrait imprévue devant lui. Suivant la direction prise par les deux femmes, le cavalier évita l'andrône et fit un détour pour se poster sur le rempart nord à l'endroit où il pourrait observer leur passage et s'assurer de la direction qu'elles prenaient. Alors, il les précéderait, empruntant un autre chemin.

Dans le vallon que traversait un petit affluent du Can encore à sec en ce début d'automne où les premières pluies se faisaient attendre, il vit batifoler les quelques chèvres abandonnées par Bernadette, qui profitaient sans façon de l'aubaine pour s'adonner aux plaisirs d'une liberté provisoire et tombée du ciel. La bergère avait dû être sollicitée par un problème grave pour lâcher prise ainsi, alors que d'ordinaire elle tenait ses bêtes sous sa férule du matin au soir. Celles-ci avaient déjà quitté les pâtures où elle les emmenait alors que le jour se levait à peine, pour crapahuter dans des endroits impossibles parmi les genêts desséchés, juste bons à servir de balai à Sidoine, le cantonnier, qui avait fait de leur confection un art où personne n'avait son égal.

Quelques instants plus tard, Debrume vit les deux femmes s'engager sur un sentier étroit qui disparaissait très vite parmi les ravins où les genêts s'accrochaient aux lambeaux de terre et qui étaient assez hauts et touffus pour engloutir les deux minuscules silhouettes. La montée était rude et les deux vieilles femmes avaient dû ralentir le pas. Cela laissait à Debrume le temps de déplacer son poste de surveillance. Mais il avait compris vers quel endroit elles se dirigeaient. Depuis le village, on ne pouvait déjà plus les voir. Debrume devait éviter d'attirer l'attention sur elles. Il avait tout son temps pour arriver à la bergerie de Bertane où Augustin abritait son troupeau de brebis. Il attendit longtemps avant de voir reparaître les deux femmes. Mais, contre son attente, au lieu de se diriger vers les vieux murs de pierre qui servaient d'enclos où il entendait geindre le troupeau, elles s'éloignèrent vers un bosquet de noisetiers situé à quelques pas de la bergerie. Sous les branches encore recouvertes de leurs feuilles, il voyait se mouvoir les jupons noirs. Puis les deux femmes sortirent du bosquet, soutenant Augustin qui marchait courbé en deux et qui pleurait comme un enfant, comme s'il avait été victime d'une grave blessure.

Effectivement, et Debrume devait le comprendre plus tard, c'était de la blessure de toute une existence dont le pauvre homme souffrait. Continuant à observer le manège, il put voir que les femmes faisaient du feu, après avoir enveloppé le berger dans sa houppelande. Elles le consolaient, lui faisaient boire un café préparé par Prudence. Tout cela se déroulait dans le soleil du matin naissant, sur le pas de la porte de la chambrette attenante à la bergerie, et qui servait de logement au berger.

Cela pouvait durer des heures et Icare n'avait pas eu son avoine. Debrume se promit d'interroger Prudence Malmaure sachant d'avance qu'il ne pourrait rien tirer des grommellements de Bernadette qui s'échapperait à son approche, tant elle était sauvage.

Il devait apprendre ce qu'il voulait savoir quelques heures plus tard, lorsque, de retour au village, il vit paraître Prudence Malmaure qui venait tirer de l'eau à la fontaine de la placette. Il la fit asseoir sur le banc de pierre devant sa maison pour la questionner. La mère Malmaure était une maîtresse femme pleine de dignité dans sa robe noire au petit col de dentelle finement crochetée. Elle eut d'abord un mouvement de recul devant la curiosité de celui qu'on appelait encore Monsieur l'inspecteur. Mais l'émotion du matin avait été trop grande pour qu'elle n'ait pas envie de la partager avec quelqu'un. Elle entreprit de raconter l'histoire d'Augustin.

« C'est sa folie disait-elle. C'est comme une malédiction. Toute sa vie n'a été que tribulations et ça ne s'arrêtera jamais. Il en mourra, de cet amour, Monsieur. Parce qu'on ne peut que mourir d'un tel amour. Il ne vous laisse aucune chance. Un amour de cette sorte ne devrait pas exister dans nos montagnes. C'est bon pour ceux qui ont une vie plus facile. Pour nous, c'est trop. Et cet amour était beaucoup trop grand pour le pauvre cœur d'Augustin, pour sa tête fragile.

C'était il y a très longtemps. Augustin et moi on a presque le même âge. Et vous voyez, mes cheveux sont blancs et je n'ai plus toutes mes dents…

Ces deux-là, il aurait fallu les marier. Ils venaient du même monde, de la même dureté, de la même misère. Notez qu'Augustin, si son oncle Grégoire ne l'avait pas dépouillé, il aurait eu de quoi. Parce que la famille Chabertins, dont Grégoire était l'un des frères, n'était pas démunie, bien au contraire. Il s'est bien débrouillé, l'oncle Grégoire... mais paix à son âme. On ne doit pas parler mal des morts. Il avait ses raisons lui aussi, cet homme. Il avait été veuf très jeune et il n'en avait que pour sa fille Apolline. Il voulait lui faire faire un beau mariage, et qu'elle vive comme une princesse.

Le pauvre Augustin ne faisait pas le poids. Son oncle a eu vite fait de le mettre à l'écart. Mais lui, Augustin, il continuait de vivre de promesses et de rêves. Il voyait son Apolline partout. Même quand elle a été mariée et enceinte d'un autre, ça n'a rien changé. Il la voyait toujours comme une madone. Et à l'heure qu'il est, je ne suis pas étonnée qu'il la voie encore parmi les rochers du Couron où il l'a vue toute sa vie, comme s'il lui était donné de voir les morts, parce qu'il faut que je vous dise, Apolline n'est plus de ce monde depuis bien longtemps. Récemment encore, il me racontait qu'elle courait devant lui, venant de la passe du Diable. Il l'avait suivie, mais elle avait disparu parmi les rochers, elle avait atteint les grands bois et il avait perdu sa trace. Quelquefois, il la voyait à cheval traverser les pâtures, alors que, je peux vous assurer, Apolline n'a jamais été capable de monter à cheval.

Et puis hier, ça a été le drame. Il l'aurait vue avec un homme. C'est ce qui l'a mis dans cet état. Bernadette est venue me chercher, elle ne savait plus quoi faire pour le calmer. La scène qu'il a vue l'a bouleversé. L'homme qui était avec Apolline s'est mis à la battre. Elle s'est d'abord défendue, mais l'homme était une brute. Avant qu'Augustin n'ait pu intervenir - mais s'il était intervenu, il n'aurait pas fait long feu devant ce colosse - l'homme avait assommé Apolline et l'avait chargée sur son épaule comme un sac de blé. Quand Augustin est arrivé sur le lieu du drame, il ne restait plus à terre qu'une petite boîte qu'il y a trouvée. Avec une lettre d'amour, m'a-t-il assuré, une lettre où elle lui dit de l'attendre, qu'elle reviendrait. C'est un mystère parce qu'Augustin ne sait pas lire. J'ai pourtant vu la boîte et la lettre… enfin, le papier qui était dedans. Quand j'y pense, Apolline non plus ne savait ni lire ni écrire. Ici quand on a un père qui a du bien, on ne pense pas à ces fredaines. On vous met au travail dès votre plus jeune âge. Une fille doit savoir tout faire dans la maison, conserver son bien, le faire fructifier, diriger les travaux de la ferme. Elle doit savoir emplir le cellier de conserves et de confitures et garnir de draps brodés à ses initiales les lourdes armoires de chêne embaumées de lavande. C'est elle qui tiendra le trousseau de clés, qui dirigera les domestiques, la souillon comme le valet de ferme. Alors lire et écrire…

C'est moi, Monsieur, qui lui avais appris à filer la laine, du temps où le domaine de Pecorelle était encore dirigé par son père, l'oncle d'Augustin, ce Grégoire Chabertins qui voulait pour sa fille Apolline un mariage au-dessus de sa condition. Grégoire Chabertins est aussi mon oncle. Ce Grégoire, le cadet des trois frères Chabertins, n'avait eu aucun scrupule à dépouiller son neveu Augustin qui était orphelin, puisque c'était pour elle qu'il le faisait. Mais voilà, tout ce passé remonte à la surface aujourd'hui. Ses actes mauvais et ses tourments. Et il continue de hanter Augustin. J'en suis retournée parce que, comme je vous l'ai dit, Apolline est sous terre depuis bien une vingtaine d'années.

Bernadette a entendu ses hurlements de bête ce matin, en passant devant Bertane avec ses chèvres. Elle est venue me chercher aussitôt. Elle croyait qu'il était en train de mourir. C'est de la folie, c'est sa folie à lui. Les morts ne reviennent pas sur terre hanter les vivants. Et pourtant, une chose me chiffonne. Jusque là, je n'avais jamais cru à toutes les fantaisies qu'il me racontait. Mais il m'a montré le papier qu'il garde précieusement plié dans la petite boîte, et il serre la boîte sur son cœur comme si c'était un trésor. C'est une feuille toute blanche. Il dit qu'elle est pleine de l'amour d'Apolline. Il dit qu'on ne voit pas les mots. Ils sont cachés dans les creux du papier. Lui, à force de regarder, il peut maintenant les voir. Après qu'il me l'a montrée, il l'a repliée et rangée dans cette petite boîte précieuse comme un bijou, une boîte comme je n'en avais jamais vu.

Monsieur, je suis vieille et le chagrin m'égare sans doute. Mais non, j'ai beau y penser, je ne vois pas qui, dans le village, pourrait posséder une chose si raffinée et aussi inutile que cette petite boîte. »

8

Cette lettre qu'il avait tant attendue, il la tenait maintenant entre ses mains tremblantes. Il en avait compris la provenance d'un seul coup d'œil sur la suscription. Les arabesques de l'énergique calligraphie avaient provoqué un choc dans sa poitrine, bien avant qu'un nom ne vienne sur ses lèvres et n'en sorte dans un souffle. Mademoiselle Marthe Regardini lui faisait l'honneur de la lui adresser. Après tout ce temps passé à courir le monde, toujours lancé sur une piste qui s'avérait fausse, comme si elle lui avait été désignée par quelque démon facétieux, cela était tellement inattendu qu'il avait dû calmer son émotion avant de pouvoir la lire.

Car, comme le poète, il avait désespéré d'avoir un signe d'elle. Et maintenant il était là, ce signe, entre ses mains, comme un espoir. Pour en déguster chaque mot et chaque intention, il décida d'aller lire la précieuse missive près des ruines de Combeferres, dans le parc resté intact. C'est là qu'il entendrait résonner la voix de Marthe aussi clairement qu'il l'y avait entendue autrefois, lors de leurs brèves rencontres.

« *Monsieur,*

j'apprends votre retour par un agent voué à notre cause qui est, lui aussi, revenu à Couraurgues après des années d'absence. Ce fut la seule amitié, avec la vôtre, qui me fut concédée, dans la solitude où je me suis trouvée contrainte de vivre pendant plusieurs années, et vous savez pour quelles raisons. Mais je ne vous ferai pas l'affront de penser que vous m'avez oubliée, ainsi que mon histoire. Je suis bien heureuse de retrouver votre trace, après tant de temps passé à la chercher en vain. J'ai appris également que vous avez quitté cette police à la solde d'un gouvernement qui déshonore la France. Dès lors, je pense que nous pourrions mieux nous entendre. Si ma proposition vous intéresse, trouvez-vous dans les bois de Garmagne le premier jour du mois prochain, dès l'aube. Cette personne dont je vous parle et qui a toute ma confiance, viendra. Elle saura vous y retrouver, où que vous soyez. Veuillez recevoir, Monsieur, l'assurance de mon amitié la plus sincère. »

La lettre n'en disait pas davantage. Elle ne s'étendait ni sur l'étrange rencontre, ni sur l'étrange amitié qui se réveillait ainsi après plusieurs années d'un silence lequel, malgré les dénégations de Marthe, avait plutôt ressemblé à une fuite. Il fallait se contenter de l'éventuelle possibilité de cette rencontre avec un inconnu, qu'elle lui imposait sous certaines conditions, déterminées par elle seule. Elle continuait de cultiver l'art du mystère. Elle restait invisible, insaisissable, comme il l'avait toujours connue. Aussi insaisissable que pouvait l'être une morte, celle qu'il pleurait encore, après tant d'années de veuvage.

L'espoir que représentait Marthe aujourd'hui, était celui de faire renaître un lien qu'il croyait perdu. Un lien subtil et insolite qui lui permettrait de maintenir le contact avec son propre chagrin, son amour d'autrefois, sa volonté et sa peur d'aimer. Que Marthe fût devenue le seul intercesseur possible entre lui-même et son passé était évident. Il en avait eu la preuve lors de son premier séjour à Couraurgues, quand il l'avait connue. Sa réapparition soudaine était si inespérée qu'il ne songea à aucun moment à se soustraire à l'éventualité de cet étrange rendez-vous.

En même temps que le passé, quelque chose revenait dans sa vie. La promesse d'une action, celle d'une amitié. Il attendait beaucoup plus. Il avait toujours refusé de se l'avouer, mais il savait que c'était elle qui lui permettrait la transgression jusque là impossible de son amour pour Céleste, un acte qu'il redoutait depuis sa disparition. C'était la terreur qu'un tel acte lui inspirait qui l'avait ramené au présent état d'immobilité et l'y maintenait, après ses vaines tentatives de retrouver Marthe. Elle était seule sans doute à pouvoir l'en faire sortir. Car il n'y avait qu'elle pour l'aider à franchir le pas et lui apporter quelque apaisement. Elle était la seule personne dotée de la capacité de le ramener à Céleste, quoi qu'elle fît. Tant de ressemblance entre les deux femmes ne pouvait être fortuite.

Il avait pourtant cru Céleste unique. Il l'avait rêvée telle. Voir en Marthe une sorte de double, sa réincarnation, était un sujet de douleur qui ajoutait au chagrin de son deuil. Il eût voulu pleurer son absence en toute simplicité, comme le faisait le poète qui affirmait que « *lagrimar solo è il mio sommo diletto* ». Il eût voulu un chagrin démuni d'une complexité qui l'embarrassait. Mais ces années d'errance lui avaient démontré que, plus que tout, il redoutait l'absence de ce chagrin qui vidait sa vie de tout sens.

Il pensait « *io piango il mio ben* » mais il n'était pas sûr, aujourd'hui, que ce « bien » lui eût appartenu, ni qu'il eût existé assez fort dans sa vie pour lui permettre de le pleurer avec la même conviction. Peut-être s'était-il trompé. Ce « bien » avait fini par le dévorer, l'anéantir. Il s'était transmué, au cours de temps, au point de le vider de toute substance et de le laisser incertain d'exister encore.

Les mots du poète prenaient chaque jour plus de signification. Ils entraient dans son âme et la torturaient. Il vivait dans sa chair l'idée que « *quanto piace al mondo è breve sogno* ». Ces mots, avaient pris consistance dans son esprit, le jour lointain où s'était révélée à lui une vérité. Il avait vu, dans les ruines de Combeferres, Marthe et Céleste, brodant devant la cheminée du salon, le temps d'un rêve ou d'un cauchemar. Il s'était abîmé pendant des heures dans leur contemplation. Cette vision lui avait paru plus réelle que la réalité. Elle avait été assez puissante pour déterminer son retour à Couraurgues.

Il avait alors décidé de mettre tout le vouloir dont il était capable à inventer une nouvelle façon de prolonger son rêve, cette illusion seule capable de lui faire traverser les longues années qui lui restaient à vivre. Car il fallait bien trouver un moyen de rendre sa propre compagnie acceptable, pour traverser le désert qu'était devenue sa vie.

<u>9</u>

Le village était endormi depuis longtemps lorsque, dans le silence d'une nuit sans lune, les petits coups répétés de la main de cuivre heurtant la porte retentirent comme un coup de tonnerre. Debrume rassembla ses papiers étalés sur la table de la cuisine qui servait aussi de pièce de réception, et alla ouvrir. Il eut la surprise de reconnaître le notaire, Maître Trabon, sous le chapeau noir à larges bords des charbonniers qui, lorsqu'ils quittent les grands bois pour les villages, leur donne l'air d'être en quête d'un mauvais coup.

Cette visite en pleine nuit voulait être discrète. La main de cuivre ne l'avait pas été. Ainsi, de l'autre côté de la placette, Debrume put-il voir un volet se refermer lentement. La fréquence des insomnies dépassant ici la moyenne de ce qu'on pouvait espérer dans un village où aucun événement particulier ne venait troubler l'ordre des choses, rien n'y passait inaperçu. Demain, chacun saurait que Maître Trabon, si on l'avait reconnu, avait à faire avec Debrume. Sinon, on inventerait quelque autre commerce et on se perdrait en conjectures. Les femmes au lavoir, les vieux attendant au soleil sur les bancs de pierre, auraient de quoi se distraire de leur lourd travail.

Le notaire entra comme un voleur en se faufilant. Il avait perdu sa superbe habituelle et ne gardait, de la prestance conférée par son métier, que l'austère attitude de l'homme qui traite d'affaires sérieuses. Et cette affaire, pour lui, l'était plus que toute autre. Il s'agissait de sa fille dit-il d'emblée. Elle avait disparu depuis plusieurs jours. Il entreprit de raconter, allant droit au but, en honnête homme.

« Je sais, dit-il, qu'elle n'est pas un parangon de vertu. Elle est peut-être, en ce moment même où je me tourne les sangs, à ribauder chez quelque amant de passage. Qui sait où ?... dans une ville de la côte ou dans une ferme abandonnée des alentours.

Mais elle n'a pas coutume de nous laisser sans nouvelle. Sa nourrice elle-même, la vieille Germaine, à laquelle elle est très attachée, ne sait où elle se trouve. Elle m'a rapporté que depuis quelques temps, Evangéline rencontre un homme dans les bois de Garmagne. Elle ne sait qui il est. Peut-être l'un de ces maquignons avec qui elle a à faire sans arrêt et dont elle a fini par attraper les manières, à force de discuter de pair à pair avec eux. Car il faut dire qu'elle a commerce avec toutes sortes de gens, par le biais de ses chevaux : maquignons, palefreniers ou marquis et barons de la noblesse locale. Elle ne fait pas la différence entre les uns et les autres, tant son besoin… d'amour… est insatiable.

Il est difficile pour un père de parler de ces désordres des sens qui emportent sa fille et d'avouer l'échec de l'éducation à laquelle il a tenté en vain de la soumettre. Mais que voulez-vous que fasse un homme seul confronté au mystère des filles, quand lui-même est taraudé par l'absence d'une épouse (volage, hélas, elle aussi), de grande beauté et trop tôt disparue, et qu'il est occupé par la tyrannie de ses propres besoins. En fait, j'ai eu beau la marier décemment, voire un peu au-dessus de sa condition, malgré ses travers, c'est dans l'amour des chevaux qu'Evangeline trouve ce que l'amour du sexe ne lui apporte pas et ne lui apportera jamais. La nature finit par rétablir l'équilibre. Il faudrait lui faire confiance. Si ce n'était le regard que la population porte sur des notables passés dans le camp de la noblesse, tout cela me serait indifférent. Mais ne discutons plus des mérites et des manques. Chacun possède les siens.

Parfois cependant, il arrive que ma fille tombe amoureuse. Elle vit alors cet amour pleinement et sans retenue. Mais jamais sans en avertir sa nourrice, la vieille Germaine, à laquelle elle tient plus qu'à quiconque. C'est ainsi que depuis quelques années, je la sais éprise d'un certain Comte de Claille qui la suit partout dans ses voyages et la comble de cadeaux. Il a fait construire pour elle, en Haute Provence, une splendide demeure où elle ne réside guère. Quant à son mari le marquis, il y a beau temps qu'il s'adonne à d'autres plaisirs et je le tiens en partie responsable de ces besoins non assouvis que la nature est poussée à combler ailleurs et que seule, la maternité qu'il refuse à son épouse, aurait pu combler. En d'autres termes, s'il lui avait fait quelques beaux enfants… Mais, seule à Bourdaine durant des mois entiers, il a bien fallu qu'elle trouve le moyen de se consoler. Et des moyens, elle en est fortement dotée, croyez-le. Même s'il me coûte de le reconnaître, c'est une sacrée luronne. Et de plus, à l'esprit pétri d'imagination. Le haras la comble, puisqu'elle y trouve l'occasion de rencontres masculines, loin de la société à laquelle elle appartient.

Bref, nous ne comprenons pas son silence. Il nous faut entreprendre des recherches, dans la plus grande discrétion. J'ai une renommée à protéger. Et la réputation de ma fille est en jeu, ainsi que l'honneur de la famille. Je vous demande de m'aider. Ne pas savoir est un supplice. »

Le notaire se retira avec force remerciements, après que Debrume lui eut signifié qu'il ferait son possible, bien que ne disposant plus d'aucune autorité officielle. Un service entre bons voisins ajouta-t-il en prenant poliment ses distances, tout en se fendant d'une légère flexion du buste.

Puis il y repensa. Lorsqu'il se retrouva seul face à la lampe à pétrole dont la flamme vacillante n'avait plus la belle raideur qu'elle montrait au début de la soirée, les paroles de Maître Trabon résonnaient à son oreille. C'étaient celles qui l'avaient convaincu. « Ne pas savoir est un supplice ». Car il savait trop ce que signifiait « ne pas savoir ». Pendant les années où il avait cherché Marthe dans tous les coins de l'Europe, il avait eu le temps de comprendre pleinement la signification de ces mots.

Certes, pour lui, enfin, tout venait de basculer. La lettre de Marthe qu'il venait de recevoir allait peut-être lui permettre d'effacer de son esprit la souffrance insidieuse qui l'avait poursuivi lorsqu'il croyait avoir perdu pour toujours tout contact avec elle. Car, alors qu'il ne l'attendait plus – et donc, encore une fois il constatait que les choses arrivent toujours quand on en a perdu le désir – la lettre tant espérée lui était enfin parvenue. Marthe lui envoyait quelqu'un. Il n'aurait qu'à suivre ses directives. Sa lettre n'insinuait rien d'autre, mais il était clair qu'il devait s'exécuter s'il voulait la revoir un jour. Elle lui mettait encore une fois le couteau sous la gorge. Or, revoir Marthe, était devenu, au fil des années, il ne savait par quel truchement, l'équivalent de retrouver le souvenir de Céleste. Les deux femmes s'étaient dédoublées à souhait dans ses rêves. Reflet l'une de l'autre, elles l'avaient obligé à porter un fardeau de regrets. « *Come ver prigioniero afflicto delle catene mie, gran parte porto* » disait le poète. Ces regrets, lourds comme des chaînes, écrasaient son cœur de trop de poids et le rendaient incapable de toute nouvelle vibration, de tout autre espoir. Il était prêt à tout pour s'en débarrasser.

Il était cependant étonné d'entendre évoquer par Marthe une présence amie dans ces terres, alors qu'il l'avait connue si solitaire. Et au même moment où il entendait parler de cette amitié pour la première fois, on venait de lui signaler la disparition d'une jeune femme qui devait avoir sensiblement le même âge que Marthe. La coïncidence n'était peut-être pas le fait du hasard et avait de quoi le sortir de ses méditations habituelles.

C'était comme si tout à coup les événements le réveillaient de la torpeur à laquelle il s'était abandonné jusque là.

Et comme par hasard, ils étaient multiples et divers. Plusieurs questions se posaient à la fois et n'avaient pas de réponse. Augustin avait perdu son amour. Disparue, emportée par un homme avec brutalité, Apolline, qui par ailleurs, était enterrée depuis des lustres dans le cimetière de Couraurgues, lui avait laissé une petite boîte qui contenait une lettre sans mot. Peu de temps après, Mademoiselle Marthe se manifestait, après plusieurs années d'un silence intégral, lui révélant la présence à Couraurgues, d'un « agent voué à notre cause », désireux de le rencontrer. Au même moment, Maître Trabon cherchait désespérément sa fille, perpétuellement tourmentée par l'appel des sens, et dont Germaine, la nourrice tant aimée, au courant de toutes ses frasques et ne s'étonnant plus de rien, n'avait aucune nouvelle.

Le sommeil ne venant toujours pas, l'ex-inspecteur se retourna sur son matelas pendant une bonne partie de la nuit, ce qui lui permit d'entendre sonner les heures au clocher du village. Il se répétait que le hasard n'existe pas et qu'il allait sans doute se retrouver englué, à son insu, dans une fine trame dont il devrait démêler les fils. Il sentait revenir en lui cette impatience qu'il avait bien connue autrefois et qui l'avait peu à peu quitté. Malgré l'insomnie, l'impatience était une bonne chose. Elle allait lui redonner vie.

10

Quand il avait repris ses esprits, Augustin s'était dit que maintenant, il ne lui restait d'Apolline que cette étrange petite boîte. Elle devint l'objet de toutes ses dévotions. C'était un objet précieux, le seul qu'il lui avait été concédé de voir dans sa vie, en dehors de ceux que le prêtre utilisait pour la messe. Il avait toujours été impressionné par les objets qui s'attachaient au mystère du culte. Il avait admiré le calice d'argent, le ciboire, les burettes où l'on mettait le vin sacré, les grands chandeliers de vermeil que la servante astiquait avec une conscience appliquée, et qui trônaient sur la nappe brodée par quelque donatrice désoeuvrée. Mais ce petit objet, qu'il avait la chance de tenir dans ses mains, était chargé d'un mystère bien plus inquiétant, celui d'une femme. Il avait une valeur inestimable. Car il ne s'agissait pas de n'importe quelle femme.

Lorsqu'il venait au village pour assister à la messe, Augustin s'était toujours demandé ce que les maîtresses des bastides recelaient dans leurs petites aumônières, hormis le mouchoir de dentelle qu'elles en tiraient, d'un geste rapide de leurs mains gantées. Il eut vite la conviction que cet objet avait passé tellement de temps dans l'aumônière d'Apolline qu'il était imbibé de sa présence. Manipulé par elle, il était plein de la force de ses mains, de leur claire odeur de propreté et d'ordre, comme elle savait en dispenser autour d'elle. Elle avait dirigé la maison de son père, puis la sienne, en maîtresse femme, alors que lui n'avait dirigé que son troupeau, qui ne lui appartenait pas mais qui faisait partie des possessions de son oncle Chabertins, le père d'Apolline. Tout comme les trois bergeries qui se situaient sur les pentes sud du Couron, à l'ouest de Couraurgues et qui tenaient les terres étagées en pente douce jusqu'à la forêt de Garmagne. Elles avaient chacune un nom : Vallaure, Callongue et la plus reculée, celle de Bertane où Augustin gardait son troupeau.

C'était là, à Bertane qu'après la mort de son père, son oncle l'avait envoyé, quand il était enfant, pour apprendre le métier, auprès du vieil Honoré. Il y avait si longtemps, que tout le monde l'avait oublié. Augustin lui-même s'en souvenait à peine, comme on se souvient de quelque chose qui s'est passé dans une autre vie. Personne ne lui avait jamais dit pourquoi son oncle l'avait envoyé là, après la mort de son père. Il était encore un petit enfant, il savait à peine parler. C'était le vieux Noré qui lui avait finalement raconté son histoire. Il avait attendu le dernier moment. Il avait pris mille détours, comme pour avouer une faute, ou plutôt comme pour confier un secret qui peut vous exploser à la figure avec la force d'une bombe.

Augustin se souvenait bien du vieux Noré, dont la sévérité et l'exigence lui avaient permis d'apprendre des choses que seuls les bergers savent. Il avait vécu avec lui longtemps. Il avait eu pour lui le respect d'un fils envers son père. Il avait appris, à ses côtés, ce métier qui lui avait donné tant de bonheur. Sa vie s'était écroulée quand il avait compris que Noré allait le quitter pour toujours. Il l'avait assisté jusqu'à la fin. Dans son dernier souffle, le vieux berger lui avait fait cette terrible révélation. Puis il l'avait laissé seul. Tout seul, avec le troupeau qu'il fallait gouverner. Tout seul, avec pour seuls amis, les rochers du Couron.

La révélation de Noré avait été inutile. Elle arrivait bien trop tard. L'oncle avait déjà marié Apolline, et les bergeries lui avaient été données en dot. Il n'allait pas les lui reprendre. D'autant qu'il avait une chance, celle de pouvoir continuer à y vivre et à y travailler, le mari d'Apolline ayant accepté de le garder à son service. Ce nouveau propriétaire ne connaissait rien aux brebis, et il avait besoin de bergers comme lui, pour faire fructifier les biens de sa toute jeune épouse.

D'autant qu'Augustin n'avait rien à faire des biens qui avaient appartenu à son père, du moment qu'il lui restait un bien, plus précieux que sa propre vie, Apolline. Mais il avait dû attendre des années cependant, avant de la voir revenir le ravitailler à la bergerie, comme avant son mariage. Elle avait eu déjà un ou deux enfants. Elle était plus belle que jamais. Et grâce à ses visites, Augustin s'était senti plus important que son mari lui-même.

Ils étaient encore enfants quand Apolline, aidée de sa cousine Prudence, avait eu la charge du ravitaillement de la bergerie de Bertane. L'oncle avait choisi de le tenir à distance. Le village devait l'oublier, ainsi que son héritage. Mais cela n'avait pas d'importance. Pour admirer la beauté d'Apolline, Augustin eût donné toutes les bergeries du monde. Ainsi que l'amitié des villageois. Si on le croyait mort, ou parti loin de Couraurgues, tant mieux. On ne s'occupait pas de lui. Il n'avait besoin de personne tant qu'il avait Apolline.

Le temps avait passé. Prudence avait épousé le maître des Pécorelles, et avait cessé d'accompagner Apolline jusqu'à Bertane. Augustin ne la voyait plus que lorsqu'il allait par hasard au village. Il la saluait avec humilité et déférence, en ôtant son chapeau à son passage, à la sortie de la messe, et il s'inclinait, comme il convient de faire au berger devant une maîtresse, et comme le vieux Noré le lui avait appris.

Après le mariage de Prudence, Apolline revint toute seule à la bergerie, guidant l'âne dont le bât était chargé de paquets pour lui. Recevoir la visite d'Apolline valait bien plus qu'un héritage. Les attentions qu'elle avait pour lui le consolaient de toutes les humiliations qu'il avait pu subir.

Il fut aux anges lorsqu'elle l'embrassa pour la première fois, après tant d'années de douce et respectueuse amitié. A partir de ce moment, il guetta son arrivée à tout moment. Il surveillait la naissance du jour pour voir pointer le bout de sa coiffe dans les sentiers déserts de la montagne. S'il ne l'avait vue de la journée, il espérait la tombée de la nuit, pour voir grandir comme une étoile, la petite tache blanche dans l'obscurité.

Quand Apolline tardait, il faisait un grand feu devant la bergerie pour qu'elle retrouve son chemin, au cas où elle se serait perdue.

Elle pouvait arriver à n'importe quelle heure, elle se jetait dans ses bras pleins de cette force toute neuve qui ne lui servait plus qu'à la serrer contre lui et à la caresser. Ils faisaient l'amour longtemps, la nuit sous le ciel noir, ou dans la journée, à l'ombre du mûrier, à l'abri du vent d'hiver. Les rochers du Couron les entouraient de leur silence. Ils étaient leur seul refuge, la société des hommes leur ayant refusé la chaleur d'un foyer, une maison dans laquelle ils eussent vu grandir leurs enfants, coulés dans cette tendresse de tous les instants qu'ils auraient partagée et dispensée autour d'eux jusqu'à leur mort. Même si le vieux Noré avait parlé trop tard, Augustin se trouvait bien heureux, de pouvoir continuer à aimer Apolline de cet amour interdit.

Un jour, il ne savait pourquoi, cela aussi avait pris fin. Apolline n'était plus revenue. Et une autre vie avait commencé pour Augustin, une vie étrange, où il ne vivait que de son image qu'il voyait partout, à tel point que Prudence le croyait fou. Mais aujourd'hui, après tant d'années, - et désormais, il était un vieil homme -, Apolline était revenue en chair et en os. Cette fois-ci, il en avait la preuve et il pouvait la montrer à tous : elle avait laissé pour lui cet objet précieux, juste avant que l'homme ne la brutalise et ne la charge sur ses épaules, comme un sac de farine. Il avait vu ses beaux cheveux dénoués pendre en vagues d'or le long des bottes de l'homme, il avait vu ses mains attachées derrière son dos. Il avait couru à son secours, mais il était arrivé trop tard. Il avançait avec difficulté dans les redoutables escarpements du ravin Pigouret. L'air lui manquait. Sa houppelande le gênait. Ses vieilles jambes ne le tenaient plus. Quand il était arrivé de l'autre côté, l'homme avait eu le temps de faire du chemin.

Apolline était bien revenue et il en avait une preuve tangible. Pendant des années, certes, il n'avait pu voir que son image qui apparaissait devant lui, ébloui de soleil et comme saoul de lumière. S'il l'avait cherchée toute la journée dans chaque recoin d'ombre de la montagne, il lui arrivait parfois de ne pas être déçu. Après des heures d'attente et de désespoir, il voyait paraître sa silhouette dans les formes humaines des rochers, eux qui étaient toujours sur le point de se mettre en mouvement pour lui, et qui l'appelaient de leur voix de silence. Ils avaient un langage qu'il avait la chance de comprendre, plein de cette tendresse qu'ils lui avaient prodiguée quand, jeune orphelin, il avait été envoyé à Bertane pour la première fois. Ils provoquaient dans le cœur d'Augustin une émotion de grande intensité. Parfois, il leur arrivait même de prendre la voix d'Apolline. Alors, il entendait distinctement ses gémissements qui le faisaient trembler. Il étreignait les rochers des heures entières, s'accrochant à eux ou à leur ombre. La lumière du soleil ou de la lune les animait pour lui. Ils le faisaient tourner dans une ronde folle qui avait le pouvoir d'emporter loin de lui son chagrin. Il était le seul à connaître la vie des rochers enfouie sous leur carapace. Ils lui dispensaient cette nourriture qu'il réclamait comme un oiseau tombé du nid. Le corps de chair d'Apolline, durant toutes ces années de solitude, il l'avait possédé, encore et toujours, grâce à eux. Le plaisir le rendait au ciel et aux étoiles, au soleil et à la terre, épuisé, désemparé, sans qu'il pût dire s'il était entré de plain pied dans le mystère de la beauté du monde, où s'il en était définitivement exclus, comme frappé de malédiction.

Il revenait à la bergerie, et entreprenait d'attendre encore un nouveau passage d'Apolline au cœur profond des rochers du Couron, ses seuls amis. Il tirait le vin de la bombonne déjà bien entamée. Prudence ne tarderait pas à lui en amener une autre, car elle savait combien il en avait besoin, elle qui connaissait son secret.

Aujourd'hui, Prudence était vieille, elle aussi. Mais il pouvait compter sur elle. Il avait confiance en elle, comme il avait eu confiance dans le vieux Noré. Un seul sujet de discorde existait entre eux. Il fermait ses oreilles quand elle lui répétait : « Apolline est au cimetière depuis tant d'années… cesse de l'attendre, Augustin. Les morts ne reviennent pas, même parmi les rochers du Couron… »

Ils finissaient par se disputer. Prudence repartait fâchée, mais elle revenait toujours avec la nourriture et la bombonne de vin. Si elle en était empêchée, - elle aussi maintenant avait de vielles jambes -, elle faisait envoyer quelqu'un du jas de Pecorelles. Depuis qu'elle habitait le village, il descendait parfois, seulement pour la voir. Avec elle, il pouvait parler d'Apolline. Ils étaient certainement les seuls à ne pas l'avoir oubliée.

C'était donc à elle que, tout naturellement, il était venu dire ce qu'il avait vu au bord du ravin Pigouret. D'autant qu'avec cette jolie petite boîte et la lettre sans mot, il avait de quoi lui clouer le bec. Il espérait bien que cela lui servirait de leçon désormais et qu'elle ne voudrait plus le traîner au cimetière pour lui montrer la tombe d'Apolline. Aujourd'hui qu'il avait une preuve de sa présence, la petite boîte d'écaille, avec, sur son couvercle, une belle lettre d'or joliment chantournée, elle aurait beau lui raconter des fredaines, il n'était pas près de se laisser faire comme quand il était petit et que son oncle avait disposé de sa personne. Il savait qu'au village, ils n'avaient jamais rien compris aux choses essentielles, comme le vent, les étoiles, les rochers et leur mystère. Tout cela leur était interdit. Ils avaient seulement besoin de mettre un mot ou un chiffre sur les choses. Et là, ils pouvaient tous y venir. Il avait de quoi leur répondre. Il les attendait de pied ferme.

11

Le village n'avait jamais été aussi calme. Rien ne troublait sa paix. L'automne était particulièrement chaud et les vieilles pierres semblaient endormies sous le soleil nonchalant qui s'attardait, comme s'il avait oublié le rythme des saisons. Quelques belles averses avaient fait reverdir les prés. Et si on faisait abstraction, pendant un instant, du sens inéluctable de la marche du temps, il semblait qu'on revenait en arrière, que le printemps allait refleurir et que la sécheresse de l'été ne tarderait pas à s'installer.

Les promenades à cheval étaient délicieuses. Debrume ne se privait pas de se rendre chaque jour dans ces lieux qu'il avait appris à aimer et qui, naguère, l'avaient aidé à traverser les heures terribles de son récent veuvage. Quand il quittait le village le matin de bonne heure, les paysans s'apprêtaient à partir aux champs. On avait commencé les labours et par les chemins, il croisait les attelages. Il s'étonnait de la docilité des mulets qui, aguerris aux lourds labeurs et au climat rigide du pays, ne rechignaient pas à la besogne, à l'instar de ceux qui les conduisaient.

On le saluait maintenant avec une certaine déférence et avec plus de chaleur qu'on mettait à saluer le brigadier Marino. Entre les villageois et Debrume, il y avait des souvenirs, et même une certaine connivence, quelque chose qui aurait pu ressembler à de la sympathie, si la nature rétive des habitants du lieu en avait été capable. On se souvenait de ses exploits d'autrefois. Ce n'était pas rien que d'avoir débarrassé le village d'une étrangère aux allures de sorcière qui attirait le malheur sur les habitants. Le brigadier Marino lui-même lui montrait un grand respect. Fier et sûr de lui, sous son uniforme rutilant, laissant apparaître une assurance qui lui donnait des ailes, il accomplissait sa mission avec une foi indéfectible dans son autorité. Cette foi, Debrume la lui enviait, lui qui n'avait jamais connu que le doute. Les supérieurs de Marino l'avaient destiné à une mission de pacification. Jamais il n'eût songé à restreindre l'intolérance qu'elle requerrait, puisque cette même intolérance la rendait légitime à ses yeux.

Le bonheur béat de la certitude, pour lequel Marino était particulièrement doué, Debrume ne l'avait jamais connu et ne le connaîtrait jamais. Et à nouveau, la lettre de Mademoiselle Marthe ne suffirait pas à lui faire oublier ces questionnements qui le taraudaient depuis qu'il lui avait apporté son aide. Car elle faisait à nouveau intrusion dans sa vie juste au moment où il pensait avoir atteint une certaine paix de l'âme due à une forme de renoncement aux choses du monde, à quoi il était bien décidé de s'accrocher comme à une planche de salut.

La lettre, qu'il y a quelque temps encore il appelait de ses vœux, mettait maintenant à mal ses humbles projets d'avenir. Des projets qui n'en étaient pas, puisque le seul avenir qu'il voyait devant lui était l'immobilité dans laquelle il s'efforçait d'apaiser les remous du passé. Il savait pourtant que l'immobilité allait de pair avec la mort de l'âme. Mais il avait fini par se résigner à ce choix, comme s'il n'avait plus qu'à attendre sans bouger la fin du tour de piste qu'un démiurge facétieux lui avait demandé d'accomplir sur cette terre. Car maintenant il se sentait prêt. Il n'avait plus qu'elle à attendre, la mort, en espérant seulement qu'elle le prendrait un jour sans trop le bousculer. Il essayait de se convaincre qu'arriverait la délivrance. Il espérait pouvoir gagner sa mort comme on gagne sa vie, la construisant de toute pièce, sans avoir à parlementer ou à entreprendre une joute avec elle. Il espérait pouvoir disposer de la nuit éternelle comme l'on dispose de l'organisation de ses jours, et qu'elle lui apporte l'apaisement. C'était ainsi pensait-il et seulement ainsi, que la facétie pouvait avoir un sens.

Le calme dans lequel baignait le village, lui permettait de rentrer en lui-même et de s'adonner à ses méditations comme à un vice favori. Si, encore une fois, commérages et commentaires n'avaient pas manqué d'aller leur train, suite à l'événement rapporté par Augustin, il ne les entendait plus. Marino, lors de ses rondes répétées, dispersait les petits groupes qui se formaient dans les rues. Devant le beau cavalier à la moustache conquérante, les femmes baissaient le nez, les hommes saluaient, comme si de rien n'était. Il continuait sa marche, droit sous son bicorne, attentif aux sabots de son cheval se posant sur les pierres glissantes d'usure. Un silence étrange emplissait les rues à son passage.

Ce silence des habitants, qui contenait une certaine inquiétude, s'accroissait du silence caractéristique des journées d'automne qui s'était déjà installé partout dans les champs et les pâtures, les éteules seules s'émaillant parfois des cris acides d'un vol de corneilles. Ce silence s'accordait parfaitement aux besoins de Debrume. Rentré chez lui, il allumait la lampe, et emplissait des feuillets qu'il jetait au feu le soir, pour allumer le poêle. Il se perdait en conjectures sur l'identité de cette personne revenue à Couraurgues après des années d'absence, « cet agent voué à notre cause », comme le désignait Marthe dans sa lettre. Cet inconnu, qui pouvait être tout autant une inconnue, le connaissait peut-être, mais lui ne savait qui il était. Il avait pu le surveiller, entrer en secret dans sa vie, alors que lui-même ne pouvait le voir. C'était une situation embarrassante pour un ancien inspecteur qui se targuait d'avoir gardé de son métier un certain don pour l'observation de ses contemporains. Il est vrai qu'il avait volontiers laissé ce rôle à Marino.

Il ne savait pas si le brigadier avait eu vent de l'affaire qui l'avait tant occupé quelques années auparavant, ainsi que de l'existence de Mademoiselle Marthe, de ses agissements et du passage en ces lieux des patriotes républicains, ennemis de l'empire. Quant à lui, il s'était tenu inconfortablement assis entre deux chaises pendant longtemps : la fidélité qu'il devait au régime et la liberté de penser à laquelle il aspirait. La possibilité que Marthe lui avait désignée comme une issue à sa vie, il n'avait su la saisir en temps utile. Il n'avait démissionné que bien après l'opportunité qu'elle lui avait laissé entrevoir. C'était à ce moment là seulement qu'il avait compris que combattre ensemble pour la même cause l'eût délivré de bien des tourments. Il avait perdu une occasion de donner quelque illusion d'utilité à sa vie. Quand il avait pris conscience de son erreur, - de cette fuite -, il s'était accordé le retour au village de Couraurgues comme ultime consolation. Puisqu'il avait refusé une nouvelle occasion de vivre, il espérait y revivre ce qu'il y avait vécu autrefois. Il accomplirait chaque jour une sorte de retour sur lui-même. Il explorerait son passé sans répit.

Mais aujourd'hui, la lettre de Marthe ouvrait une voie nouvelle. C'était un vertige de penser qu'une action qu'on croyait enfouie dans les arcanes du temps, pouvait être reprise en main et corrigée. Marthe lui offrait une deuxième chance. Le temps allait de l'avant et il n'était pas si cruel. S'il restait clos sur lui-même, il savait parfois renouer des espoirs qu'on croyait perdus à jamais. Il fallait choisir de les vivre, si l'on ne voulait pas mourir.

Il irait donc au rendez-vous dans le bois de Garmagne. Il rechercherait également la belle disparue, comme son père lui avait demandé de le faire. Il mettrait sous surveillance le berger Augustin qui hantait la montagne à la recherche d'Apolline. Et il découvrirait l'identité de « cet agent voué à notre cause » dont il ne savait rien encore.

L'action ne pouvait que le délivrer de lui-même. Ce soir-là, son esprit était tendu vers l'avenir et baignait dans une simplicité de pensée qui, d'ordinaire, ne lui appartenait pas. Aussi, se mit-il à écouter la cloche égrener les heures jusqu'au milieu de la nuit, profitant de la compagnie de ce son qui avait traversé les âges pour renforcer les décisions qu'il venait de prendre et dont il espérait qu'elles donneraient un nouvel élan à sa vie.

12

La veille, un orage avait éclaté, déployant, à grand renfort de grondements, les éclats d'une lumière blafarde sur la montagne du Couron qui disparaissait maintenant dans le brouillard. Le froid, arrivé subitement, avait surpris le village qui s'était recroquevillé sur lui-même. La vie se regroupait dans les maisons, autour de la chaleur de l'âtre, au profond des pièces humides qu'un calen parcimonieux ne suffisait pas à sortir de l'ombre. Dans les rues vides, les fumées des foyers se mêlaient à l'odeur de la pluie et donnaient à l'air ce parfum qui racontait les peurs ancestrales devant le déchaînement des éléments et le plaisir douillet dispensé par le foyer, à l'abri de la foudre.

Les champs étaient déserts. Les bergeries vibraient des bêlements des troupeaux que les bergers avaient fait rentrer en toute hâte. Personne non plus sur la route qui venait de la ville. Sans doute la patache de V arriverait bien plus tard, à la nuit tombée. Car elle cheminait lentement à la lueur des lanternes et, par ce temps, un accident était vite arrivé. Elle pouvait être foudroyée en route, ou renversée par les chevaux apeurés, au cas où le postillon n'avait pas assez de savoir-faire pour rassurer ses bêtes.

Seul, un homme allait sur les sentiers du Couron. Son pas était mesuré. Il avait tout le temps devant lui. Résolu de procéder sans précipitation, protégé qu'il serait par les rumeurs de l'orage, et sûr que, personne ne serait là pour le surprendre. Son commanditaire avait été intransigeant sur la question : « Cinicchia, avait-il dit, tu sais ce que tu me dois. Cet enlèvement n'a servi à rien. Il te faut trouver ce que je cherche. Tu sais ce qui t'attend si tu t'es moqué de moi. Et si tu as eu assez d'inconsistance pour que quelque témoin remonte jusqu'à moi, ta peau ne vaut déjà plus grand-chose ».

Cet ordre ne laissait rien présager de bon. Il eût été inutile de refuser ce travail, d'arguer qu'il était devenu honnête, que son trafic de chevaux lui suffisait. L'homme le tenait. Et pourtant, Cinicchia n'était plus le hors-la-loi d'autrefois, quand, recherché par la police piémontaise, il dévalisait, pour survivre, les diligences et les charrettes qui transportaient le vin sur les routes d'Asti et de Cuneo. Ces charretiers, si faciles à cueillir après leurs livraisons, qui revenaient chez eux par les routes désertes, pleins de sous bien sonnants et de vin qui les faisaient chanter, étaient à sa portée. Mais il avait beau dire qu'il avait changé de vie, il n'y avait rien à faire. Son passeport et sa liberté ne lui seraient rendus que lorsqu'il aurait montré patte blanche et donné à cet homme ce qu'il voulait. Il ne lui restait qu'à obéir.

D'abord, il s'était agi d'enlever une femme. Cela avait été facile, puisqu'il avait avec elle un rapport particulier. Sans doute son commanditaire n'était-il pas au courant de cette liaison. Il lui avait demandé de trouver de mystérieux papiers qu'elle aurait dû posséder. Cet enlèvement n'avait pas suffi. L'homme l'avait menacé à nouveau, comme si la première fois, Cinicchia n'avait pas eu assez d'imagination pour comprendre.

« Tu sais ce qui se passerait en Piémont, du côté de Canelli, dans le village où tu es né, si par malheur pour toi… »

L'homme avait des arguments qu'il ne pouvait combattre. Il lui avait déjà donné des preuves de son implacable cruauté. Son cadet en avait fait les frais. La police avait eu beau conclure à une bagarre d'ivrognes, il était le seul de sa famille à savoir qu'il s'agissait de toute autre chose. L'émasculation que son frère avait subie était explicite. S'il ne voulait pas subir le même sort, il devait contenter son commanditaire et bourreau. Il lui fallait retrouver ces papiers que l'homme recherchait et il lui fallait supprimer toutes les traces de cette recherche.

Cinicchia, comme on l'appelait depuis qu'il avait quitté son Piémont natal et perdu son rang et son honneur, cheminait donc seul par les chemins muletiers. Il avait laissé son cheval du côté de la Passe du Diable pour plus de discrétion. Son chapeau tromblon, déplacé en ces lieux, mais qui était le seul qu'il possédait pour l'avoir récemment volé à un bourgeois imprudent voyageant seul dans la campagne déserte, et son long manteau noir ne le protégeaient plus de la pluie qui avait redoublé de puissance et qui s'infiltrait sous ses vêtements, mouillant sa flanelle. Les sentiers étaient devenus des torrents, l'eau emportait tout sur son passage. Les falaises du Couron crépitaient d'étincelles. Mais il préférait être foudroyé plutôt que de tomber aux mains de cet homme sans foi qui pouvait tout se permettre, qui avait la loi pour lui, une sorte de loi occulte, dont il jouait comme il lui plaisait, avec autant de désinvolture que lui-même jouait du couteau et du fouet, et qui avait l'habileté de toujours passer entre les mailles du filet.

Malgré la pluie et les éclairs qui éclataient dans le ciel noir, il savait où il allait. Quelqu'un ici le savait peut-être aussi. Peut-être même attendait-il sa visite. C'était ce berger qui l'avait vu s'enfuir alors qu'il emportait la belle, après l'avoir solidement ligotée, car il connaissait sa force. Il l'avait maintes fois affrontée dans les débordements de la chair pour lesquels elle avait un penchant certain et des inventions raffinées. C'était d'ailleurs la raison pour laquelle, après sa première livraison des chevaux de Camargue qu'elle avait choisis sur le marché d'Avignon, il revenait régulièrement rôder dans la région. Il profitait ainsi du moindre moment qu'elle voulait bien lui concéder. Il s'agissait d'une liaison comme il en avait tant, dans tous les pays que son métier l'appelait à traverser. Mais cette femme avait quelque chose de plus que les autres. Peut-être seulement parce que c'était elle qui décidait des rencontres, comme elle décidait des caresses. Et elle ne manquait jamais de le surprendre.

Il avait vu la houppelande du berger flotter au vent, alors qu'il la chargeait sur son dos. Il l'avait vu disparaître dans la brume de ce jour maudit où il avait accompli la mission qui n'avait pas donné satisfaction à son commanditaire. Il savait à qui pouvait appartenir cette houppelande. Il connaissait la bergerie non loin de laquelle il avait maintes fois rencontré son intrépide amante. Elle se situait loin de son haras où régulièrement, depuis quelques années, il lui amenait des chevaux de Camargue qu'elle affectionnait pour leur nervosité.

Il lui fallait être prudent. Le berger les connaissait. Il l'avait vu souvent les espionner alors qu'ils faisaient l'amour au creux des rochers. Ce jour-là, il avait peut-être entendu leur conversation après avoir assisté à leurs ébats. Et leurs dernières paroles avaient été explicites. Il avait le défaut de trop parler, contrairement aux gens de sa race qui sont économes de mots et d'effusions. Il lui avait dit clairement ce qu'il attendait d'elle et qu'il ne travaillait pas tout seul. Cinicchia n'avait pensé que plus tard à ce témoin gênant. Il s'était aussitôt décidé à agir. Mais peut-être était-il déjà trop tard.

Il savait bien, malgré le brouillard, vers quelle bergerie il dirigeait ses pas. Il y en avait trois de ce côté de la montagne, sur ces pentes où quelque pâture étique, en butte à la sécheresse, avait été arrachée à l'omniprésence des rochers. A travers l'épaisseur de pluie contre laquelle il avançait à grand peine et à grands mouvements de bras pour repousser la cataracte qui s'abattait sur lui, il allait voir apparaître, d'un moment à l'autre, le toit de tuiles roses qui frôlaient le sol, tant il était pentu, et les vieilles murailles grises qui y étaient profondément ancrées.

Il voyait la scène par avance. Après avoir repris haleine, il repousserait la porte violemment. Comme le berger n'aurait pas pu le voir arriver à cause de la pluie, il le surprendrait. Il le trouverait recroquevillé près du feu, dans l'angle de la petite pièce, endormi par la chaleur et par l'alcool. Il n'aurait aucun mal à accomplir son méfait, après un interrogatoire serré. Et il trouverait de quoi satisfaire son commanditaire, ce document sans lequel ses jours et ceux des siens ne valaient pas plus que ceux du berger, qu'il devait traquer comme une bête dans sa tanière et exécuter sans autre forme de procès.

Mais le berger n'était pas dans sa chambrette. Il le chercha pendant des heures sous la pluie et dans la nuit. Il ne le trouva pas. Il fut soulagé de ne pas avoir à le supplicier pour le faire parler. Et il se mit à trembler pour lui-même. Il allait devoir faire preuve d'imagination pour trouver quelque autre moyen de satisfaire la folie de son maître.

13

Le brigadier Marino n'avait jamais été aussi heureux. Quelque chose venait d'arriver, un événement extraordinaire, tel qu'il n'aurait jamais osé l'espérer. Un événement qui le mettait, en tant que représentant de la loi, sur le devant de la scène, et provoquait assez d'émoi dans la population pour qu'on ait recours à lui et à ses compétences. Il allait pouvoir enfin montrer de quoi il était capable. Certes, des esprits malveillants eussent pensé que cet événement montrait les failles de la surveillance qu'il exerçait sur le village. Ils eussent remis en cause ses qualités de gardien de la paix. Mais cette idée à laquelle il s'efforçait de ne pas penser, n'arrivait pas à gâcher sa joie. Il ne pouvait s'empêcher de se réjouir de ce qui venait de se passer. Car il avait vraiment désespéré sortir un jour de l'ennui dans lequel la lourde discipline qu'il s'imposait pour le maintien de l'ordre, le tenait.

La nouvelle était tombée le matin même. Bernadette avait donné l'alerte par des grommellements particulièrement furieux que, sur le moment, personne n'avait su déchiffrer. Elle avait été si véhémente, elle qui d'ordinaire grognait dans son coin comme un animal blessé sans s'occuper du reste du monde, que, lorsqu'elle était venue, encore une fois, chercher Prudence Malmaure en vociférant, elle avait fait naître un trouble mêlé de curiosité chez les habitants. Certains avaient même décidé de suivre les deux femmes. Elles les menèrent droit à la bergerie de Vallaure.

Cette bergerie se situait sur les pentes du Couron, à plus de deux lieues après la Passe du Diable. Elle apparaissait de loin dès qu'on avait dépassé la combe Saint Anne, comme un amas de pierres chaotiques qui, dans son incohérence, laissait entrevoir, sur un côté, un long rectangle pentu de tuiles roses touchant le sol. Lorsque les premiers arrivants aperçurent le troupeau qui se dirigeait au pied des hautes falaises, bien au-delà de la limite des terres attribuées au berger de Vallaure, on comprit que quelque chose était arrivé à Bernardin.

Le premier groupe de curieux était sur les lieux en fin de matinée. Pressentant de l'insolite, ils n'avaient pas lâché d'un pouce la bergère, qui continuait à hurler des mots qu'elle seule pouvait comprendre. Ils trouvèrent la porte de la chambrette grande ouverte. Le feu était éteint depuis longtemps. La barrière de l'enclos était tombée. Il avait fallu chercher un bon moment avant de découvrir l'homme. Les alentours de la bergerie avaient résonné longtemps d'appels, mais le berger n'était pas reparu. Quand les appels avaient cessé, le silence était devenu effrayant.

Seule Bernadette savait. Elle gesticulait de plus belle, mais personne ne comprenait ce qu'elle voulait dire. Ils finirent par la suivre, sans trop de conviction pourtant, parce qu'ils doutaient de sa raison et croyaient pouvoir se passer de son aide. Et aussi parce que le silence commençait à leur serrer le cœur.

On découvrit le berger à une distance considérable de son habitation, près de la source auprès de laquelle Bernadette essayait de les diriger depuis un moment, à grands renforts de gestes de ses bras et en s'empêtrant dans ses jupons de chanvre, à force de se retourner pour s'assurer qu'ils la suivaient bien.

Se penchant au-dessus de la source, un grand mûrier étendait ses branches. Ils n'eurent qu'à lever les yeux pour apercevoir les pieds de Bernardin dépassant la verdure. Son petit corps souffreteux pendait à la plus haute branche de cet arbre majestueux, dont l'ombre était si rafraîchissante en été quand la chaleur chauffait à blanc les pierres de la montagne.

Le premier geste fut de se précipiter pour dépendre Bernardin en espérant qu'un miracle pouvait être possible. Mais il gisait maintenant à terre sous le mûrier où il avait dû faire tant de douces siestes de son vivant. Il était mort. On se découvrit, on fit le signe de croix après avoir constitué un cercle recueilli autour de lui.

La deuxième pensée fut d'aller avertir le curé et le médecin pour constater le décès. Comme personne ne se précipitait, on commença à échanger des regards, plus explicites que des mots. Quelqu'un dit qu'avertir également le brigadier Marino les tiendrait tous hors de cause. Un autre ajouta qu'il fallait aussi appeler Debrume, car il avait fait ses preuves autrefois, contrairement à Marino qui, jusque là, s'était contenté de faire étalage de ses galons. On envoya le plus jeune et on attendit.

Deux heures plus tard, une véritable procession se dirigeait vers la combe St Anne pour rejoindre la bergerie de Vallaure où la plupart des villageois ne s'étaient jamais rendu de leur vie. Le ruban humain déroulait ses volutes le long des chemins muletiers, s'interrompant parfois quand de petits groupes s'attardaient. Même les vieilles femmes, la mère Bastour en tête, ne s'étaient pas épargnées cette marche pénible. Un suicide par pendaison ne s'était jamais vu ici, sauf peut-être au siècle dernier. Certains vieux en avaient parlé longtemps au coin du feu avant de disparaître à leur tour, et on avait même oublié le pourquoi et le comment d'un tel événement qui, en son temps, avait dû faire jaser comme il se doit.

Marino et Debrume arrivèrent peu après. Ils examinèrent la corde, le nœud coulant, le corps du berger, soulevant ses maigres hardes.

« Il est évident qu'il s'est pendu, dit Marino. Nous allons fabriquer un brancard de fortune pour le descendre au village. Le médecin constatera le décès et il faut espérer que Monsieur le Curé veuille bien lui donner une bénédiction, de manière à ce que ce pauvre hère ne traverse pas l'éternité tout seul comme il a traversé sa vie ».

Cette brève oraison funèbre étonna Debrume de la part d'un brigadier aussi rustique mais il ne l'interrompit pas, tout occupé à ses pensées et à ses observations.

Entre temps, les femmes étaient arrivées. On les avait tenues éloignées de la scène et elles s'étaient employées à approcher Bernadette qui hurlait à la mort, juchée au sommet d'un rocher pointu. De longues manœuvres furent nécessaires, car elle lançait des pierres à ceux qui voulaient lui apporter quelque réconfort. Cette petite femme était pleine d'un tel désespoir, qu'on ne savait plus comment lui faire entendre raison. Seule Prudence Malmaure réussit à trouver les mots. Elle savait encore employer ce langage d'autrefois, mélange de patois et de paroles inventées dans les jeux qu'elles avaient partagés, et qui avait gardé quelque chose des maladresses de la petite enfance, ces mots déformés dont les parents attendris entretiennent parfois longtemps le souvenir. Mais il fallut des trésors de patience pour ramener la bergère au village et lui administrer les tisanes calmantes dont Prudence avait le secret et qui lui permettraient le sommeil et l'oubli momentané.

Pendant ce temps, Charles Debrume avait continué ses recherches, alors que le brigadier gardait à distance les curieux. Car la foule qui s'était amassée autour de la source était prise de frénésie. Chacun se précipitait pour voir cet homme dont la misère des hardes leur faisait détourner les regards de lui, de son vivant. La misérable personne qui était maintenant vouée à la mort et proie de leurs regards curieux, attirait les villageois comme des mouches sur un plat sucré. On voulait se rendre compte, toucher la corde, voir la trace qu'elle avait laissée autour du cou, profiter de l'occasion pour observer à quoi ressemblait un pendu et comprendre enfin pourquoi on baissait toujours la voix quand on évoquait la mort par pendaison.

Le brigadier avait rassemblé un cordon de volontaires afin de protéger le cadavre qui gisait à terre. Debrume l'appela auprès de lui et lui glissa quelques mots dans le creux de l'oreille :

« Surtout, ne dites rien, et ne marquez aucune surprise, mais avez-vous déjà vu un suicidé par pendaison avec des traces de cordes autour des poignets et l'arrière du crâne à moitié défoncé, sans doute à coups de pierre ? A moins d'être très habile et d'avoir beaucoup d'imagination perverse, un homme qui veut se pendre par désespoir ne pense pas à ce type de pratiques préliminaires. Il faudra prévenir la préfecture. Mais je vous recommande le silence pour le moment, attendez les ordres… ». Puis il ajouta haut et fort : « Est-ce que le brancard est prêt brigadier ? Nous devrions faire descendre rapidement le corps. Nous le ferons examiner par le Docteur Courbet qui pourra déterminer quand le drame a eu lieu ».

Le brigadier était au comble du bonheur. C'était le plus beau jour de sa vie. Il donna ses ordres avec une autorité naissante dont il évalua aussitôt les diverses possibilités qu'elle lui offrait et les curieuses facettes qu'il n'avait pas soupçonnées. On obéissait au doigt et à l'œil, on s'agitait en exécutant ses ordres, comme des marionnettes au bout du fil. Marino en éprouva une infinie jouissance. C'est à Debrume qu'il la devait, ainsi que l'occasion de donner des preuves de sa vaillance. Une ère nouvelle s'ouvrait à lui. Couraurgues lui appartenait. Il ne songea plus un instant qu'un crime avait été commis alors que le pays était sous sa surveillance, cette surveillance qui lui prenait tout son temps et qu'il avait crue infaillible, mais qui montrait ainsi ses carences. Car l'heure n'était plus à l'autocritique. Le rêve de sa vie prenait forme, et l'enthousiasme qui renaissait à le voir se réaliser, avait, comme toujours, la force d'effacer ou de transformer à loisir les bassesses de la plate réalité.

14

« Quand j'étais enfant, je regardais ma chambre dans mon miroir. Je croyais qu'elle faisait partie d'un monde bien plus attrayant que celui dans lequel j'évoluais. De l'autre côté du miroir, tout me semblait plus beau, plein de mystère. J'étais persuadé que ce monde, différent de celui qui m'était familier, fade et sans intérêt, allait m'offrir mille possibilités d'écraser l'ennui de mon enfance, mon plus redoutable ennemi. La partie du miroir que je voyais, ouvrait sur l'inconnu, inaccessible à mes yeux, mais où j'imaginais que le merveilleux régnait sans partage. Si j'entrais dans le miroir, ce monde m'appartiendrait. Mais je ne pouvais y entrer. Il m'était interdit et ne me laissait voir de lui que ce qu'il voulait bien me laisser voir. Exactement comme vous Marthe, vous qui ne vous êtes que si rarement laissée approcher. J'ai entrevu, en vous rencontrant, un monde terrifiant et merveilleux dans lequel vous évoluez avec aisance. Il me semble aussi interdit que le monde du miroir et, prometteur des mêmes horizons, capable de me faire accéder à une autre vie. Je n'aurai jamais le courage d'en franchir le seuil. Pourtant, plus d'une fois j'ai espéré qu'à vos côtés, la vie ne

pourrait être aussi cruelle. Se battre ensemble nous eût permis de nous défendre d'elle. »

Debrume posa sa plume, ajusta la mèche de la lampe à pétrole avec laquelle il eut quelques démêlés, puis regarda d'un air suspicieux la page qu'il venait d'écrire. Il haussa les épaules d'un air dépité, ouvrit le poêle et jeta le papier froissé au feu. Il ne savait de quelle manière commencer sa lettre, comment lui dire que le rendez-vous qu'elle venait de différer par une seconde missive, il était prêt à l'accepter tout autant qu'il avait accepté le premier, les yeux fermés et animé du même espoir. Il eût voulu lui dire que plutôt que de supporter le silence auquel elle l'avait condamné sans raison, il l'eût suivie au bout du monde, au bout d'une cause qui semblait pourtant sans issue, au bout d'une folie qu'il était maintenant prêt à partager avec elle, après avoir longtemps évité d'y plonger, car il en redoutait les extravagances. Il était temps pour lui de vivre, avant qu'il ne soit trop tard. Il était temps de croire à une vérité, de donner un sens au monde qui semblait perdre la raison chaque jour un peu plus. Il eût voulu lui dire que les illusions de sa première jeunesse avaient flambé avec ses chagrins, qu'il les avait depuis longtemps oubliées, et qu'elles avaient d'ailleurs révélé leur vacuité, voire leur fallacieuse perversité. Il eût voulu lui dire que pour entrer dans son monde innocent et irréel, il était prêt à renier toute sorte de convictions.

Il prit sa tête dans ses mains pour mieux goûter l'enthousiasme qui montait en lui et le bonheur qu'il lui procurait. Les coudes appuyés sur la table, fixant jusqu'à en loucher la flamme palpitante de la lampe à pétrole, qui mettait à monter à l'assaut du verre une volonté incompréhensible dont rien ne pouvait la détourner, il voulait enfin s'abandonner avec confiance à la foi qu'il sentait naître en lui. C'était celle qui faisait les héros, celle qui avait fait se battre Angelo Bonacci da Corsan pour l'avènement d'une hypothétique république capable de donner à chacun sa juste place, d'effacer la misère du monde, d'assouvir le besoin de paix qu'avaient les braves gens. Sa confiance dans la bonté de l'homme, qui ne fait que croître quand on lui donne la possibilité d'être heureux, de ne plus souffrir de la faim ni du froid ni de l'injustice, était sans limite.

Puis il pensa à l'amour qu'il avait éprouvé pour Céleste, aux merveilleuses années passées à ses côtés. Il voulait croire qu'aimer Marthe revenait à faire revivre cet amour. Car c'était le vivre dans ce qu'il avait de plus noble. Il y jouerait le salut de son âme, mais aussi le salut de tant d'autres comme lui, si cet amour avait pour corollaire l'amour de la liberté et la foi dans la grandeur de l'homme. Pendant un moment, il se sentit heureux, infiniment heureux. Il devait se donner le droit de laisser l'amour encore une fois inonder son cœur. Cela revenait à passer de l'autre côté du miroir, là où il suffit de le vouloir pour que le monde soit beau et la vie pleine de promesses.

Il savait pourtant qu'il y avait un prix à payer pour pouvoir se repaître de cette foi rassurante avec tant de facilité. Il redoutait toujours autant les pièges, ceux qu'il ne voyait pas, qu'il n'avait pas prévus. Et s'aventurer en terre inconnue et sans prudence, voir se refermer une issue derrière lui, se laisser surprendre, - était-ce déformation professionnelle -, lui paraissait de la dernière vulgarité. Surprendre les autres était la seule beauté de son métier. Les acculer à l'erreur et les confondre, voilà ce qui lui paraissait la preuve de la plus grande finesse, l'apanage exclusif du bon limier. Se trouver confondu, enfermé dans une situation où il se serait fourvoyé lui-même était le comble de l'inélégance et du ridicule. Et que vaut-on dans la vie si on est ridicule dans son métier ?

Par ailleurs, il ne savait rien d'un hypothétique sentiment de Marthe pour lui. Ce qui l'intéressait c'était ce qu'il éprouvait lui-même. Il n'avait pourtant aucune certitude que l'amour qu'il avait eu pour Céleste pouvait se répéter. C'était son premier amour, celui de ses vingt ans. Aimer encore une fois avec la même intensité, avoir assez d'amour pour en payer le prix n'était peut-être plus possible.

La lettre de Marthe lui était parvenue après un temps trop long d'attente et de silence. Elle lui fixait un mystérieux rendez-vous qu'une autre lettre venait différer de quelques jours. Mais la deuxième lettre était pleine d'insistance : Marthe avait besoin de lui pour une tâche grave. Il était bien entendu question de vie ou de mort. Avec une telle femme, comment pouvait-il en être autrement ?

En ce petit matin d'automne où le brouillard avait envahi la plaine du Can et ne laissait pas voir à cinq mètres devant soi, il s'en alla seller Icare. Cette lettre aurait au moins le mérite de lui donner quelque exercice. S'il était question de vie ou de mort et qu'il était possible de jouer le chevalier au grand cœur, il se sentait prêt. Il serait épaulé en cela par son fidèle compagnon qui trépignait d'impatience, dans son écurie. Malgré sa prudence, il était comme lui. L'impatience le taraudait à propos de ce mystérieux messager dont Marthe ne lui avait pas révélé le nom. Elle lui avait simplement demandé de se rendre dans la forêt de Garmagne tel jour : « Soyez-en sûr, où que vous soyez, il vous trouvera ». Et cette phrase sonnait presque comme une menace.

Le pays n'était pas particulièrement boisé, mais la forêt de Garmagne était assez vaste pour qu'on puisse y errer une journée entière sans y rencontrer âme qui vive, et sans qu'un passant égaré puisse suspecter votre présence. Elle comportait des endroits secrets. Il fallait bien la connaître pour ne pas s'y perdre par jour d'un brouillard aussi dense que celui qui s'était abattu aujourd'hui sur la plaine du Can, et qui descendait les pentes du Couron en avalanche, enfermant village et collines dans la même froide humidité, sans épargner forêts et pâtures. Mais en l'occurrence, le brouillard pouvait être un allié, apte à protéger l'ex-inspecteur de cette curiosité insatiable de la population qui en était atteinte comme d'une maladie endémique. Personne ne se hasarderait aujourd'hui à scruter le brouillard pour surveiller son cheminement, du haut des remparts.

Avec beaucoup d'égards pour Icare, dont la bonne humeur permanente le rendait à l'optimisme de sa prime jeunesse, le cavalier se dirigea vers la forêt de Garmagne. Il marchait à pas comptés, par les sentiers étroits qui longeaient le Can dont il avait du mal à apercevoir l'autre rive. Des nappes de brouillard qui se mouvaient avec lenteur, émergeaient quelques fantômes de saules, des touffes de joncs qui rivalisaient d'immobilité, dans cette ondoyante épaisseur. Le bruit de l'eau avait peine à forcer le silence et parvenait amorti à ses oreilles. Il passa le Can et continua vers les collines. Il traversa les pâtures où il avait tant galopé, quelques années auparavant pour rejoindre le convoi des habitants de Combeferres fuyant leur demeure devenue la proie des flammes. Aucun berger n'y faisait paître son troupeau. Durant tout le trajet, il ne rencontra personne. Armé de patience jusqu'aux dents, se sentant pour une fois, l'âme d'un conquérant, il atteignit la forêt, bien décidé à faire face à tous les dangers et à élucider le mystère de l'identité du messager sans nom.

15

L'air sentait encore l'humidité de la nuit. Sous les pas du cheval, la mousse s'écrasait avec un soupir. Le reste était silence. Les chênes dont la parure n'avait pas encore trouvé la couleur de terre qu'elle ne perd qu'en mars, quand pointent ses bourgeons nouveaux, les chênes eux-mêmes, toujours prêts à bruisser au moindre souffle, se taisaient. S'il n'avait pas aimé le silence, celui qu'il était venu chercher à Couraurgues parce qu'il était sûr de l'y trouver, Debrume eût senti son cœur se serrer, tant l'intensité de celui qui régnait ici était pleine d'étranges présages, tant la présence des grands arbres semblait contenir son mystère, tant il était évident qu'il allait exploser en un fracas destructeur de toute paix et de tout courage. Debrume, qui aimait le silence, sentait que celui-ci se nourrissait de savoureuse inquiétude. Il le savait éphémère sans pouvoir dire à quelle émotion il allait faire place. Si le cavalier se délectait de cet étrange sentiment qui montait en lui et qui le mettait face à l'imminence de l'action, son cheval, quant à lui, ne l'appréciait guère.

Le mérens s'était figé sur place et faisait aller ses oreilles en tous sens pour capter le moindre bruit. Sans doute espérait-il sortir très vite de cette immobilité attentive à laquelle son cavalier le contraignait et pour laquelle il n'était pas fait. Pour éviter de le voir s'agiter et rompre inopinément ce refuge de silence dans lequel il aimait se couler, Debrume reprit les rênes et donna une légère pression des jambes, espérant ainsi distraire l'intrépide Icare, en le rendant à son besoin de mouvement.

Il l'engagea droit devant lui, sous le couvert, sans prendre soin de lui-même, déchirant sa houppelande aux ronces qui avaient envahi ce coin de forêt. Quant à cultiver le mystère de cette rencontre, autant valait-il que celui-ci fût complet. Rester à découvert pour rendre plus facile sa tâche à la personne qui devait le retrouver dans la forêt, « où qu'il fût », n'avait aucun intérêt. D'autant qu'il connaissait un peu la forêt de Garmagne et que mettre du piquant dans cette nouvelle relation ne serait pas pour lui nuire.

Car tout compte fait, c'était à s'abandonner à une manipulation de marionnettes qu'on le conviait. Certes, il eût pu éviter de se rendre, ce jour, dans cette forêt de Garmagne qu'il n'avait jamais vue aussi sombre. Et il n'avait pas, non plus, assez évalué la quantité d'embûches à laquelle il pouvait se trouver confronté et dont il sentait qu'il allait être difficile de se défaire. Mais comment résister au plaisir de rencontrer la seule personne amie que Mademoiselle Marthe avait fréquentée et dont lui-même, pendant son premier séjour à Couraurgues, n'avait jamais soupçonné l'existence ? Il continuait donc d'avancer, comme s'il n'y avait rien d'autre à faire, avec le sentiment sans doute illusoire qu'il allait apprendre quelque chose de la vie de Marthe, se rapprocher d'elle. Car, il marchait dans Garmagne mais c'était vers elle qu'il marchait.

Il fut contraint de mettre pied à terre, les ronciers devenant plus denses, pour faire un passage à Icare qui commençait à montrer des signes de doute. Pour ne pas perdre sa confiance et continuer sa route, il se devait de le rassurer.

Les touffes de ronces épineuses montées à l'assaut des arbres l'agressaient à son passage, et n'épargnaient pas son visage. Il espérait que ce taillis, qui faisait suite aux halliers qu'il venait de traverser, l'amènerait jusqu'à une zone rocheuse qu'il connaissait. Il se souvenait que s'y trouvait une grotte où il pourrait se mettre à l'abri et se donner quelque repos, car il chevauchait maintenant depuis plusieurs heures.

Le jour était levé, mais sous l'épaisseur inextricable des branches qui s'étaient refermées sur le cavalier, on ne le voyait guère. Il gardait une couleur laiteuse qu'accentuait la présence des nappes de brume montant du fond des vallons.

Debrume se battit encore contre des lianes hérissées d'épines, accrocha ses bottes à des buissons de houx, après le barrage que formait le taillis. Il se trouva alors face à un mur de roche lisse qui se dressait devant lui et contre lequel Icare alla donner du nez. Il ne pouvait pas être loin de l'anfractuosité rocheuse qu'il cherchait, mais il lui était impossible de volter sans avoir à traverser, dans l'autre sens, le taillis épineux qui lui avait lacéré les mains et le visage. A droite comme à gauche, avancer lui était impossible. Il se trouvait sur une sorte de terre-plein et le taillis était la seule issue.

C'est alors qu'il entendit une voix : « Vous y étiez presque ! Vous n'êtes pas tombé loin ! ». Il mit aussitôt la main au côté pour chercher l'arme dont il s'était muni à tout hasard, ne serait-ce que pour donner l'alerte en cas d'accident.
- Ne vous agitez pas ! Je viens en ami !

La voix venait d'en haut. Sans doute cet interlocuteur invisible se trouvait-il au sommet de la falaise qui lui barrait la route.
- Votre petit cheval est bien nerveux… à l'instar de son cavalier sans doute…

En effet, Debrume avait de plus en plus de peine à tenir Icare qui piétinait depuis le début de cette interpellation. Après les dernières paroles de l'homme, le mérens eut un petit hennissement, comme pour répondre à la provocation. On ne savait qui se moquait le plus, de la bête ou de l'homme.
- Je vais vous guider dit la voix, sans perdre son accent d'ironie. Baissez-vous. Le long du rocher, en prenant côté ouest, vous

trouverez un couloir de verdure. Longez-le. Votre cheval ne pourra pas le traverser. Je vous conseille de l'attacher à une branche et de lui donner son sac d'avoine pour l'occuper. Ce ne sera pas long. Il vous faudra écarter les buis qui collent à la paroi. Allez ! Je vous retrouve plus loin.

Debrume exécuta les ordres avec une colère qui faisait trembler ses mains. Il n'avait pas le choix. Mais il n'était pas dit qu'il avait trouvé son maître. La curiosité mettait le baume indispensable sur son amour-propre offensé. Il pensa à Marthe, et une image de Céleste lui revint, avec toute l'intensité d'une réelle présence. Pour ce moment d'émotion, il pouvait bien supporter quelques écorchures faites à son honneur.

Des buis plus hauts qu'un homme avaient trouvé, contre la paroi rocheuse, l'humidité nécessaire à leur développement. Il les écartait branche à branche, plongé dans l'odeur huileuse qui les caractérise et que la brume de cette journée sans soleil exaltait. Il avança longtemps avant de voir baisser la taille des arbustes dont l'implantation, maintenant, s'éloignait de la roche. Il se libéra de ces belles branches aux minuscules feuilles rondes, qui avaient été une caresse après l'agression des épines du taillis, ainsi que de leur parfum, porteur de nostalgie. Il se rendit compte que la paroi rocheuse prenait fin, s'abaissait en pente douce vers une combe verdoyante, ménageant un petit espace dégagé. Il reconnut l'anfractuosité qu'il avait cherchée en vain.
- Je savais que c'est là que vous viendriez et que je vous y trouverais à coup sûr.
Un homme était devant l'entrée de la grotte. Une grosse barbe grise et un chapeau à larges bords, qu'il tenait baissé sur le front, ne laissaient voir que son regard aussi acéré que les épines des taillis de la forêt de Garmagne. Debrume surprit dans ce regard

une lueur, entre sarcasme et cynisme, qu'il reconnut au seul malaise qu'elle avait toujours provoqué en lui.

- Avrillé !

- Lui-même. Je suis celui que vous attendiez. Vous êtes étonné ! Sachez que j'ai moi aussi quitté la police. J'avais appris à connaître et à évaluer les tenants et aboutissants de la cause à laquelle ces gens, qui sont vos amis, ont consacré leur vie pendant la première enquête qui m'avait été confiée, au début de ma carrière : la révolution est devenue…

- La révolution… ?

- Ne faites pas l'enfant, vous savez bien que c'est pour la république qu'ils se battent ! Et ils auront fort à faire encore. Notre empereur veut bien de l'unité de l'Italie. Quant à la république… Vous feriez autrement ?

- Je ne suis pas empereur.

- Venez nous allons parler…

Il le fit entrer dans la grotte devant laquelle un feu brûlait, maintenant au chaud quelque nourriture et du café dans un petit toupin de cuivre.

- Vous êtes organisé, mais pourquoi tant de mystère ?

- Je suis là depuis plusieurs jours. De grandes choses se préparent pour Marthe Regardini. Garibaldi a toujours autant de courage et de projets. Il doit être soutenu. C'est le moment où jamais. Or, notre réseau dans cette région, ce réseau qui nous est si indispensable, est menacé. Des documents importants le concernant ont été volés. Vous imaginez les conséquences…

Debrume avait beau écouter cet homme avec le plus grand sérieux, il ne revenait pas de son étonnement. C'était lui, Claude Avrillé, qui avait réussi à extirper à Angelo Bonacci da Corsan ou à son épouse, Elodie, on ne sait comment, des lettres qui auraient suffi à les envoyer à Cayenne. Il avait amplement informé la police sur leurs agissements et se disait aujourd'hui avoir changé de bord. Il était tout dévoué à Marthe Regardini et à l'idéal républicain. Debrume, qui avait en permanence besoin de certitudes, n'était pas près d'en trouver dans cette affaire où tout le monde évoluait en eau trouble. Malgré sa naïveté congénitale, il n'arrivait pas à croire à la sincérité de cet ancien policier qu'il avait connu plein d'intégrité et d'enthousiasme pour l'empire.

- Vous semblez ne pas me croire ! Je peux cependant vous donner la preuve de cette menace. Si je vous dis…par exemple… - mais peut-être le savez-vous déjà, Mademoiselle Marthe a dû vous mettre au courant puisque vous êtes son amie -… Evangéline de Bourdaine a disparu.

Avrillé n'avait pas l'intention, selon son habitude qui remontait au temps de leurs études, de ménager ses sarcasmes, devant l'étonnement croissant de son interlocuteur.

- Comment… ? Vous n'étiez pas au courant, après tout le temps que vous avez passé à Couraurgues ?

- Ici un berger a été trouvé mort dit Debrume comme pour se sortir d'embarras.

- Oui, ça, au moins, vous en avez eu vent. Vous ne faites quand même pas que vous promener à cheval !

Avrillé passa sa main dans sa barbe et dit d'un ton bon enfant, plein d'une condescendance que Debrume reçut en pleine face, avec un frisson de sourde colère :

- Je ne pense pas que la mort de ce berger ait quelque chose à voir avec les affaires de Mademoiselle Marthe. D'ailleurs, un berger… que peut-il avoir à voir avec l'idéal de ces patriotes italiens ? Et une mort par pendaison… Rien ne prouve qu'il s'agisse d'un assassinat comme il m'a été rapporté que vous le pensiez. Les bergers supportent mal le dialogue incessant avec les rochers. La solitude qu'ils y rencontrent les enferme dans une sorte de folie. Il n'est pas rare… vous n'avez d'ailleurs qu'à consulter les archives. Elles sont pleines d'histoires de bergers qui se sont pendus ! Marino suffira bien à démêler l'affaire ! Faites lui confiance.

- Qu'attendez-vous de moi ?

- Que vous vous mettiez en route sur le champ. Et que vous ne pensiez plus qu'à aider cette femme si méritante, pour qui vous avez une sympathie certaine, ce me semble. Tout ce que vous pourrez trouver… Enfin vous n'avez pas oublié votre métier ?... Quant à Evangéline de Bourdaine, je suis sur une piste. Vous savez que c'est une fieffée luronne. Son nouvel amant est si jaloux qu'il la fait surveiller sans lui laisser un moment de répit. Il se peut donc qu'il ne s'agisse que d'une simple querelle d'amoureux. Il convient que je m'en assure. Et dans ce cas, la sagesse commanderait de ne pas s'en mêler.

Puis Avrillé se leva avec l'intention de prendre congé :

- Nous nous reverrons ici même dans un mois. Nous n'avons pas besoin, pour cela, de passer par Mademoiselle Marthe. Sachons nous comporter en grands garçons ! Elle compte sur vous, vous le savez, ajouta-t-il avec, au coin des lèvres, son sempiternel sourire sardonique dont il se départait jamais et qui, seul, eût suffi à Debrume pour le reconnaître entre mille.

16

Les provocations d'Avrillé l'avaient laissé perplexe. Elles lui avaient rendu une sorte de hargne perdue depuis longtemps. Son ancien collègue n'avait rien fait pour le ménager. Sa manière de cynisme faisait douter de ses paroles. Il s'était peut-être délibérément joué de lui, en mettant en avant son amitié avec

Marthe. Il ne lui avait d'ailleurs rien rapporté de précis de sa part pour la lui prouver, quelque message ou indications qu'elle lui promettait dans sa lettre. Ce qui revenait à dire qu'il devait le croire sur parole et se mettre à la recherche de documents dont il ne savait rien et sans une piste par où commencer.

La seule chose qu'il avait à se mettre sous la dent était la disparition d'Evangéline de Bourdaine qui n'avait probablement rien à voir avec tout cela. Car c'était également Avrillé qui lui assurait qu'Evangéline et Marthe avaient partie liée. Il lui fallait du concret avant de faire confiance à qui que ce soit. Et avant tout, des indices. C'était par là que son travail commençait. Son travail, s'il prenait naissance sur des sables mouvants, devait atterrir sur des certitudes. Pourtant, rien ne prouvait non plus que Marthe ne fût pas encore une fois en train de se débattre au milieu de graves dangers. Pour cette raison, il ne devait rien négliger des assertions d'Avrillé. Et se mettre en route sans tarder.

Sa vie ancienne revenait à lui, celle à laquelle il avait voulu mettre un terme quand il avait quitté la police pour se retirer à Couraurgues. Il y avait cherché l'extase d'une nouvelle vie qui ne se nourrirait que d'elle-même, sans désir et sans attente, une vie où il n'aurait ni à comprendre ni à espérer, où seule la compagnie de la montagne lui permettrait d'accepter ce que le temps avait fait de lui, un être de renoncement, d'abnégation et d'ascétique jouissance. Exactement le contraire de ce qu'il était lorsque, sur les sentiers, il guettait Marthe et la suivait des journées entières, dans l'espoir d'apercevoir l'image évanescente de Céleste. Alors, il était encore plein de désir et d'anxiété. Aujourd'hui, il espérait avoir atteint une sorte d'indifférence, de repos. Il avait devant lui la vision de l'uniformité des choses. Comme si tout se valait, la vie comme la mort. Cet apaisement qui était loin d'être le bonheur, lui était nécessaire pour accepter l'écoulement du temps. Mais voilà qu'il ne pouvait se tenir à l'abri d'événements extérieurs, fortuits autant qu'inévitables, auxquels la vie s'obstinait à le confronter sans lui demander son avis.

Il renoncerait à ses décisions qu'il avait crues indéfectibles, avec la même indifférence qu'il continuerait de cultiver comme un sage. Mais il ne manquait pas de constater au passage que rien n'était jamais assez solide, que chaque conviction pouvait être remise en question à chaque seconde. Il n'était pas facile de tenir le cap de ses désirs les plus profonds. La vie vous en détournait sans cesse. Il n'avait trouvé que l'indifférence comme moyen de lui résister et elle se montrait parfois bien inutile.

Il ne lui restait donc qu'à rassembler les restes des principes appris à l'école de police, et de procéder avec méthode. La première chose était de se renseigner sur la vie d'Evangéline de Bourdaine née Trabon, sur les raisons de son retour à Couraurgues après un séjour de plusieurs années à Bourdaine, dans le château de son époux le marquis. Puis d'explorer sa vie d'aujourd'hui. Il devait tout savoir de ses relations, de la nature du commerce qu'elle entretenait avec les palefreniers qui travaillaient pour elle, les éleveurs, les maquignons. Il lui faudrait rencontrer ses amants, dont elle ne se cachait guère, et surtout retourner sur les lieux où elle avait été vue la dernière fois.

Après avoir questionné le notaire Trabon, son père, au sujet des arrangements à propos de sa dot et de son mariage, Debrume envisagea de se rendre dans le fief du marquis qu'il n'avait jamais eu la curiosité de connaître jusque là. Il réunit un petit bagage, harnacha consciencieusement Icare pour le voyage.

Il dormirait sans doute plusieurs nuits à Bourdaine, mais il refusa les lettres de recommandation de Maître Trabon qui lui eussent permis d'être reçu avec les honneurs. L'anonymat convenant mieux à sa recherche, il devait se faire aussi discret qu'il le pouvait dans ce village où, comme à Couraurgues, le passage d'un voyageur faisait événement. Il partit alors que le jour n'était pas tout à fait levé. Il avait à parcourir six lieues et arriverait assez tôt dans la journée pour trouver de quoi se loger au relais de poste.

La curiosité du mérens était un privilège de sa jeunesse. Debrume n'avait pas encore quitté la sienne, mais elle lui semblait assez entamée pour ne pas en avoir déjà quelque regret. En mesurant celle de la bête, il se souvenait de sa propre impatience, quelques années auparavant. Malgré les sombres constatations que la vie l'avait obligé à faire, il en gardait une certaine nostalgie. Dérogeant à ses préceptes, il décida de se mettre à l'unisson de sa monture, si cela lui était possible, pour se rendre la vie plus agréable, le temps de ce voyage. Après tout, les bêtes étaient poussées par l'instinct, elles ne pouvaient se tromper autant que les hommes qui passaient leur temps à ratiociner et à oublier de vivre, en se laissant mener par des principes qui s'enchevêtraient dans les méandres de leur esprit et ne se faisaient jour que pour les torturer.

Ce matin-là, à l'instar d'Icare, il ne voulait penser qu'à ce qu'il avait sous les yeux, au plaisir de voir le soleil paraître derrière les collines couvertes de givre. Très loin derrière elles, il se plaisait à imaginer la mer qu'on ne voyait pas. Il eut tout le temps d'observer, en marchant au pas le long de la route de terre qui menait à Bourdaine, la fonte de la gelée blanche qui avait saupoudré le vert des prés, à l'aube, l'éveil des arbres et celui des oiseaux qui y faisaient leur petit vacarme journalier, tandis qu'Icare musardait, nez au vent, jouissant de l'air du temps.

Situé contre les premiers contreforts du Couron et juste au-dessus de l'immense fracture de la vallée qui séparait le Comté de Nice de la Provence, Bourdaine recevait le soleil du matin de plein fouet. Contrairement à Couraurgues que le soleil ne quittait pas de la journée, son exposition sur la face est de la montagne la privait de la lumière dorée du soir. Voilà pourquoi le village paraissait rébarbatif, un peu rabougri, tout tassé qu'il était sur un mamelon où les maisons grises se serraient frileusement autour des ruines de l'ancien château. C'était juste sous ces ruines, dans une rue austère occupée par l'imposante façade de l'antique demeure, que le marquis avait sa résidence qu'il ne fréquentait guère. Il y avait accueilli son épouse pendant les premières années de leur mariage. La grisaille de l'endroit parut une raison suffisante pour qu'une jeune femme, délaissée par un époux volage et qui préférait les hommes, ne s'entêtât pas à y vivre.

L'auberge, sur la place du village, ressemblait comme une goutte d'eau à celle de Couraurgues. Elle était tenue par un certain Isidore qui s'avéra se nommer Maurin et être un cousin de l'hôte de Couraurgues, ce faux jeton qui avait donné à Debrume tant de fil à retordre. L'ex-inspecteur ne voulut pas prendre la chose comme un mauvais présage. Après tout, il était venu à bout de la clique des Maurin et autres Cavadaire qui avaient hanté ses jours et ceux de Mademoiselle Marthe. Il savait maintenant comment fonctionnaient ces hommes taciturnes à qui il ne fallait poser aucune question, sous peine de voir leur visage se refermer et prendre la couleur de la haine. Il se contenta d'observer.

Toute la différence de l'auberge d'Isidore Maurin était dans la fréquentation de nombreux vieillards qui venaient se chauffer autour du poêle, en cet automne frileux où ils refusaient de se claquemurer chez eux pour soigner leurs vieilles douleurs, avant d'y être contraints par les rigueurs de l'hiver. Frappés de mutisme le jour de l'arrivée de Debrume, ils ne résistèrent pas longtemps à la nécessité de tuer le temps. L'ennui étant un puissant moteur de la conversation, ils recommencèrent à échanger leurs propos habituels dès le lendemain. Dans un coin de la pièce, le plus loin possible du poêle pour se faire oublier, Debrume n'eut qu'à tendre l'oreille.

Ils parlaient le dialecte du pays, particulièrement hermétique pour un lyonnais, mais, atteints de la surdité due à leur grand âge, ils devaient répéter souvent et à voix très haute. Les rudiments de la langue acquis durant ces années suffirent à Debrume pour que ces dialogues de sourds devinssent une source d'information intéressante. Il apprit l'essentiel de ce qu'il voulait savoir. A la fin de la journée, il alla lui-même panser Icare et quitta le village en prenant la direction des contreforts du Couron, à la recherche de l'endroit des promenades solitaires d'Evangéline de Bourdaine dont les vieillards lui avaient révélé l'existence.

Ce côté du Couron présentait une façade assez abrupte. Elle était parcourue par de nombreux sentiers incisés dans les parterres de thym, de sarriette et de buis sauvage, plus denses que ceux qui se trouvaient sur l'autre face, celle qui dominait le village de Couraurgues. Depuis Bourdaine, on pouvait suivre le cheminement d'un piéton ou d'un cavalier sans s'étonner de la direction qu'il prenait, car il n'y en avait qu'une. C'est pourquoi les promenades d'Evangéline n'étaient mystérieuses pour personne et sans doute quelque curieux l'avait-il souvent suivie pour savoir où elle se rendait et ce qu'elle allait y faire.

Debrume parcourut donc le même sentier, avec la conviction que des dizaines d'yeux étaient posés sur lui. Son objectif de discrétion était définitivement perdu. Il se résigna. Il atteignit vite le sommet de ce premier mamelon ouvrant sur un espace plat après lequel la pente reprenait son ascension. On arrivait alors au sommet d'un deuxième mamelon, invisible depuis Bourdaine et qui n'avait en rien l'aspect du premier. Il était couvert d'une forêt de petits chênes rachitiques, que de larges espaces morcelaient, laissant des groupes esseulés d'individus qui s'accrochaient avec difficulté à ce terrain hostile gangrené de pierriers.

Pour ne pas faire prendre de risque à Icare dans ce terrain difficile, Debrume avait mis pied à terre. Il accrocha la bride au premier arbuste venu, afin de continuer seul. Il s'engouffra sous le couvert de petits arbres qui se resserraient au fur et à mesure qu'il montait. Pendant plusieurs heures il marcha courbé, arrachant ses habits aux branches les plus basses et sans savoir à quelle injonction il obéissait pour continuer sa marche. Quand il eut traversé la forêt, il fut au pied d'une basse falaise comme il y en avait de l'autre côté du Couron. Il l'escalada, persuadé que quelque chose allait lui être dévoilé depuis le point de vue dominant qu'il allait atteindre.

Il reconnut l'endroit avec étonnement. Contre toute attente, il se trouvait en terre connue. C'était là qu'il s'était rendu tant de fois et où il avait espéré en vain savoir si oui ou non Mademoiselle Marthe y rencontrait quelqu'un. Il avait atteint la ruine de la borie, ce reste de carapace de pierre qui avait abrité le feu d'un voyageur de passage que Debrume avait imaginé se dirigeant vers Combeferres.

À cet endroit précis, les deux parties de l'histoire des deux femmes se rejoignaient. Loin derrière lui, à plusieurs heures de marche, il y avait Bourdaine où Evangéline habitait alors. Il avait face à lui les longues courbes de la montagne et leur cheminement tortueux au-dessus du pays. Et loin, très loin en contrebas, dans une immense combe qui ouvrait sur les plateaux alignant leur étendue vers le couchant, il y avait Couraurgues, tendrement lovée dans une brume légère, entre des avancées rocheuses qui le cachaient à sa vue. C'était ici, il se félicitait de l'avoir tant de fois tenu pour sûr, le lieu de rendez-vous des deux femmes. Il les imaginait se réchauffant au feu que la première arrivée avait allumé dans l'attente de l'autre. Deux femmes au coin d'un feu, l'image, au bout de tant d'année, était toujours aussi vivace, sans qu'il pût comprendre ce qu'elle signifiait. Céleste était morte, Marthe n'avait plus donné signe de vie pendant longtemps. Mais l'image était figée dans sa tête, avec son usure due au temps. Elle y apparaissait parfois aussi lisse qu'une image d'Epinal et d'autres fois, elle prenait l'aspect d'un tableau à peine ébauché et qu'on ne verrait jamais fini. Il lui arrivait de se réduire à une impression, une vague impression qui ne lui permettait pas d'entrevoir les linéaments des visages. Tout à ses pensées, il balayait du regard le panorama qui se déployait, grandiose, jusqu'aux montagnes d'Italie.

C'est alors que dans ce paysage désolé de pierres abandonnées à leur blancheur, sous l'incandescence du soleil, il vit bouger quelque chose, très loin en contrebas, dans la direction de Couraurgues. Quelque chose qu'il ne distinguait pas vraiment, qui pouvait être un animal ou un homme. En se dirigeant vers lui, l'objet prenait forme. Il s'agissait d'un chapeau qui avançait tout seul, entre deux amas rocheux. Un chapeau comme personne n'en porte dans la région, un chapeau tromblon à la forme très reconnaissable. Quand le cavalier lui apparut entier, Debrume, selon sa bonne habitude, avait déjà sorti sa lorgnette de son étui de cuir. Le cavalier portait également d'étranges cuissardes, dont personne ici n'avait jamais vu l'ombre d'un modèle. Cette silhouette, Debrume l'avait déjà aperçue quelque part. Elle était identifiable, dans un pays où tous les paysans se ressemblent, portent des chapeaux de paille ou de feutre, où l'on ne monte pas des chevaux mais des mulets, et où les cuissardes ne font pas partie de la collection de godillots de cuir, les seuls souliers que le cordonnier de Couraurgues fût capable d'exécuter.

Chevauchant lentement sur les sentiers de la montagne, l'étranger semblait chercher quelque chose. Comme Debrume, il cherchait peut-être sans savoir ce qu'il cherchait. L'ex-inspecteur observait immobile, quand tout à coup il vit l'homme faire demi-tour. Il ne sut pas s'il l'avait vu. Peut-être avait-il été ébloui par le reflet de la lorgnette. Il s'en retournait d'où il était venu, tranquillement, sans accélérer son allure.

Debrume décida de ne pas s'attarder à Bourdaine. C'était ailleurs qu'il devait être. Car cette silhouette qu'il venait de voir, reconnaissable entre toutes, il l'avait déjà remarquée. Il s'agissait d'un marchand de chevaux qui venait régulièrement apporter ses livraisons à la marquise. Il se souvenait s'être un jour demandé ce qu'il faisait du côté des bergeries, un jour qu'il passait du côté de Bertane. Il lui fallait savoir qui était cet homme, et ce qu'il cherchait dans ces parages. Il avait appris une chose élémentaire dans son métier, et que tous les limiers se répètent inlassablement, ne serait-ce que pour justifier leur propre existence, c'est que le hasard n'existe pas.

17

A peine rentré à Bourdaine, il rassembla ses affaires, paya sa note à l'aubergiste et se mit en selle, profitant des quelques heures de jour qui restaient pour faire le gros du trajet.

Il avait laissé derrière lui Pétrarque, ses tourments amoureux et les beaux yeux de Laure. Il retrouvait enfin l'envie qui n'aurait jamais dû l'abandonner, et qui le poussait à entreprendre et à agir. Le premier objectif, pour dénouer une intrigue, était de comprendre les hommes, ce qui en somme, revenait à comprendre la vie. Cette recherche n'avait pas de fin, l'homme étant un mystère insondable. Elle avait donné un sens à son existence jusqu'à ce qu'un autre mystère, celui de la mort, l'occupât en entier, corps et âme, après la disparition de Céleste.

La société réclamait des certitudes, des preuves. Et par elles sa fonction prenait un sens. A force de pratique, il connaissait leur valeur et leur fragilité. Elles pouvaient être interchangeables, changeantes, vite démontées. Et cela rendait, à ses yeux, sa fonction aussi évanescente que l'était sa propre personne. L'inconsistance le déterminait en tant que spécimen ordinaire, qui se fondait dans l'uniformité de la masse, tout aussi ordinaire que lui.

Le lendemain matin, en ouvrant la porte de son écurie, Debrume trouva le petit mérens sur le pied de guerre. Comme à l'ordinaire, il s'était muni de tout son attirail, roulé dans son portemanteau, et de provisions de bouche, pour passer la journée loin du village. Il lui fallait tout d'abord en savoir davantage sur cette Apolline morte et enterrée depuis une vingtaine d'années et qui réapparaissait pour laisser à son amant d'autrefois des lettres d'amour sans mot, mais que lui seul pouvait lire, lui, qui n'avait jamais compris le sens du moindre graphisme tracé sur le papier. Car le berger affirmait qu'il avait le pouvoir de dénicher ces mots, là où ils étaient cachés, dans quelque repli insondable du papier d'où il savait les tirer. C'était lui, le vieil Augustin, qui possédait pour l'heure le secret de la lettre blanche. Et peut-être le premier indice conduisant à Evangéline.

Connaissant le personnage, Charles Debrume se devait d'être prudent. Il s'approcha à pas feutrés de la bergerie de Bertane où tout semblait dormir d'un profond sommeil. Le soleil du matin naissant faisait scintiller les pierres autour de la vieille bâtisse à demi enterrée au flanc de la montagne, rehaussait de rose les blocs de rochers blancs, choisis pour leur forme plate et sur lesquels les brebis avaient léché avidement le sel déposé par le berger. Le troupeau avait laissé les traces de ses piétinements dans la boue humide et odorante. Mais nul feu ne brûlait dans la chambrette, ni devant la porte, là où le berger prenait habituellement ses repas, au soleil, assis sur le seuil. Les cendres froides révélaient qu'aucun foyer n'avait été allumé depuis la veille. De plus, les brebis avaient déserté Bertane, les barrières ayant été laissées ouvertes. Le berger vaquait sans doute dans la montagne, après avoir abandonné son troupeau, comme Debrume le lui avait vu faire souvent. Il faudrait marcher longtemps pour retrouver sa trace. Mais peut-être n'était-il pas si loin, caché dans quelque anfractuosité de rocher où il aimait se nicher, pareil à une bête dans son terrier, comme s'il y trouvait un refuge.

Debrume quitta les pâtures qui s'étageaient en pente douce jusqu'au pied du Couron, espérant trouver un point de vue d'où il pourrait repérer quelque indication du passage du berger. Le soleil brûlait maintenant son dos. Il avait marché toute la matinée et s'était retourné souvent pour admirer l'étendue des terres de Couraurgues, loin en contrebas, cette plaine, depuis si longtemps cultivée et que les labours avaient rendue lisse comme les cailloux roulés par le Can. La mosaïque des champs quadrillés par de petites haies d'épineux, disait l'obstination des générations à vouloir ordonner la terre, de même que ces murs de pierre sèche qui retenaient les sols pentus où les brebis trouvaient leur nourriture, très haut sur les pentes du Couron. Grâce à ces vestiges du travail des hommes qui côtoyaient l'intimité silencieuse des rochers, Debrume ne se sentait jamais seul dans la montagne.

Il n'entendait plus depuis longtemps la cloche du village lorsqu'il atteignit les falaises contre lesquelles se tassaient les derniers lambeaux de terre que retenaient des murets savamment ordonnés. Il n'avait pas trouvé la moindre trace d'Augustin. Il s'engagea dans les derniers sentiers creusés dans la falaise et qui devaient le conduire au sommet du Couron. Encore une fois, il fut contraint de laisser Icare, l'attachant à un arbuste sous lequel une herbe rêche occuperait le jeune hongre pendant un moment.

Il n'eut pas à grimper longtemps. Le sentier, suivait une étroite corniche. Il prenait fin devant de rochers qui dressaient leurs formes rondes en un barrage infranchissable. Il dut grimper pour se faufiler entre eux. De l'autre côté, un cirque s'ouvrait qui dominait, tel une forteresse, les pentes de la montagne.

Les gros rochers qui fermaient le cirque, disposés en rond dans un alignement presque parfait, avaient retenu, jusque là, la voix d'Augustin. Elle sauta aux oreilles de Debrume dès qu'il fût entré dans leur cercle. Maintenant, elle lui parvenait distinctement, grave et comme envoûtée. Il n'en reconnaissait pas le timbre. Elle ânonnait une sorte de litanie dont il ne comprenait pas un mot. Des gestes mécaniques et saccadés semblaient agiter le berger contre sa volonté. Il tournait dans une danse qui avait quelque chose d'un rituel incantatoire, autour d'un tas de bois préparé en vue de lui donner le feu. Mais il avait l'air d'attendre quelque chose avant de le faire, comme si ce qu'il avait à accomplir lui faisait peur.

Puis ses cris cessèrent. Il s'était tout à coup apaisé. Mais avant que Debrume ne fût arrivé jusqu'à lui, ils avaient doublé d'intensité. Le berger appelait à tue-tête. Il se mettait à genoux, joignant les mains pour une prière, s'adressant tantôt à l'un ou à l'autre des rochers qui l'entouraient, ces personnages qu'on ne pouvait fléchir. Pourtant il s'obstinait dans ses requêtes insensées, comme s'il était sûr d'arriver à ses fins. Il répétait ce rituel sans se lasser.

Debrume était à l'observer immobile, prenant soin de ne pas bouger, lorsqu'une pierre glissa sous son pied, donnant l'alerte. Augustin venait de mettre le feu au bûcher. Une épaisse fumée envahissait le cirque de rochers qui semblait resserrer son étreinte autour d'eux.

Maintenant, le berger marchait comme un automate dans la direction de Debrume qui, sur le point d'être débusqué, préféra se montrer. Augustin eut du mal à le reconnaître à cause de la fumée, mais la panique le gagna quand il eut reconnu l'inspecteur. Alors il voulut fuir. Mais ses jambes le tenaient à peine. Debrume se précipita pour l'empêcher de tomber. Il eut des paroles rassurantes, essaya de retrouver les mots que Prudence avait pour l'apaiser. Il le ramena auprès du feu qu'ils se mirent à attiser ensemble, comme de bons vieux amis.

Dans l'air chauffé à blanc par la réverbération, sur les rochers, du soleil de midi, en cette chaude journée d'automne, les flammes élevaient leurs longues lames qui se perdaient dans la pureté de la lumière. Leur vue sembla calmer le vieil homme.

- Je sais qui vous attendez Augustin, commença Debrume. Et je suis désolé d'avoir troublé votre solitude. Je sais aussi que celle que vous attendez ne viendra pas.
- Elle va venir. Elle ne m'a pas oublié. Vous vous trompez comme tous les autres.
- Elle ne pourra pas venir. Comment le pourrait-elle ? Vous savez autant que moi qu'elle est prisonnière.
- Vous ne pouvez pas comprendre. Elle est bien revenue d'entre les morts. Ils disent qu'elle est morte et qu'elle est au cimetière. Mais elle sait revenir près de moi et rien que pour moi. Elle sait se montrer n'importe où quand je l'appelle.
- Quelqu'un l'a enlevée devant vous et elle est en danger. Si pour vous et votre amour elle peut lutter contre la mort, vous savez bien qu'elle ne peut pas grand-chose contre la cruauté des hommes.

Augustin resta sans voix, comme si tout à coup une évidence venait de lui sauter aux yeux. Puis dans un souffle, il dit, et Debrume put à peine l'entendre :
- Je connais bien la cruauté des hommes.

Il se tut encore et très lentement, il se mit à répéter des mots insensés pour qui n'aurait pas connu son histoire. Cohabiter avec une morte, avoir un accès privilégié au royaume des morts, lui faisait moins peur, de toute évidence, que les souffrances infligées par ses pair, ces souffrances qu'il voyait se dresser devant lui, comme si elles avaient encore le même pouvoir qu'autrefois. Il avait peur, il tremblait d'être à nouveau laminé par elles. Son agitation ne faisait que s'accroître, car il les voyait avec de plus en plus de précision. Il revivait des drames dont on pouvait imaginer l'intensité. La blessure de son être qui en avait découlé l'avait laissé démuni face à la vie, avec pour seule échappatoire, ces retours incessants au passé, cette volonté de revivre indéfiniment les causes et les conditions de la tragédie qui avait déterminé le reste de ses jours et l'avait laissé exsangue.

Debrume eut du mal à le faire revenir au présent et à lui faire délaisser les fantômes qui avaient accompagné son existence, de son oncle Chabertins à tous les autres qui l'avaient aidé dans la réalisation de son sinistre dessein et qui avaient pour la plupart quitté ce monde, à l'instar de la belle Apolline tant aimée.

- Je peux vous aider à la retrouver dit Debrume. Je sais plus ou moins qui l'a enlevée. Mais j'ai besoin de votre aide.

- Alors, on y va tout de suite, dit Augustin en se levant avec quelque difficulté.

- C'est plus compliqué que ça. Vous savez que j'étais inspecteur de police autrefois et que je sais comment procéder. Il va vous falloir me faire confiance. Etes-vous prêt ?

Au bout d'un quart d'heure de palabres, Debrume put enfin amener la conversation sur le sujet qui l'intéressait.

- Pour retrouver le bandit, il me faut quelque indice. Vous seul en possédez. Est-ce vous accepteriez de me montrer la lettre qu'Apolline vous a laissée dans la petite boîte ?

- Non, non, ça jamais ! C'est à moi ! On ne peut pas montrer une lettre d'amour. Ca porte malheur à celui ou celle qui l'a écrite !

- Je ne pourrai donc pas retrouver Apolline. Elle restera avec cet homme et en proie à sa cruauté qui est terrible, je le sais. Et elle pensera que même Augustin l'a abandonnée…

Debrume ne voulut pas insister davantage, tant il avait épuisé d'arguments. Il se leva et, mettant sa main sur l'épaule du berger, lui dit au revoir et qu'il ne pouvait plus rien pour lui. Quand il eut atteint le passage entre les rochers et qu'il fut sur le point de quitter leur enceinte silencieuse, le berger le rappela.

- Attendez… Je vais vous la montrer mais… il ne faudra pas que vous la touchiez. Vous effaceriez sa trace, son odeur. Ces choses là, c'est tellement fragile …

Le berger sortit de sa poche un petit paquet de tissu de couleur douteuse qu'il déploya à terre, près du foyer. La boîte apparut. Un joli poudrier d'écaille sur le couvercle duquel des lettres d'or chantournées en majuscules anglaises étaient incrustées. Quand le berger l'ouvrit, une feuille blanche pliée serrée sauta de l'habitacle.

- Cette feuille est vide s'étonna Debrume, que voulez-vous que j'en fasse ?

- Vous vous trompez. Moi je sais. Il n'y a que moi qui sache où sont cachés les mots. Je vais vous montrer. C'est un secret… mais puisque c'est le seul moyen…

Il approcha la lampe des flammes et des ombres irrégulières apparurent en transparence, que la lumière du jour écrasait. Des mots ou des signes ? Debrume ne pouvait voir de quoi il s'agissait. Quelque chose qu'on avait pris soin de cacher à ce point ne pouvait pas être un secret anodin. Mais le berger n'en démordait pas. Il ne lui confierait pas la lettre. Debrume eut beau insister, rien n'y fit, ni la douceur, ni le subterfuge d'abandonner la recherche d'Apolline. Il avait assez joué la comédie, il ne pouvait aller plus loin.

- Regardez, écoutez… vous voyez bien que c'est une lettre d'amour !

Et assis auprès du feu, la lettre tendue devant lui, Augustin entreprit de lire, comme les enfants qui ne savent pas lire et qui inventent chaque mot l'un après l'autre et avec ces mots construisent des fables aussi belles que celle qu'avait élaborée Augustin tout le long de sa vie.

Pour ne pas irriter le berger et compromettre le semblant de confiance qu'il venait d'établir à grand peine, Debrume décida de se retirer, espérant qu'il trouverait un autre moyen pour arriver un jour à avoir ce feuillet en main, afin d'en pouvoir décrypter le message.

Il repartit vers son cheval, et dans sa tête résonnait encore la voix rauque d'Augustin devenue si douce quand il lisait. Il sentait vibrer au fond de son coeur la tendresse pour Apolline qu'il mettait dans les mots réinventés à chaque lecture. Le désespoir de cet homme bouleversait l'inspecteur par les échos qu'il faisait naître en lui. En quelque sorte, s'il n'avait pas été capable de la tiédeur à laquelle il s'appliquait consciencieusement, la même souffrance eût été son lot. Sans ses mouvements de recul et ses hésitations, sans sa capacité à transformer Céleste, sans l'espoir de donner un jour un autre visage à son amour, de le transfigurer, il eût sombré dans la folie comme Augustin. Son inconsistance l'avait jusque là protégé. Elle n'avait donc pas été inutile, puisqu'il fallait continuer de vivre. Il avait inventé cette arme pour affronter la vie. Elle lui donnait satisfaction, même s'il n'avait pas lieu de s'en glorifier.

18

C'est dans cet état de parfaite mauvaise foi qu'il dévala à fond de train les pentes rocheuses et rejoignit le pierrier auprès duquel il avait laissé Icare. Le mérens s'ennuyait ferme sous le seul sapin étique qui avait réussi à survivre dans le silence et la parcimonie des rochers. Il tirait et ruait en tous sens.

En dessous, juste à portée de regard, se trouvait la bergerie de Vallaure où l'on avait découvert le cadavre de Bernardin pendu à un arbre et déjà mis à mal par les oiseaux. Il fallait emprunter le même sentier pour arriver à la troisième bergerie, celle de Callongue que tenait le berger Justin et dont les terres jouxtaient celles de Vallaure.

Cette promiscuité géographique avait donné lieu, entre les bergers, à de mémorables disputes. Ils s'étaient affrontés en une rustique guérilla, afin de gagner un peu plus de pâtures, les limites des terres restant, dans leur esprit, aussi fluctuantes que l'ombre du soleil qui avait cette faculté de se déplacer au fil des heures. Le village en avait beaucoup ri en son temps, et de cocasses récits étaient parvenus jusqu'aux oreilles de l'ex-policier. Augustin relançait périodiquement le débat. Les terres de Bertane étaient les plus hautes et avaient avec Vallaure et Callongue des limites communes que, dans sa grande innocence, il ne respectait pas. Comme ces lieux des rencontres avec Apolline étaient sacrés pour lui, ils devaient l'être pour tous. Personne ne devait les fouler. Il lui était resté indifférent que, par le jeu des héritages, les terres eussent été redistribuées. Il en ignorait les nouvelles limites. Cette lubie lui valait l'inimitié, allant jusqu'au harcèlement, des deux autres bergers qui, pour être plus réalistes, n'en étaient que plus cruels.

Debrume était sous le choc des précédentes révélations d'Augustin dont l'imagination l'avait subjugué. Ses inventions, toutes poétiques qu'elles étaient, n'en prenaient pas moins naissance dans une certaine réalité. C'était à cette réalité qu'il lui fallait revenir. La pensée de la petite boîte précieuse l'obsédait. Peu de femmes dans ces contrées semblaient avoir assez de raffinement pour posséder un tel objet, la mère Malmaure avait bien raison. Et par ailleurs, il n'avait plus lieu de douter que la feuille blanche, couverte de signes qu'il avait vus se dessiner en filigrane dans la lumière, contenait autre chose que des mots d'amour.

Tandis qu'il pensait à ce mystère, son regard survolait distraitement le paysage de pâtures que la montagne du Couron déployait devant lui, avec une ampleur qu'on ne pouvait soupçonner depuis la plaine du Can. Elles s'étageaient en bandes étroites, retenues par des murets de pierre sèche construits au fil du temps par des générations de bergers qui, tout en y faisant paître leur troupeau, avaient observé ce même paysage, aussi immobiles que les rochers amalgamés plus haut et dont le silence faisait écho au leur. Ces solitaires, recherchaient leur présence, dans laquelle ils reconnaissaient leur façon d'être au monde comme des sentinelles postées entre ciel et terre, portant témoignage du passage du temps. Ils n'auraient pas échangé leur place pour le confort d'une vie de bourgeois. Leurs racines étaient aussi ancrées dans ces lieux que celles des rochers. Mais contrairement à eux qui y étaient encore, ils n'avaient laissé d'autre trace sur la terre que d'humbles murets, construits de leurs mains, selon la technique que leur avaient apprise leurs prédécesseurs qui avaient eu la même vie qu'eux.

Alors qu'il s'exerçait à rester aussi immobile que l'un de ces rochers fichés dans la terre, Debrume vit descendre un cavalier le long des sentiers qui traversaient les pâtures. Il n'eut aucun mal à le reconnaître. C'était celui dont le chapeau tromblon était visible de loin. L'homme, sur sa haridelle, s'en revenait sans doute de Callongue, la bergerie de Justin. C'est alors que Debrume compris qu'Augustin était en danger et qu'il fallait le protéger, lui et sa lettre d'amour.

L'homme, de toute évidence, cherchait dans ces terres abandonnées, quelqu'un ou quelque chose. Il avait quelque avance sur Debrume qui se trouvait perché plus haut, là où finissaient les pâtures. Et ce dernier ne pouvait pas trop en demander à Icare qui était sans doute plein de vitalité, mais dépourvu de l'agilité du chamois. Au moyen de sa longue-vue, l'ex-inspecteur suivait le cavalier aux formes massives, assis au fond de sa selle comme dans un fauteuil, et qui jetait quelques regards derrière lui, comme quelqu'un qui n'a pas la conscience tranquille.

Ils cheminèrent des heures, sur les pentes du Couron, sous les barres rocheuses. Debrume s'appliquait à ne pas se faire repérer. Le soleil brûlait la peau. Sous eux, les hameaux qui se succédaient s'accrochaient en bordure des vallées ouvertes, incertaines et étroites, le long du lit des torrents creusés par les eaux. Debrume put apercevoir les toits de Saint Pons et de Cirane, et dans les lointains, perdus dans une brume dorée, ceux de Courmes qui dominaient les gorges du Loup. Avant le soir, ils furent en haut d'une vallée qui s'ouvrait largement au-dessus d'un bourg. L'homme entreprit d'installer un bivouac pour la nuit. Il avait allumé du feu. Ce que Debrume ne pouvait faire.

Il n'avait pas prévu d'aller si loin. Il dut se contenter d'un croûton de pain et d'un morceau de fromage de brebis, en guise de dîner. L'eau manquait, il réserva ce qui restait à Icare qui, patiemment, s'était affairé à trouver quelque chose à se mettre sous la dent, parmi les pierres, en attendant des jours meilleurs. Cette chevauchée improvisée était tout aussi ridicule mais moins fascinante que celles qu'il entreprenait derrière Mademoiselle Marthe. Enveloppé dans sa couverture, il essayait de dormir, claquant des dents de froid. Il s'en voulait de faire subir ce genre d'inconfort à sa bête qui ne lui avait donné que de l'amitié. Il se promit de revenir à une attitude plus responsable, dès le lendemain à l'aube, ce qui lui permit de prendre le sommeil.

Ses décisions avaient été inutiles car le lendemain, l'homme s'était volatilisé sans laisser de trace. Rien ne retenait plus Debrume sur la montagne. Il marcha encore longtemps en direction du bourg, avant de trouver une bergerie. Le berger ne lui refusa pas son aide, fit boire le mérens et lui donna sa pitance prélevée sur celle de son mulet. Comme Icare n'était pas regardant, cela fit l'affaire.

Le berger cherchait un peu ses mots pour répondre aux questions de Debrume. Mais sa voix changea quand ce dernier eut fini la description de l'homme au chapeau tromblon. Il lui dit de ne pas poursuivre, mais de prendre le chemin le plus court pour le prochain village. La nervosité de cet homme fit penser à Debrume qu'il avait bien fait de poser ses questions dérangeantes après avoir restauré son cheval.

Arrivé au bourg, il s'équipa, s'adressant à la demi-brigade qui y était en poste. Son premier souci fut de trouver une bonne écurie pour Icare. Puis il demanda à voir la carte d'état-major. Le brigadier détailla la topographie des lieux, et le renseigna sur chaque bergerie et hameau haut perché.

- Celui-ci est abandonné expliqua-t-il, à la suite d'une sombre histoire. Vous n'y trouverez âme qui vive. Autrefois, je vous parle des années vingt… c'était un village florissant d'une vingtaine de feux. Il a été dévasté par une épidémie. Laissé à l'abandon. Les maisons étaient à moitié ruinées quand des charbonniers venus du Piémont ou des forêts de Ligurie s'y sont installés. C'est devenu alors une sorte de repaire où personne d'autre qu'eux ne se hasardait plus. Ils préparaient le charbon de bois en élaguant la forêt de Rames toute proche. Ils ont tous été trouvés morts un jour…

- Des charbonniers piémontais… Qu'a donné l'enquête ?

- C'était facile à comprendre. Ils se sont entretués à coups de couteau. Ils avaient bu… Ils carburaient à la *grappa*, vous savez bien, ça ne fait pas que faire chanter…

- Aucun survivant ?

- Non, c'est pourquoi on a enterré l'affaire. J'ai entendu dire qu'une femme vivait avec eux, mais ce doit être une légende,… parce qu'il n'y en a aucune trace dans le procès-verbal.

- Et cela s'est passé quand ?

- Il y a quelques années. Je n'étais pas encore là. Je suis retourné là-haut quelquefois. Les maisons sont comme ils les ont laissées. C'étaient de pauvres gens. Ils n'avaient pas grand-chose. Ils travaillaient dur, et ils avaient la *grappa* pour se distraire. Il n'y a rien là-haut, plus rien. Ca s'appelle Aiglemont. C'est un bien trop joli nom pour un endroit aussi désolé et qui sent encore la mort à plein nez.

19

La trace de l'homme aux cuissardes et à l'étrange chapeau tromblon semblait perdue, mais les propos du brigadier ne pouvaient laisser indifférent Debrume. Il savait à quel point la confrérie des charbonniers avait été mêlée aux affaires des Corsan. Elle leur avait plus d'une fois prêté son appui. Le sort de ces charbonniers, installés à plusieurs lieux de Combeferres et de Bourdaine, mais dans une zone accessible en un peu plus d'une journée à peine, retrouvés baignant dans leur propre sang, questionnait l'inspecteur. Il lui faudrait en savoir plus également, sur l'existence de cette mystérieuse femme dont on n'avait jamais retrouvé le corps, ni aucune preuve d'un éventuel passage, sur le type de rapport qu'elle avait eu avec ces hommes des bois et si elle était liée de près ou de loin à la cause de ce massacre.

Une femme. Le parcours de Charles Debrume en était jalonné. Elles se donnaient le mot pour hanter sa vie avec chacune son mystère, dont il n'était jamais sûr qu'il arrivait à le percer, même quand elles semblaient le lui révéler sans retenue.

Le sillage de l'inconnue était empreint, encore une fois, d'une odeur de mort et de violence. Car les femmes qui l'entouraient, quand elles ne mouraient pas de phtisie comme Céleste, étaient des aventurières, de perfides cavalières ou de redoutables guerrières. Il n'avait jamais connu de femme sans histoire, le grillon du foyer accablé d'enfants, ni même la paisible bourgeoise, engoncée dans le sérieux de ses obligations, corsetée de dentelles, trompant l'ennui en de sublimes broderies, épuisant sa vue sous la lampe, durant les longues soirées passées auprès d'un époux qu'elle avait à cœur de satisfaire, en créant autour de lui l'atmosphère rassurante des maisons bien tenues. Les femmes qui étaient entrées dans sa vie et en étaient sorties sans crier gare, n'avaient rien de rassurant. Si ce n'était leur vulnérabilité, c'était leur intrépidité qui lui faisait peur. S'il voulait continuer d'avoir commerce avec elles, il ne lui restait que de se laisser happer, comme on se laisse envoûter par un parfum, en espérant qu'un jour, le secret enfin levé le comblerait de bonheur, si tant est que ce mot pouvait avoir un sens. C'était à ce seul bonheur qui passait par la révélation d'une quelconque vérité qu'il aspirait, n'importe quelle découverte à propos de n'importe quelle chose, même sans importance. Ce bonheur était celui que sa profession lui avait tant de fois donné. C'était le seul qu'il jugeait à sa portée, bien qu' abandonné son métier, car c'était le seul qu'il avait connu. Toute autre définition du bonheur lui semblait dérisoire. Il y avait renoncé.

Il était temps, certes, de retrouver l'assassin de Bernardin avant de le voir sévir encore. Il était temps aussi d'arracher des griffes de ce gardian, comme il l'appelait à cause des cuissardes, la femme qui avait été enlevée à Couraurgues, au ravin Pigouret, et dont il avait eu, grâce à Augustin, la preuve de la disparition. Cette femme, qui n'était pas Apolline disparue depuis des lustres, mais qui devait lui ressembler, pour que le vieil amoureux la confondît avec elle.

Il était obsédé par le désir de voir révélé le mystère d'une femme. Il était sûr qu'il en serait toujours ébahi. Il imaginait qu'Evangéline, dont on lui avait signalé la disparition, devait savoir le cultiver mieux que toute autre. Cette intrépide à la fière allure et aux fesses tannées par les longues chevauchées et par le dressage des plus sauvages étalons, cette femme qui n'avait peur de rien et surtout pas des hommes, avait été victime de sa passion pour l'un d'entre eux. D'après les dires d'Augustin, ses aventures érotiques dans la montagne, qu'il avait prises pour des manifestations de la présence de sa bien-aimée, ne devaient pas dater d'hier. Le vieux berger avait dû souvent surprendre la belle dans ses ébats amoureux. L'observant de loin, sa mauvaise vue et le sentiment qu'il avait pour Apolline, unique amour de sa vie, avaient fait le reste. A l'aide de son imagination, il en avait fait une sublime vestale vouée aux divinités des rochers. Le culte qu'il lui dédiait suffisait à le tenir en vie.

Se trouver sur la piste d'une telle femme allait permettre à Debrume, d'oublier pour un temps la belle Marthe qui lui avait filé entre les doigts et qu'il n'avait plus revue depuis qu'elle avait quitté Couraurgues. Elle ne s'était manifestée que récemment pour l'appeler auprès d'elle. Il ne savait encore ce qu'elle attendait de lui. Mais aller au secours d'Evangéline et lui sauver peut-être la vie le consolerait de ne pas avoir pu sauver celle de Céleste qui était morte dans ses bras, vaincue par la maladie.

Au bourg, le brigadier lui avait fourni les indications nécessaires pour se rendre à Aiglemont ainsi que le ravitaillement indispensable à ce voyage qui pouvait durer plusieurs jours. Il lui promit également de lui préparer le dossier concernant l'affaire, ou tout au moins ce qui en était resté dans les archives de la gendarmerie.

Le hameau d'Aiglemont se situait sur la chaîne du Couron, là où les vallées ne s'ouvraient plus sur d'étroites gorges mais sur un haut plateau où l'on pouvait marcher plusieurs jours sans rencontrer âme qui vive. En été, il servait d'alpage aux bergers des villages les plus proches mais en cette saison déjà froide, ces derniers avaient ramené les troupeaux sur des terres plus amènes.

Comme le brigadier le lui avait indiqué, il devait aller au bout du plateau pour rencontrer le hameau lové dans la forêt de Rames qui en marquait la limite. Les charbonniers y avaient pratiqué des coupes sévères pour alimenter les bûchers destinés à la préparation du charbon de bois.

L'ex-inspecteur eut du mal à trouver son chemin dans cette platitude glacée où prospéraient, sous la gelée blanche, quelques touffes éparses de thym et de sarriette. Aucun lieu habité sur son passage où trouver quelque indication. Il marcha des heures avant d'atteindre la forêt. Sous les pins trapus, les touffes de houx et de cades avaient poussé et ne facilitaient pas le passage d'un cavalier. Les sentiers se perdaient sous l'épaisseur des broussailles et l'obligeaient à rebrousser chemin.

Puis la forêt changea de ton. Elle se fit plus avenante et la futaie plus haute. Au détour d'un étroit passage, elle permit l'ouverture d'une clairière. Après la clairière apparurent quelques amas de pierres couverts de ronces sous lesquelles étaient tapis les restes des premières maisons du hameau. Il avançait entre ces ruines, sur d'étroits passages où foisonnaient les orties. Les autres habitations se dévoilaient peu à peu.

Le hameau était constitué de maisonnettes basses, ramassées sur elles-mêmes, peu éloignées les unes des autres et ménageant entre elles de petits espaces qui avaient peut-être été des jardins potagers ou des enclos pour les animaux domestiques. La forêt les serrait de près. Elles jouxtaient la clairière où l'on voyait la trace des anciens bûchers. Une partie du hameau pénétrait dans la forêt qui l'enfermait sous sa sombre lumière. Le soleil était incapable de donner quelque ardeur à cette lueur d'outre-tombe, car il devait traverser la ramure épaisse des grands arbres qui se penchaient sur les maisons et les emprisonnaient sous leurs branches. Mais contrairement aux autres qui n'étaient que ruines, ces quelques maisons étaient encore debout. Les fenêtres sans contrevents étaient fermées et leurs vitres luisaient sous la lueur silencieuse filtrée par la verdure. Les toits étaient en place, les portes fermées. Tout semblait dormir d'un sommeil de conte de fée, dans la lenteur de la lumière diffuse. Il semblait que quelqu'un allait venir ouvrir la porte et se poster sur le seuil à l'approche du cavalier qui, lui, était loin de ménager le silence.

Il était difficile d'imaginer que parmi tant de paix obscure, si loin du monde, du sang avait été versé, beaucoup de sang. Car ce n'était pas moins d'une vingtaine d'hommes qu'on avait trouvés, des cadavres déjà en putréfaction, jetés les uns sur les autres, des corps lardés de coups de couteaux, éventrés, férocement mutilés. Le sang était partout, déjà noir, mangé par des nuages de mouches. Un spectacle à ne pas soutenir, et ceux qui l'avaient vu en avaient raconté les détails, minutieusement, avec parfois une sorte de complaisance douloureuse, parfois en plaisantant, pour éloigner, par le rire, cette cruauté où ils avaient peur de reconnaître quelque chose d'eux-mêmes. On s'était moqué de ces piémontais qui aimaient tant la *grappa*, et on avait eu encore un peu plus peur d'eux. Bref, il avait été plus facile de conclure au règlement de compte entre sauvages avinés. Sans doute avec un peu trop de hâte.

Debrume se promettait d'en savoir davantage. Il avait encore ses entrées à la préfecture. Il vérifierait les résultats de l'enquête. Des procès verbaux avaient dû être dressés, rapports de toute sorte dont l'administration est friande. Il devait en rester quelque trace dans les archives du département.

En traversant le hameau, il constata que les maisons, loin d'être verrouillées, étaient ouvertes aux quatre vents. Il pouvait y entrer, avec l'impression toujours plus forte qu'il allait y être accueilli par l'hôte occupé à quelque tâche et qui ne l'aurait pas entendu arriver. Il les visita les unes après les autres. Il n'y avait personne. Mais les quelques meubles qui habillaient les parois y étaient encore pleins de vaisselle ou de linge, des chandelles étaient posées sur les tables, des cruches gardaient la trace de l'eau qui y avait croupi longtemps après avoir été tirée fraîche du puits, il y avait plus longtemps encore.

Tout disait qu'on avait quitté les lieux en hâte. Voilà pourquoi le sentiment qu'il allait voir revenir les habitants d'un moment à l'autre ne quittait pas Debrume. Il poussait les portes basses. Dans les cuisines au plafond noirci par le feu de cheminée, le chaudron était encore suspendu dans l'âtre que personne n'avait plus balayé. La cendre avait volé, et avait couvert les sols de terre battue d'une fine couche grise, uniforme, qui figeait toute chose dans l'immobilité du temps. Le temps était la question. Ici, il s'était arrêté à un moment donné. Mais quand ? Dans les calens à huile, les mèches avaient fini de se consumer. Quelques cheminées gardaient encore du bois à demi consumé et noyé dans des amas de cendres. Car cet arrêt brusque du temps avait aussi étouffé le feu. Parfois, dans une minuscule pièce attenante, un lit de fer avait encore un matelas ou une paillasse que la pluie venant du plafond crevé avait moisi.

Ebahi par tant de vie en suspens, l'ex-inspecteur passait d'une maison à l'autre. Il traversait les petits enclos envahis d'herbes sèches où des sapins avaient pris naissance. Si la vie des hommes avait disparu, la forêt ne demandait qu'à reprendre l'espace qu'ils lui avaient volé.

La dernière maison était un peu séparée des autres. La toiture en avait été ravaudée par des planches rustiquement clouées. La porte en était grande ouverte. Debrume pénétra dans cette pièce qu'un parcimonieux rayon de soleil éclairait. Mais contrairement aux autres maisonnettes où l'ordre avait été maintenu et qui s'étaient simplement arrêtées de vivre, ici tout était sens dessus dessous et témoignait d'un passage humain récent. Sur la table, deux écuelles étaient emplies d'un brouet froid encore consommable. Un placard creusé dans un mur révélait la présence de quelques provisions, mais la huche à pain était vide.

Aucun détail n'échappait à Debrume qui retrouvait avec une sorte de jouissance l'acuité de son regard et son désir de comprendre. Quelqu'un avait bien vécu en ces lieux récemment et allait peut-être y revenir. La seule question était de savoir s'il fallait l'y attendre.

Il entra dans la pièce voisine avec beaucoup de précaution. Il sentait une présence vibrer autour de lui. Une tension le gagnait qui ressemblait à de la peur mêlée de joie. Il était attiré dans cette chambre avec la certitude qu'elle lui révèlerait quelque chose. En passant la tête par l'entrebâillement, il eut vite fait de comprendre.

Une paillasse posée à terre faisait face au lit de fer, aux montants duquel étaient entremêlés des cordes. Tout laissait croire que quelqu'un avait été retenu prisonnier ici. Des couvertures étaient entassées pêle-mêle. On avait dormi plusieurs nuits. Une tenture rouge occultait la minuscule fenêtre. Il la tira pour faire entrer un peu de cette étroite lumière que dispensaient les grands arbres. Et il décida d'enfoncer ses regards dans chaque recoin jusqu'à ce que les choses se mettent à parler.

Il observait chaque objet à s'arracher les yeux. Une sorte d'avidité l'avait gagné. Il fouilla, de ses propres mains, dans la paille moisie, après avoir déchiré l'enveloppe de la paillasse. Il en parcourut toute la surface et retira ses mains sans avoir rien trouvé.

Dans un coin, il y avait une petite table. Une chandelle avait épuisé sa flamme et répandu sa cire sur l'unique bougeoir de cuivre du hameau. Un châle de femme était accroché à une patère. Il le prit dans ses mains et son odeur ne lui révéla rien. Il revint au lit de fer, se baissa pour regarder en dessous. Dans l'angle extrême, entre le mur et le pied du lit, un petit tas de poussière révéla qu'on avait creusé un trou. Il lui sembla y voir quelque chose. Etendu par terre, il s'étira de tout son long pour l'atteindre. Sa main tremblait comme celle du chercheur d'or qui croit avoir trouvé un filon. Il retira du trou une feuille roulée serrée. Quelques mots y étaient inscrits à peine lisibles, qu'il essaya de lire en s'aidant de sa loupe. Il reconnut de l'italien. Il distingua un mot « Orfeo ». Et au bas de la feuille, à demi effacée, une suite de mots qui n'avait aucun sens pour lui. Il se refusa à tirer une quelconque conclusion, malgré son étonnement, et se promit de faire parvenir ce document étrange à Marthe Regardini qui saurait quoi en penser.

Il lui était inutile de s'attarder davantage. C'est alors qu'en pivotant sur ses genoux pour se lever, une ombre en mouvement à ras du sol, attira son regard. Il n'eut qu'à tendre la main pour saisir une petite plume bleutée qui se promenait lentement, sollicitée par le moindre souffle d'air provoqué par ses mouvements. Sans compter que les vents coulis ne manquaient pas en la demeure. Cette plumette bleutée lui rappela vaguement quelque chose.

Il la prit entre ses doigts et la regarda longtemps. La mémoire de ce jour lui revint enfin. A croupetons dans la pièce noire il eut devant lui l'image de la cavalière que l'étalon nerveux avait mise à terre. Elle avait voulu remonter à cheval aussitôt après sa chute. Elle s'était emparée des rênes, avait administré quelques coups sur le nez de la bête récalcitrante, tout en éloignant d'autorité ceux qui voulaient lui venir en aide. C'était amusant de voir cette amazone vexée et qui ne faisait pas dans la dentelle. Le sourire en vint aux lèvres de Debrume. La plume bleutée était la même que celle qui s'était détachée du plumet d'Evangéline de Bourdaine et qu'il avait ramassée devant sa porte, après que, ayant rendu son cheval à merci, elle eut tourné le coin de la rue.

Son sourire perdura longtemps, sa perplexité aussi. Il était tout à fait satisfait de son expédition. Il pouvait rentrer à Couraurgues. Il y aurait tout le temps d'interroger le produit de sa trouvaille.

20

Les quelques jours qui suivirent la découverte d'Aiglemont laissèrent Debrume dans un état de malaise où la nécessité d'agir se faisait pressante. Il n'était cependant pas capable de prendre une décision. La piste de l'enlèvement d'Evangéline s'était arrêtée de manière nette autant qu'inopinée quand il avait perdu la trace du gardian à l'étrange chapeau tromblon. Il semblait primordial de retrouver cet homme pour connaître la raison de son crime et qui en était le commanditaire. Connaissant ce type d'individu, s'il n'avait pas agi pour son propre compte, il n'y avait aucun doute que quelques pièces d'or auraient vite raison de sa probité.

Ce que Debrume avait trouvé dans la petite cache creusée dans le mur, derrière le pied du lit, ces quelques mots où le nom d'Orfeo seul apparaissait clairement, pouvait avoir une signification ou n'être qu'un leurre. La trouvaille de la plume bleue, montrait qu'il était sur la trace d'Evangéline ou qu'on voulait le lui faire croire. Si ces indications avaient le premier sens qui venait à l'esprit, il était probable qu'elle avait été séquestrée dans cette pièce. Ces trouvailles étaient de taille, et il ne pouvait que jubiler. Quelle que soit leur valeur, elles signifiaient au moins que quelqu'un était passé par là et que ce lieu de maléfices l'intéressait encore.

Parler à Marthe de vive voix était maintenant de la plus haute urgence. Il ne savait toujours pas où trouver cette éternelle fugitive. Aucune adresse dans les deux lettres qu'il venait de recevoir. Elle continuait de se dérober. Elle ne cédait rien. Elle proposait, elle commandait, elle demandait. Et peut-être, sous des dehors d'indifférence, quémandait-elle. Cela eût été pour lui un grand bonheur de savoir qu'il lui était indispensable. Et qu'elle ne le manipulait pas comme autrefois. Il s'était laissé faire, jusque là, avec une sorte de satisfaction. Il avait tout accepté sans broncher, même le silence. Cela l'avait mené à prendre des décisions drastiques dans son existence, comme l'abandon de sa profession et de la tranquille carrière qui lui était promise, à l'abri du besoin.

Alors qu'il tournait le problème en tous sens, avec ses regrets et un étonnement toujours aussi vivace devant l'incongruité du tour que sa vie avait pris, on s'agitait, autour de lui, pour tout autre chose. Le village se trouvait à nouveau sens dessus dessous. Et pour ce nouvel événement, on vint le chercher avant d'avoir averti la maréchaussée en la personne du brigadier Marino.

La procession sur les sentiers en direction des bergeries fut la même. Debrume reconnaissait les visages. Personne, sauf les quelques notables, ne manquait à l'appel. C'est en faisant sa ronde du matin que Marino fut mis au courant et se joignit à la foule. Mais Debrume était sur place depuis un moment déjà quand il arriva.

Le cadavre du berger Justin venait d'être dépendu. On l'avait trouvé accroché à une poutre de la bergerie de Callongue, les pieds dans les mangeoires, dans cet endroit réservé aux bêtes et où, pour maintenir la chaleur en hiver, la hauteur sous le toit permettait tout juste à un homme de tenir debout. La chaude humidité dont l'âcreté montait du sol vous prenait à la gorge. Le berger avait joui d'un peu de chaleur encore avant de s'engager dans les noirceurs glacées de l'éternité.

Devant la bergerie, piétinant dans le purin, le village était massé. On ne voyait là ni Bernadette, ni Prudence Malmaure. Debrume avait demandé à la foule de se maintenir à l'extérieur afin de ne pas effacer les traces, mais avant son arrivée, les curieux avaient eu le temps d'investir les lieux.

Cette fois, la question ne se posait pas. Il s'agissait bien d'un meurtre. Cette épidémie de pendaisons ne faisait plus illusion et même l'assassin n'y croyait plus, puisqu'il n'avait pas pris la peine de choisir un lieu où la pendaison pouvait être crédible. Ce qui restait à savoir, c'était pourquoi il s'obstinait à

119

pendre ses victimes. A quelle perverse torsion de son esprit ce besoin correspondait-il ?

On n'avait pas attendu le brigadier pour dépendre le corps. On l'avait installé sous le mûrier tout proche de la chambre du berger. On le couvrit de la seule couverture qu'il possédait, selon le même rituel que la fois précédente. Et on appela d'autorité le prêtre.

Un examen détaillé n'était pas nécessaire pour se rendre compte que l'homme avait été battu et fouetté. Sa chemise avait été arrachée et de longues traces sanguinolentes striaient son dos et son torse. Son visage tuméfié était à peine reconnaissable. Ces traces de cruauté avaient laissé dans l'expression de ses traits toute la terreur du monde. La fin de ce berger solitaire, dont les nuits avaient été bercées par le vent des montagnes, était facilement imaginable. L'agresseur l'avait trouvé faisant du feu devant sa chambre pour réchauffer son maigre repas. Le berger avait pu le voir arriver de loin. Ce n'était sans doute pas la première fois qu'il voyait ce cavalier à la silhouette si particulière qui hantait ces parages depuis quelques temps et souvent en bonne compagnie. Il l'avait aisément reconnu. Il l'avait laissé venir à lui. L'homme n'était pas descendu de cheval. Il avait interpellé Justin, lui avait posé des questions auxquelles le berger avait répondu, on imagine, le plus laconiquement possible. Dans ces terres retirées, à vivre avec les bêtes, on perd le goût de la parole. Et on aime garder les secrets, ceux des rochers comme ceux des hommes.

Les réponses de Justin n'avaient pas contenté l'homme. Il avait insisté pour en savoir davantage. On pouvait se demander à quel moment il lui avait infligé les coups de fouet. Pour questionner encore sa victime ou quand il en eut appris assez pour décider de l'exécuter ? Mais la question majeure était de savoir ce qu'il avait voulu apprendre, quelle chose d'importance pouvait le pousser à tant de cruauté. Toujours est-il qu'aux premiers coups de fouet, Justin s'était levé et avait essayé de fuir. La terre avait été piétinée de telle manière autour du feu que cela ne faisait aucun doute. Le cavalier s'était arrangé pour lui interdire le refuge de la chambre ou de l'enclos. Du haut de sa monture, il était ce géant invincible contre lequel l'homme à pied ne vaut rien. Justin tenta donc la fuite. Les traces le disaient bien, que Debrume recommandait aux villageois d'épargner, alors que les yeux grands ouverts ils écoutaient le récit du martyr d'un des leurs.

Debrume reprenait confiance. Ils respectaient ses méthodes de travail. C'était dire qu'ils le respectaient également. Ils l'écoutaient parler et le regardaient faire avec curiosité, tandis qu'il maniait sa loupe et les petits ustensiles qu'il sortait de sa poche ou de son gousset. Leur étonnement les figeait sur place à le voir observer chaque détail longuement, au point de s'arracher les yeux.

Le brigadier Marino arriva à ce moment là. Les ordres de Debrume avaient été exécutés par un auditoire pétrifié. Toutes les dispositions ayant été prises, le brigadier n'eut rien à ajouter. Il félicita son collègue avec un dépit dans la voix qu'il essaya de contenir. Par contre, s'il accepta de bonne grâce les remarques de Debrume au sujet des traces du corps, il contesta celles concernant le cavalier, les empreintes étant peu marquées dans ces terres pierreuses. Elles étaient peu probantes autour du feu. Debrume les distinguait pourtant aisément. Il était le seul. Peu importait ce que croyait Marino. Quant à lui, il savait très bien de quoi il s'agissait, comme s'il avait assisté à la scène. Il lui fallait continuer, il y avait urgence.

Pour Marino aussi, mais elle n'était pas du même ordre. Voyant son autorité menacée, (sans loupe, comment être crédible ?) il lui fallait reprendre les troupes en main. Il remonta à cheval et commença un discours aux villageois toujours aussi médusés :

« Nous ne pouvons douter de la véracité des faits tels que les décrit notre collègue et ami Charles Debrume. Si je ne travaille pas avec les mêmes outils que lui, ma mémoire des visages est infaillible. Il est étonnant que le seul habitant de cette montagne occupée naguère par trois bergers, soit absent. Cet homme, dont tout le monde a pu constater qu'il est un simple d'esprit, et sans doute un esprit faible, est fort capable de folie meurtrière. Nous devons le retrouver. »

C'était ce qu'il n'eût pas fallu dire. Les loups étaient lâchés. Tous ces hommes et femmes, horrifiés par la peur qui commençait à gagner, avaient besoin de vengeance. Un événement supplémentaire vint donner raison à l'orateur. Un garçon venait de trouver le bâton d'Augustin dans un fourré, tout près de la bergerie. Il n'y avait pas de doute. Tout le monde put le constater de visu, c'était bien le bâton d'Augustin. Chacun avait pu le voir un jour ou l'autre gravant de petits signes à la pointe du couteau, comme s'il s'agissait de la chose la plus importante du monde.

Il devint inutile à Debrume de parler de cette nouvelle technique que pratiquait depuis peu la police et qui permettait d'identifier, à l'aide d'un microscope, celui qui avait touché un objet par les traces qu'il y avait laissées et qui ne pouvaient se confondre avec celles d'un autre, chacun ayant inscrit sur sa peau la marque indélébile de sa personnalité. Il se tut, d'autant qu'il n'était pas sûr que le laboratoire de la préfecture fût à même de pratiquer cet examen qui demandait du matériel et des personnes compétentes.

Il fut décidé, à corps et à cris, d'organiser une battue. La thèse de l'agression par Augustin sembla tout à coup beaucoup plus réaliste que la venue d'un cavalier que personne n'avait jamais vu. D'autant qu'on connaissait les différends qui opposaient les bergers, et qu'on est toujours plus enclin à admettre les dangers que l'on connaît, ceux qui font partie de la réalité de tous les jours. Il fallait donc que le coupable fût puni sur le champ, cela ferait du bien à tout le monde.

Debrume laissa Marino continuer de pérorer à grands gestes, dominant la foule de la hauteur de son cheval, et lui imposant l'autorité de son rutilant uniforme. Il laissa les groupes s'organiser et tout le monde partir, tandis que les femmes redescendaient au village.

L'ex-inspecteur avait un peu de temps devant lui, mais il ne devait pas traîner s'il voulait éviter à Augustin des désagréments. Il avait un avantage sur les autres, car il savait exactement où il pouvait le trouver. Pour ne pas prendre le risque d'être suivi, il fit mine de redescendre au village. Il fit un grand détour pour rejoindre le sentier repéré la fois précédente. Une demi-heure plus tard, il laissait Icare au bas du pierrier et accrochait ses rênes au même arbuste étique qui avait servi à cet usage quelques jours auparavant.

21

Il n'avait eu aucun mal à retrouver le cirque de rochers. Il lui avait suffi d'escalader le pierrier. Dans sa grande hâte il s'était tordu les pieds et coupé aux arêtes des pierres, comme à ses débuts. Il avait trouvé Augustin en adoration, faisant l'offrande de sa raison à l'unique amour de sa vie. Sa prostration devant l'impossible l'enfermait dans la rigidité de la pierre. De loin, s'il n'y avait eu ce grand feu devant lui, on aurait pu le confondre avec l'un de ces rochers que le berger croyait capables de lui rendre la femme aimée dans sa jeunesse, avec la même ardeur amoureuse dont lui-même brûlait.

Augustin eut un mouvement de recul en apercevant Debrume qu'il reconnut aussitôt malgré sa mauvaise vue. Il fit mine de s'en aller, puis se ravisa et se rassit auprès du feu. L'ex-inspecteur s'assit auprès de lui. Pressentant que la partie serait dure, il commença par se taire. Il voulait d'abord entrer dans le silence du berger qui était son moyen privilégié de communiquer avec le monde. Quand il sentit l'immobilité des pierres l'envahir, il put commencer.

Augustin lui prêtait l'oreille et ne pensait plus à partir. La première phrase avait suffi : « J'ai retrouvé les traces de la femme qui a été enlevée devant vous au ravin Pigouret. Je ne tarderai plus à retrouver son agresseur. Elle a été séquestrée à Aiglemont et elle a laissé pour vous une nouvelle preuve d'amour ».

Les mots lui venaient comme dictés par une sorte d'inspiration. Il savait que c'était cela qu'il fallait dire pour apprivoiser le vieil amoureux transi. C'était d'une évidence qui l'attristait, s'il avait été le moment de se pencher sur ses propres états d'âme. Mais il avait bien autre chose à faire. Il devait trouver les mots justes pour apaiser cet homme rustre dont il respectait la souffrance. Une souffrance qui eût pu ressembler à la sienne, si lui-même n'était pas doté d'une telle indifférence envers la vie et d'une telle défiance envers ses sentiments qui le protégeaient de toute passion. Contrairement à Augustin, il ne savait pas souffrir parce qu'il ne savait sans doute pas vivre. Et il ne savait pas vivre parce qu'il ne savait pas aimer. Chaque jour de sa vie le confrontait au néant de son être. Augustin, au contraire, était habité par un amour qui avait traversé le temps sans diminuer d'intensité et qui l'avait conduit à la folie, tout en l'emplissant de cet appétit de vivre que lui donnait la foi absolue dans cet amour. Augustin n'avait jamais connu le doute.

Mais il n'était pas l'heure de penser à lui-même. Il ne devait pas fléchir dans l'action qu'il venait d'entreprendre. Il avait cependant conscience que ce n'était pas seulement pour sauver Augustin qu'il se précipitait. Cette manière de s'engager lui permettait encore une fois d'oublier la distance qu'il mettait entre lui et lui-même. Et de reculer l'échéance.

Pour protéger Augustin, il lui expliqua avec force détail ce qui était arrivé à Justin. Et que tous étaient prêts à le tenir pour responsable de ce meurtre. Il fallait user de stratagèmes. Le tueur de Justin s'était trompé de cible. C'était Augustin qui était visé puisque l'assassin avait la preuve que c'était bien lui qu'Apolline aimait. Augustin devait être mis à l'abri de cette jalousie meurtrière pendant que Debrume irait chercher Apolline et la lui ramènerait. Bientôt, il la reverrait danser dans les rochers. Elle ne se soustrairait plus à ses regards. Elle reviendrait animer de la beauté de son corps l'immobilité des pierres. Elle lui offrirait encore ce spectacle qu'il avait attendu toute sa vie. Pour toutes ces raisons, il lui demandait de lui faire confiance. Augustin devait se laisser emmener au village par le brigadier Marino. La montagne était trop lisse et trop hostile pour le cacher longtemps. Mais avant toute chose, pour garder son secret, il devait confier à Debrume la boîte contenant la lettre d'amour, car il était le seul à savoir ce qu'elle contenait et donc à pouvoir la garder avec le respect qui lui était dû. Si on ne la soustrayait pas aux mains des gendarmes, ce qui allait arriver à cette lettre était pire qu'un viol. Elle allait passer de main en main, tout le monde voudrait la voir, le brigadier Marino était capable de la jeter au feu comme un papier sans valeur, car il lui était impossible de voir ce qu'Augustin y voyait. Pour lui, comme pour les autres, il s'agirait d'une feuille vide. Et non pas d'un message d'amour qu'Apolline avait été assez habile à cacher dans les creux du papier, pour que seul Augustin pût le lire.

A force d'arguments mille fois répétés, Debrume était à bout de souffle lorsqu'il vit pointer le bicorne du brigadier Marino. Puis apparurent peu à peu les villageois. Ils envahirent le cirque de rocher sans un mot, brisant pourtant le précieux silence dans lequel Augustin avait cherché refuge. On n'entendait cependant que les fers des brodequins sur les pierres. Ils s'étaient arrêtés à distance, comme pris par le sentiment de commettre un acte de profanation.

Le vieux berger avait encore l'oreille fine. Il s'était levé aux premiers bruits. Debrume eut à peine le temps de dire à Augustin que c'était le moment. Il avait encore la main tendue vers lui, que le berger s'était déjà précipité pour échapper à Marino. Malgré sa panique, il se rendit vite compte qu'il s'agitait beaucoup et qu'il avançait peu, que ses vieilles jambes ne le mèneraient pas loin. Alors, il fit une chose incroyable. Il se tourna tout d'une pièce et jeta la petite boîte au milieu des flammes. Puis il tenta de courir parmi les pierres, clopin-clopant, avec une énergie qu'on n'aurait jamais pu lui soupçonner. Il n'avait pas atteint le premier rocher du cirque dans lequel ils étaient enfermés qu'il était rattrapé par le brigadier, et rapidement maîtrisé par ses acolytes, comme s'il s'agissait d'un malfaiteur.

Debrume s'était désintéressé de son sort. Penché sur le feu, à l'aide d'un bâton, et brûlant le bas de ses manches, il s'était employé à retirer la boîte du feu avant qu'elle n'y disparaisse avec son secret. L'écaille avait été endommagée et ce petit poudrier n'aurait plus été en état de figurer dans un sac de dame, mais on voyait encore l'entrelacs des lettres d'or qui ornaient son couvercle. Il retira la feuille. Elle était, par miracle, quasiment intacte. Le feu l'avait seulement noircie au niveau des pliures.

Il repartit sans attendre les autres, vers l'endroit où son cheval l'attendait, en se gardant bien de courir dans l'amas de pierres, afin de préserver ses chevilles. Le mérens l'accueillit d'un petit roucoulement de gorge qui semblait saluer leur belle amitié. Mais le cavalier n'eut pas le temps de réfléchir aux relations qui unissaient hommes et bêtes dans une intimité rassurante. Il était temps de rentrer au village. Le brouillard était en train de monter de la plaine et bientôt il ne serait pas facile de retrouver sa route.

Chez lui, une troisième lettre de Marthe l'attendait. Elle était aux abois. Elle n'avait plus eu de nouvelles de son amie malgré leur stricte habitude de se donner des informations au jour le jour. Elle revenait donc à Nice en catastrophe. Quelque chose avait eu lieu à Couraurgues et elle ne savait quoi. Il était le mieux placé pour l'apprendre. La situation était grave. Elle l'implorait de la rejoindre au plus vite. Elle lui donnerait toutes les indications nécessaires pour l'aider dans la mission qu'elle désirait lui confier.

Elle l'implorait, avait-elle dit et il avait sous ses yeux son adresse temporaire et les modalités de leur rencontre. Oui, c'était bien lui qu'elle appelait encore une fois à son secours, car elle avait la certitude qu'il ne trahirait pas sa confiance. Malgré toutes les raisons qu'il avait de se défier d'elle, quelque chose lui disait qu'il ne pouvait se soustraire à sa requête. Il voulait penser que seul l'intérêt pour cette étrange affaire le poussait à répondre à son appel.

22

Des lambeaux cotonneux s'élevaient de la terre en lourdes strates que la nuit, en s'effaçant, laissait apparaître. La lueur blême du petit jour accentuait avec vigueur leur blancheur et soulignait l'ampleur de leur présence. L'air alourdi d'humidité entrait avec peine dans les poumons. Il avait plu toute la nuit. Dans les rues de Couraurgues, de longs ruisseaux s'étaient formés entre les pierres. La rumeur incessante de leurs cascades avait entouré le sommeil de Debrume d'une atmosphère de fin du monde. Il n'avait cependant pas renoncé à son départ. Il savait qu'il trouverait le Var en crue et que son passage serait hasardeux. Mais il devait atteindre Nice au plus tôt. Ce qu'il avait découvert ces derniers temps lui laissait à penser qu'il s'agissait de quelque chose de grave pour Mademoiselle Marthe et ses compagnons. S'il s'agissait d'un piège, il pouvait peut-être éviter un autre massacre inutile dans le style de celui d'Aiglemont. De plus, il se répétait qu'elle lui avait fait l'honneur d'implorer son aide et cette demande était un baume sur son cœur.

Les fortes pluies duraient. Il mit deux jours pour atteindre les rives du fleuve. Après avoir quitté Couraurgues, il avait traversé des étendues de collines désertes habitées par quelques chevriers sauvages qui ne lui refusaient pas de partager leur modeste abri autour d'un feu de brindilles. Il ne s'était pas attardé dans la ville de V et avait repris la route aussitôt, la pluie ne cessant que pour reprendre de plus belle.

Il avait longé la ligne des Baous par un chemin étroit où s'embourbaient les charrettes chargées de raisins qui pourrissaient sous la pluie d'automne. Il avait laissé derrière lui le petit village de Saint-Jeannet, rencogné sous son immense rocher dont il semblait attendre quelque protection contre la furie des éléments. Les forêts de Montaleigne où foisonnait la sauvagine étaient dans un brouillard qui ne laissait voir à deux mètres. Il y avait redouté quelque attaque de brigands que le lieu et le temps pouvaient favoriser, mais il arriva au village de Saint-Laurent sans anicroche.

Ce village se tenait à distance raisonnable du Var dont on avait appris à connaître les caprices. En cette saison, le fleuve était en crue mais le reste de l'année, son lit s'asséchait, libérant la terre. En se retirant, le fleuve laissait derrière lui un limon qui alimentait de grasses cultures, et des amas de pierriers utilisés comme carrière dont on tirait le matériau de constructions. Les galets ronds et soyeux marquaient le pays au sceau du fleuve. Ils étaient partout, dans les murs des maisons, comme dans les murets qui délimitaient les vergers d'orangers. Les terribles pluies d'automne rendaient le fleuve à sa sauvagerie naturelle. Son passage houleux laissait le pays exsangue.

La pluie dévalant dans les rues en ruisseaux qui criaient leur colère, n'empêcha cependant pas le voyageur de trouver une chambre dans la première auberge venue, au cœur du village. Elle était située non loin de l'église dont le clocher, chapeauté d'une dentelle de fer forgé, s'élevait au-dessus des maisons, et tenait le village sous sa surveillance. L'auberge ouvrait sur une place que la pluie de ces jours avait transformée en lac. Ici les cascades d'eau mêlaient leur chant furieux à celui du fleuve dont on ne voyait pas l'autre rive dans cet amas de pluie et de brume qui s'abattait sur le pays comme une calamité.

On lui dit que pour passer, il lui faudrait attendre. La digue des Français, construite après l'annexion de 1792, restait le seul moyen de traverser le Var quand on ne pouvait utiliser le passage des gués. L'impétuosité des eaux, en ces jours de déluge, la rendait impraticable. Elle nécessiterait quelque consolidation, comme après chaque crue qui ne manquait pas d'arracher quelque piquet pourtant profondément enté dans le lit du fleuve.

Il dut attendre, comme les autres voyageurs, que les orages eussent terminé leur travail de destruction avant de repartir. Il traîna sa mélancolie et son ennui pendant plusieurs jours, sans pouvoir, à l'instar d'Icare, maîtriser son impatience. Il se félicita de ressembler de plus en plus à cette bête à force de vivre à son contact. Et cette remarque lui permit de mieux supporter l'attente.

La pluie cessa enfin. Mais le fleuve n'en avait pas fini. En se retirant, il laissait des lacs de boue et des familles ruinées. Pour l'heure, le soleil était revenu et le pays se remettait à vivre. Debrume l'abandonna sans regret et atteignit la ville en peu de temps. Il retrouva son ancienne logeuse qu'il avait prévenue de son arrivée. Il ne mit pas longtemps à réintégrer sa chambre et, avec elle, ses habitudes d'autrefois.

Il se mit en quête d'anciens collègues de la police et obtint d'eux des renseignements qu'il n'avait osé espérer. Le jour venu, il était fin prêt. Il avait pu, grâce à l'aide de ses amis, organiser son intrusion au Château de Chambéron. Intrusion qu'il voulait discrète, ne sachant où il mettait les pieds. Il s'était préparé, avec le plus grand soin, pour le bal masqué qui devait y être donné quelques jours après son arrivée, et qui devait ouvrir la saison des bals de l'hiver. Une invitation, prélevée par les soins de l'un de ses amis sur le bureau de son ancien supérieur, avait été recopiée à l'identique par un faussaire de sa connaissance, avant d'être remise en bonne place. Il n'eut plus qu'à trouver un frac et un haut-de-forme, sans oublier la sempiternelle écharpe de soie blanche, ainsi que la canne à pommeau d'argent, pour devenir le Comte de Bourdon. Le soir venu, un superbe équipage le déposa devant le majestueux perron de la villa tout récemment construite par le marquis de Chambéron, dans le plus pur style alors en vogue, fait de stucs et de grandiloquence.

Parmi les cariatides et les dorures du vaste péristyle, il fit illusion. Personne ne lui refusa le passage. Il se surprit à briller dans les conversations en fumant de gros cigares avec assez d'adresse pour ne pas se mettre à tousser. Il évolua sous la splendeur des lustres vénitiens avec une grâce altière dont il ne se savait pas capable, mais qui convenait à son personnage. Dans les flots de musique qui provenaient des salons où l'on dansait la valse, il sentait sa tête bourdonner. Mais il eut le courage de se lancer dans un quadrille, mettant le plus de légèreté possible dans ses sauts et évitant d'écraser les petits souliers de satin des dames. Bref, il se comporta parfaitement, sans se laisser éblouir par la luxuriance des toilettes et des couleurs qui tournoyaient autour de lui. Il savait ce qui était en jeu. Il n'avait qu'une idée en tête, c'était de percer l'identité de ces pupilles qui brillaient sous les masques et qui rendaient les regards aigus comme des dards.

Mais il eut beau s'efforcer, sous aucun masque il ne put reconnaître le regard de Mademoiselle Marthe, a fortiori son visage. Il avait pourtant suivi à la lettre ses instructions pour pénétrer dans ce lieu si peu discret pour un rendez-vous. Mais elle n'était nulle part dans ces salons qu'il arpenta en tous sens, avec la désinvolture étudiée pour l'occasion et qu'il eut à cœur de ne perdre à aucun moment. Il rentra chez sa logeuse, plus fatigué que s'il avait fait le voyage depuis Couraurgues en courant et d'une seule traite. Ses pieds lui faisaient mal. A force de chausser les rustiques souliers du cordonnier de Couraurgues, ils n'étaient plus habitués aux bottines de vernis.

Le bilan de son expédition était négatif. Il avait dépensé beaucoup d'énergie et d'argent pour rien. Il n'avait pas retrouvé

Mademoiselle Marthe. Le doute revint le torturer. La troisième lettre qu'il avait reçue d'elle n'avait peut-être été qu'une habile manœuvre pour l'éloigner du lieu où avait été enlevée Evangéline. Peut-être s'était-elle encore une fois moquée de lui et l'avait-elle promené parmi les crinolines seulement pour le perdre encore, comme naguère, lorsqu'elle l'abandonnait à lui-même dans les montagnes, cavalier inexpérimenté qu'emportait la solitude des rochers, après lui avoir fait parcourir douze lieux dans la journée.

Durant ce bref séjour, il se sentait comme un poisson hors de l'eau. Les obligations mondaines qu'il avait pourtant remplies avec brio lui avaient donné le frisson. Il se jugea vaincu et décida de repartir le lendemain pour Couraurgues.

23

Il était dit que le renoncement à la moindre velléité était la seule issue à la relation ambiguë que Mademoiselle Marthe avait instaurée avec lui, et ce, dès leur première rencontre. En recevant ses lettres, l'espoir lui était pourtant revenu de pouvoir aller vers elle et se compter au nombre de ses amis. Mais une fois de plus elle lui avait fait faux bond. Leur amitié n'avait été qu'un leurre. Et il avait eu la légèreté de croire en cette amitié qui n'existait que dans sa propre imagination. Il avait été plus d'une fois sur le point de s'appuyer sur du vent pour donner un nouveau sens à sa vie. Au fond de lui, pour être honnête, il le savait depuis toujours, cette femme ne lui ferait jamais confiance. Il devait renoncer à elle et, avec elle, au souvenir de Céleste. Il avait cependant conscience que le vouloir ne suffisait pas.

Il était en train de rassembler ses affaires pour quitter la ville lorsque sa logeuse lui apporta un pli. Son amertume se dissipa aussitôt. Il ne fit qu'un bond. Il se rendit au lieu du rendez-vous, le cœur battant, aussi ému qu'un collégien en mal d'amour.

Il n'avait eu que le temps de se précipiter à l'écurie et d'harnacher son cheval. Il avait longé le bord de mer par un petit sentier caillouteux au pied duquel les vagues venaient mourir, y abandonnant leur mousse légère. L'eau de la baie était restée noire après quelques jours d'une tempête qui en avait soulevé les fonds de vase et mangé le bleu, d'ordinaire si vif. Le mérens, qui voyait la mer pour la première fois, n'en croyait pas ses yeux. Debrume constata, non sans quelque fierté, qu'il avait acquis une confiance absolue en son cavalier. Il le suivait dans l'aventure, oubliant ses réticences devant les mouvements de l'eau grâce à quelque subtil jeu de main et de jambes. Car pour les chevaux comme pour les humains, tout n'était qu'une question de confiance. Et c'était cette confiance, pourtant remise en question à chaque minute, qui poussait maintenant Debrume à se rendre au lieu du rendez-vous.

Il se dirigeait à l'endroit où la baie se referme, à l'extrémité de son demi cercle si bien dessiné, là où la ville n'arrive pas. Seules quelques baraques de pêcheurs, devant lesquelles séchait au soleil tout un attirail de filet et de paniers odorants, faisaient face à la mer. Tout le long du chemin, les galets de la plage venaient échouer à ses pieds dans un bruit de respiration rauque dont l'obstination et l'égalité faisaient écho au mouvement invisible des astres dans le ciel. Puis, le sentier s'éloignait de la mer, s'élevant un peu au-dessus d'elle. Accrochés aux rochers qui bordaient maintenant le rivage, les silhouettes hardies des pins maritimes se penchaient sur l'eau. C'était l'endroit du rendez-vous.

Elle était là à attendre, dans son boghei, n'ayant cure de protéger son visage des embruns, telle qu'il l'avait toujours vue, le buste dressé, à l'affût, sur le qui-vive, comme un animal traqué. Alors, lui revint en mémoire son étrange destin, celui que, dès sa naissance, la vie lui avait imposé, la façon dont elle était entrée dans la lutte politique, sans se préoccuper de son avenir. Sa dévotion à la cause, qui ressemblait à du fanatisme, la lui rendait plus lointaine encore. Elle avait connu la peur, la trahison, le désespoir, l'humiliation, l'écoeurement de soi. Et elle avait survécu, persisté sur cette voie désignée par son père, bordée de quelques balises et garde-fous, qui, pour l'avoir protégée parfois, n'en avaient pas moins constitué les murs d'une prison dont elle ne s'était jamais évadée.

Il eût bien voulu contribuer à son évasion. Il n'eût désiré que cela, de la même manière qu'il s'était efforcé d'échapper à son piètre destin. En retour, elle l'eût aidé à reconstruire sa vie avant qu'il ne soit trop tard. A deux, ils en auraient évalué ensemble les nouvelles exigences, les nouveaux critères forgés par eux seuls. Il eût été à ses côtés à chaque instant. Mais elle était prisonnière et s'il voulait s'autoriser à l'aider, il devait entrer avec elle dans la prison.

Ils se saluèrent rapidement et sans effusion, comme s'ils s'étaient quittés la veille. Ils eurent un moment de gêne silencieuse. Ils ne savaient quoi se dire après tout ce temps.

- On m'avait fait savoir que vous ne viendriez pas à Chambéron. Lorsque j'ai eu connaissance de votre présence, j'ai espéré vous y rencontrer, mais je suis arrivée trop tard. Mes informations avaient cependant quelque validité puisque je vous ai retrouvé. Je suis bien aise de vous voir. La marquise a dû être convaincante.

- Je n'ai pas eu l'honneur de la rencontrer. Elle a envoyé Avrillé à Garmagne. Il m'a assuré qu'il travaillait pour vous.

Elle, qu'il avait vu si forte et orgueilleuse, fut si désarçonnée qu'elle condescendit à quelques explications.

- Avrillé est le seul galant qu'Evangéline ait jamais éconduit. C'est pourquoi il tente de nous faciliter la tâche de temps en temps, espérant la séduire un jour. Grâce à la dévotion qu'il a pour elle, nous avons parfois pu déjouer d'habiles pièges de la police. Mais, certes, c'était elle que vous deviez rencontrer. Elle a beau être légère, sa défection ne lui ressemble pas.

-Vous ne semblez pas savoir qu'elle a été enlevée et que je suis sur sa trace. J'ai bon espoir de la retrouver.

Il lui conta toute l'histoire. Il lui tendit le papier trouvé à Aiglemont sans autre commentaire. Elle eut un sourire devant la plume bleue. Elle la reconnaissait. Puis elle déroula le feuillet et le lut. Elle resta un moment le regard suspendu, comme si elle avait devant elle la succession des événements qui allaient se dérouler. Elle murmura : « Nous y voilà», comme pour elle-même. Puis elle se reprit, comme si elle s'apercevait de la présence de Debrume. Elle lut pour lui, ou plutôt devinait-elle, ce qui était inscrit et un sourire lui vint sur les lèvres. Elle fut tentée d'expliquer, mais elle dit seulement :

- Il s'agit d'un poème de Pétrarque. « *(…) chè dubbioso è'l tardar, come tu sai (…)* »

Après l'avoir lu, elle en donna une succincte traduction. Ce qui ne l'éclaira pas davantage sur la signification de ce message que la première fois où il l'avait lu, dans la maison d'Aiglemont : pourquoi serait-il dangereux de tarder ?

- L'univers de ce poète m'est familier dit-il avec prudence, comme s'il avait honte de se dévoiler. Je lis souvent ses poèmes.

Il eût aimé entendre son rire clair résonner comme du cristal. Il en eût oublié le bruit obstiné des vagues. L'éclat de ce rire eût ramené Debrume au Combeferres d'autrefois, où la vie était si douce, dans le petit salon doublé de faille de soie rose, devant le feu de cheminée, alors que dehors, la neige couvrait la montagne. Mais se souvenait-elle de Combeferres ? Elle était préoccupée de tout autre chose. Ses sourcils accentuaient la dureté de son regard.

- Et vous dites que vous avez trouvé cela à Aiglemont où vous avez trouvé également la plume, trace du passage d'Evangéline ? Je connais Evangéline. Elle n'a pas coutume de jouer au Petit Poucet. E l'un des principes des charbonniers est d'effacer toute trace, et de laisser le moins possible de choses écrites...

Il crut bon de revenir sur l'affaire d'Aiglemont, espérant en apprendre davantage. Mais elle affichait un mutisme qui le déroutait. Il avait peine à reconnaître la jeune femme perdue qu'il avait si souvent eue sous les yeux dans le salon de Combeferres. Elle ne voulut pas non plus lui apporter l'explication de ce mot « *Orfeo* », le seul lisible sans loupe, qui était inscrit au haut de la page, au-dessus des paroles du poète, à peine reconnaissables. Elle déclara qu'il valait mieux qu'il ne le sût pas, comme si elle voulait le protéger de quelque danger ou comme si elle le soupçonnait de faiblesse. Il sentait déjà la colère monter en lui quand elle ajouta :

- Mais par contre, je peux vous assurer que ce mot est d'une importance capitale. Il désigne un lieu connu de nous seuls. Personne d'entre nous ne dévoilerait où il se trouve, même sous la torture. Tout cela me fait dire que nous sommes manipulés, mon ami. Il faut arriver à savoir par qui et en vue de quoi. Il s'agit de quelqu'un qui nous connaît bien. Qui a pu faire partie...

Comme sa voix restait en suspens, il lui tendit enfin le poudrier qu'Augustin avait préféré jeter au feu pour le préserver des mains impies, indignes de toucher un objet sacré, venant d'Apolline.

- Cela vient de Couraurgues dit-il. Et il lui raconta l'aventure du berger.

Elle se tut, frappée de stupeur. Sa réflexion dura longtemps. Le ressac continuait son chant profond. Et sur la mer s'amoncelaient à nouveau de lourds nuages noirs qui ne laissaient rien présager de bon.

Il respectait son silence. Il aimait regarder ce visage dont le temps et les difficultés de la vie n'avaient pas encore entamé l'intelligente beauté. Elle ferma les yeux. Le temps semblait faire une pause. On eût dit qu'il allait s'arrêter là, comme on s'arrête au bord d'un précipice. Il ne savait rien de ce qui allait se passer, si elle n'aurait aucun scrupule à se dérober après s'être servi de lui, ou si, après tant de temps, leur amitié allait connaître des jours meilleurs. La vie allait les obliger à se remettre en route, à se jeter dans le gouffre au-dessus duquel ils étaient en suspens.

- Il faut que je parte pour un long voyage dit-elle. A l'étranger. Il n'est plus temps de différer.

Elle fouilla dans un réticule posé près d'elle, sur la banquette du boghei. Elle en sortit un poudrier, identique à celui d'Augustin et le lui tendit.

- Evangéline et moi étions liées par ce secret. Nous avons coordonné l'action… en Provence… Bref, les italiens émigrés qui attendaient de rentrer dans leur patrie se référaient à nous. Si vous superposez les deux feuilles contenues dans les deux poudriers, vous pourrez lire, à la lueur d'une flamme, en transparence, des adresses qui se complètent. Je suis dans l'impossibilité de tenir la promesse que j'avais fait à Evangéline de me rendre auprès d'elle en cas de difficulté. Et je suppose qu'elle en traverse de graves, en ce moment même. Je vous prie d'intervenir à ma place, s'il vous reste quelque amitié pour moi, malgré la distance que j'ai mise dans notre relation, les années passées. L'organisation du haut pays est en danger. Je vous en prie, aidez-moi, retrouvez Evangéline de Bourdaine. Commencez par ces adresses, mettez en garde leurs habitants, s'il n'est pas déjà trop tard. Soyez vigilant. Je ne sais ce que signifie son enlèvement. Peut-être pourriez-vous unir vos efforts à ceux du Comte de Claille, son dernier amant en date, dont elle ne cesse de me rebattre les oreilles dans ses dernières lettres. Je ne peux vous aider davantage. Je ne sais où il réside. Elle m'a parlé souvent d'Aix-en-Provence, mais je n'en sais pas plus.

Quant à la proposition que je voulais vous faire, elle s'annule d'elle-même, au vu de la nouvelle donne. Nous nous retrouverons un jour, si les événements qui se préparent le permettent. Je n'ai pas oublié notre amitié débutante. Je rêve de Combeferres. Mais notre tâche en Italie n'est pas terminée. Et nos chances de réussite sont minimes. Rome est toujours exclue du Royaume. L'Italie n'existe pas encore tout à fait. Nous sommes sur le point d'atteindre le but, malgré la fatigue du vieux général. Notre organisation œuvre depuis longtemps à cela. Elle est si fragile malgré les forces vives qu'elle représente.

Je partirai demain. Le temps presse. Utto m'accompagnera. Nous nous reverrons peut-être un jour à Couraurgues ou ailleurs, si Dieu nous prête vie.

24

Il avait beau se traiter de tous les noms, il était à ses ordres. Un geste, un mot d'elle et il était prêt à repartir, comme un bon petit soldat. Sa décision avait été prise sur le champ. Rentré chez lui, il aurait vite fait de déchiffrer la liste d'adresses à l'aide des feuillets contenus dans les deux poudriers. Il l'apprendrait par cœur. Il se mettrait en route aussitôt.

Le but était de retrouver Evangéline, morte ou vive. En même temps, il sauverait la peau des quelques patriotes italiens qui attendaient l'avènement de la république pour rentrer chez eux, afin d'éviter la vindicte de la police du roi. Il devait se montrer digne de la confiance que Marthe mettait en lui.

Cela revenait aussi à prendre position contre la politique de l'Empereur qui n'était pas plus favorable aux républicains que le roi de Piémont. Mais pour les beaux yeux de Marthe il acceptait de le faire, lui qui, politiquement, n'entendait pas grand chose et n'avait pensé qu'à sa propre survie en devenant autrefois inspecteur de police. Les grandes idées qui bouleversaient son siècle et qui prônaient la révolution, lui étaient passées dessus sans l'atteindre. Elles étaient venues à lui par le biais de Mademoiselle Marthe et l'avaient rattrapé à son insu.

Cette femme, avec ses discours empreints d'espoir dans la lutte contre la misère, continuait de l'envoûter. Elle avait gardé ce don de l'émouvoir qui avait jusque là appartenu à Céleste seulement. La longue séparation plombée de silence où il avait pensé qu'elle l'avait oublié, n'avait rien changé. Il s'était retrouvé devant elle, transi, comme lorsqu'il l'avait écoutée lui raconter les drames de sa vie, dans son petit salon feutré de Combeferres, devant le feu de cheminée qui illuminait son visage du rouge de la passion. Ce récit avait alors suffi à déterminer ses choix.

Aujourd'hui encore, elle n'avait eu, durant leur rencontre de Nice, qu'à lui faire état de la situation d'Elodie et Adalberto Bonacci da Corsan. Elle leur avait parlé de leur périple, après une retraite obligée en Hollande et en Angleterre. Ils se trouvaient actuellement dans une ville des états pontificaux où ils avaient décidé de séjourner, armés de toutes les intentions subversives du monde.

A leur arrivée, la ville était encore sous le choc des mutilations infligées par les gardes suisses du pape qui craignait sa trahison et son ralliement aux forces piémontaises œuvrant pour l'unité du pays. Elle portait le deuil sans ostentation. Les réseaux républicains démantelés rassemblaient leurs ultimes forces. Ils n'avaient pas été les seuls touchés. La horde vorace des soldats y avait perpétré des sacrifices humains autant cruels qu'inutiles. Les plaies étaient trop récentes pour être oubliées. On avait encore sous les yeux les assassinats de centaines d'innocents, les poursuites et les viols, les corps déchiquetés jonchant le sol des rues qui en étaient marquées comme la chair par le fer rouge. Les hommes du pape au langage rauque des pays du nord, avaient déferlé sur la ville, comme des bêtes affamées de sang, une troupe en folie que quelques coups de canon n'avaient su contenir. Devant la population sans défense, les vainqueurs avaient joui de leur facile victoire, se vautrant dans un sang qui ne coûtait rien. Ils s'étaient saoulés de leur propre violence jusqu'à épuisement. Le monde leur appartenait, la vie, la mort. Ils avaient joui d'eux-mêmes dans ce plongeon narcissique au fond de leur propre noirceur. Quand les Corsan étaient arrivés, la ville pleurait ses morts et essayait avec difficulté de revivre.

Devant l'étendue de la mer, ébloui par la noirceur des vagues de ces jours de tempête, il avait écouté sans broncher la lecture que Marthe lui avait faite d'une récente lettre d'Elodie :

« (…) *que de tels massacres aient pu avoir lieu dans une ville si belle où chaque pierre parfaitement ajustée dégage le sentiment de l'harmonie* du monde, ne me semble pas croyable. De la fenêtre du palais où nous sommes installés et qui appartient à une famille illustre, nous voyons la Piazza Grande et sa belle architecture qui impose, avec ses lignes épurées, une sorte de douce mainmise sur toute la ville. Le raffinement de la couleur rosée de la pierre, la blancheur du marbre et les formes gentiment ornées des fenêtres bilobées sont les seuls ornements de ces masses architecturales qui encadrent cet espace toujours animé. J'ai le spectacle de la vie sociale de la ville sous les yeux. Le soleil envahit la pièce où je me trouve, dont les plafonds sont décorés de fresques aux couleurs capiteuses. J'aime broder dans le grand salon, près des hautes fenêtres aux lourds rideaux de damas, en écoutant les bruits de la ville, sabots des chevaux, roulements des voitures, appels des marchands, qui reflètent l'agitation incessante des jours de travail. J'aime aussi les grandes envolées des cloches de la cathédrale San Lorenzo qui appellent aux offices. J'ai devant moi, quand je m'accoude à la fenêtre de ce merveilleux palais, se faisant face, deux symboles du pouvoir. D'un côté, le palais des Priori, dont la sévérité de la silhouette impose l'ordre absolu des lois civiques sur le petit peuple. De l'autre, la cathédrale qui ouvre ses bras à la population entière pour l'amener à la vie spirituelle. L'architecte a agrémenté l'austérité de sa façade d'une douceur trompeuse, en la couvrant de marbre rose. L'escalier de pierre, dans sa majesté, est un symbole de cette ouverture vers le salut, l'austérité du bâtiment, celui de l'autorité absolue de l'Eglise. Car les formes ne sont pas choisies au hasard (…)

Partout dans la ville, les lieux de prière, scandent l'espace. Partout sont rappelées la bonté de Dieu et l'inexorabilité de ceux qui exécutent ses ordres en son nom. Quant aux quartiers populaires, aux enfilades de masures, la pauvreté qui accompagne la vie de tous les jours, n'en finit pas d'étaler le harcèlement à laquelle elle soumet le peuple. Ces quartiers humbles sont le symbole de la peur, de la soumission, de la détresse, de l'impossibilité de trouver une autre issue.

Que faire d'autre quand les familles ne cessent de croître et qu'il faut trouver du pain pour chacun ? Dans ces quartiers, la maladie gagne, parfois la contagion. On lutte contre la souffrance, on se console en priant, on espère dans les bonnes œuvres et on ne songe pas à se rebeller. L'équilibre se crée sur la base de ce pouvoir auquel on n'échappe pas.

C'est pourquoi, dans un petit cercle d'initiés, Bakunin pourrait faire des adeptes. Quant à nous, nous sommes de plus en plus convaincus que si l'Italie ne trouve pas son unité, et sans l'instauration d'une république, aucune avancée sociale ne sera possible (…) ».

Elodie ne donnait pas le détail des alliances et des amis rencontrés. Elle précisait cependant que Corsan participait à des réunions clandestines. Les patriotes travaillaient maintenant à la reconquête de Rome et s'employaient à épauler le grand général dont l'action était controversée par la royauté piémontaise. Mais depuis que le Piémont avait gagné du terrain, en dépit de la papauté, la population, subissait de nouvelles oppressions. Les jeunes gens prenaient le maquis devant la conscription. Pour survivre, ils faisaient régner la terreur dans les campagnes. C'étaient ces rebelles au nouveau pouvoir que les Corsan avaient décidé de s'allier pour la défense de l'idée républicaine. Sans doute une gageure, mais il l'avait prouvé maintes fois, Corsan n'en était pas à une gageure près.

Marthe avait replié la lettre d'Elodie. Elle regardait Debrume droit dans les yeux. Il ne baissa pas le regard.
- Voilà le maître mot. Corsan n'a peur de rien. Mais il se pourrait que sa carrière de semeur d'idées connaisse une fin prématurée. Nous sommes sous haute surveillance, vous le savez. Pour nous éviter une mort promise, sauvez Evangéline. Ainsi sauverons-nous Corsan. Il est peut-être encore temps, avait ajouté Mademoiselle Marthe en prenant congé.

Elle avait rouvert son ombrelle. Le soleil tout à coup, perçait à travers les arbres, et faisait scintiller de mille feux la noirceur de l'eau. Alors, rosé sous le tissu fleuri, son visage était apparu à Debrume comme il l'avait vu autrefois, lui offrant sa chair en transparence dans le froid de l'hiver, emmitouflé dans son capuchon de fourrure. Ils étaient comme aujourd'hui, se regardant droit dans les yeux, avec loyauté, sur la route qui l'emmenait loin de Couraurgues pour une destination inconnue. Aujourd'hui, sous le reflet rose de l'ombrelle, ses traits que le temps avait à peine marqués, étaient pleins de la même détermination qu'il lui avait toujours connue et qui l'avait toujours troublé. Le désir de se battre qui l'animait y transparaissait. Ce désir si dur qui la lui rendait insaisissable. Elle partait vers le danger. Son combat de toujours lui ferait encore frôler la mort. Elle n'avait pas peur. Elle ne connaissait pas le doute. L'amour la poussait. Une forme généreuse et large de l'amour.

Il voulait être comme elle. Agir, oublier l'indifférence, trouver le courage de souffrir et d'aimer. Pour cela, il devait s'abandonner à la confiance et abdiquer le doute. La loyauté avait ce prix.

25

A aucun moment Marthe n'avait douté de son aide. Elle lui avait parlé comme s'il faisait partie de sa vie et de ses projets. Comme si elle était sûre qu'il était prêt aux mêmes engagements qu'elle, aux mêmes sacrifices. En quelque sorte, elle l'avait annexé et il s'était laissé faire.

Un tel comportement avait de quoi froisser son amour-propre. Cependant, autant que la première fois, il n'avait aucune envie de trahir sa confiance. Il la recevait comme un don précieux. C'était sa façon de le distinguer, un honneur en quelque sorte qu'elle rendait à son courage et à sa sagacité. A quoi eût ressemblé l'amitié qu'il cultivait pour elle depuis tant d'années, son application à la protéger de la vindicte des villageois autrefois, de certains hommes de loi, s'il lui avait opposé un refus ? Il se fût trahi lui-même.

Mais il n'avait pas d'illusion quant à sa susceptibilité au sujet de son amour-propre. Il avait seulement besoin du rêve qu'elle lui avait permis et qui l'aidait à le ramener à son passé. Sa présence lui avait rendu Céleste. C'était Céleste qu'il voyait en la personne de cette indomptable dont la froideur le tenait à distance et dont l'exaltation était une sorte de bouclier qui l'éloignait de toute passion amoureuse. Céleste qui, pourtant, lui ressemblait si peu. Marthe n'en était qu'un lointain reflet, une image intangible. Car elle était une ombre désincarnée, une âme errante privée de chair, dont la vie se situait dans les arcanes d'une passion pour laquelle il ne vibrait pas et qui lui restait aussi fermée que les mystères de la mort. Si l'attrait qu'il avait pour elle le mettait, en raison de sa passion politique et de ses engagements, à l'abri du désordre des sens qu'il s'interdisait depuis la disparition de sa jeune épouse, un parfum délétère entourait leur relation. Cette femme, qui était devenue un lien entre lui et la morte, qui se jouait avec autant de désinvolture de la vie et de la mort, ne pouvait que le diriger vers l'issue fatale. Le poète l'avait dit :

> « *Non po' far Morte il dolce viso amaro,*
> *Ma'l dolce viso dolce po' far Morte.*
> *Che bisogn'a morir ben altre scorte?* »

Etait-il besoin d'un autre guide pour bien mourir ? Voilà la seule raison qui le poussait à s'en remettre à sa volonté. Il lui obéissait, car elle était l'intercesseur qui lui permettrait le passage qu'il ne pouvait franchir seul.

Il était donc rentré à Couraurgues. Avant de savoir ce qui s'y était passé en son absence, il était déjà prêt à repartir pour accomplir la mission que Marthe Regardini lui avait confiée.

Marino lui apprit que, à la suite d'une crise de fureur qui avait terrorisé le village, le vieil Augustin avait été emmené à l'hospice de vieillards de la ville de V. On n'avait que peu de nouvelles. Prudence Malmaure, son amie de toujours, avait été la seule à lui rendre visite. Elle avait succinctement rapporté que le vieil homme ne parlait que de sa montagne. Sa folie à propos d'Apolline avait laissé de tels doutes sur son innocence que le juge avait préféré le garder en surveillance sous les verrous de l'hospice. Au village, on se congratulait sur l'humanité d'un tel juge qui épargnait la prison à un vieillard.

Cette nouvelle désola Debrume. Il se sentit une responsabilité de plus, un devoir. Il avança son départ. Retrouver Evangéline permettrait de faire innocenter ce rêveur qui payait si cher le prix de ses délires.

Il avait confié Icare à l'un de ses voisins pour le préserver de la fatigue d'un long voyage et se sentir libre du choix de ses moyens de locomotion, gardant ainsi la possibilité de renouveler les chevaux à son aise ou de revenir par la poste si le besoin s'en faisait sentir. Le notaire Trabon l'avait autorisé à prélever les bêtes dont il avait besoin dans le haras de sa fille. Son choix avait été rapide, d'un cheval de monte et d'un autre qui porterait ses bagages. Il allait traverser des lieux déserts et il ne voulait pas se trouver démuni.

Il arriva à la nuit tombée à Saint-Véran, sa première étape. Il n'eut aucun mal à se faire indiquer la maison du notaire dont l'épouse était la sœur de Maître Trabon. Elle l'attendait, ayant été prévenue par un domestique que son frère avait dépêché la veille. Dans la sombre salle à manger, la table était dressée pour le repas du soir. Après la traversée des plateaux du Couron balayés par les vents glacés de l'hiver, se réchauffer auprès d'une cheminée était un vrai bonheur. Il passa un habit pour le repas du soir.

La salle à manger avait l'austérité des vieilles demeures de province mais la table était bonne. Les chandeliers d'argent y apportaient quelque douceur. Ils jetaient leur belle lumière sur la nappe blanche, sur la porcelaine fine et exaltaient la brillance des verres de cristal et de l'argenterie. Malgré cela, le décor restait à l'image de la rigidité de la maîtresse de maison. De lourds meubles de noyer et des portraits d'ancêtres revêches, qui s'étaient transmis la charge de notaire de père en fils, tapissaient les murs, accentuant la sévérité de l'atmosphère.

La sœur de Maître Trabon était une petite femme sèche, et ses propos étaient à l'unisson de son aspect. Elle entreprit d'égrener un chapelet de reproches contre cette nièce qui ne lui rendait jamais visite, qui l'ignorait, qui avait la désinvolture d'un homme et manquait de la plus élémentaire pudeur, et qui, pour conclure, faisait le déshonneur de la famille. Ce qui lui arrivait ne l'étonnait guère. Car elle n'en était pas à sa première fugue amoureuse. Son père s'en était assez désespéré. Sans doute avait-elle de qui tenir. Enfin, sans vouloir dire du mal des morts, elle pensait à la mère d'Evangéline qui, pour avoir de la fortune, n'en avait pas moins les défauts des paysannes parvenues. De tout temps, les femmes de la famille Trabon avaient pourtant été irréprochables, et s'étaient contentées de fabriquer une descendance solide capable de transmettre le patrimoine que des générations de Trabon avaient construit au fil du temps. La mère comme la fille ne s'étaient pas souciées de la descendance, mais avaient voué leur vie aux plaisirs. Elle avait bien prévenu son frère au sujet de cette mésalliance. Il ne l'avait pas écoutée et il en était réduit à pleurer sur son sort.

Charles Debrume, assis face à elle, recevait son fiel en pleine figure. Il eut du mal à interrompre ce flot de paroles pour poser la seule question qui l'intéressait et pour laquelle il était venu. Elle laissa la sœur de Maître Trabon sans voix. Il se crut contraint de présenter ses excuses pour son audace et sa curiosité.

- Non dit-elle d'une voix contrariée. Il n'y a pas de mal. Mais comment vous dire cela ?... Nous ne fréquentons pas ces gens, ils ne sont pas de notre monde. Cependant, comme vous m'en parlez, je viens de me rendre compte que leur hôtel particulier est fermé depuis très longtemps. Je ne saurais dire à quand remonte leur dernier séjour à Saint Veran. Ils y passent généralement l'été et à cette époque de l'année ils sont déjà repartis depuis longtemps à Paris pour la saison des bals. Il me semble que leur maison n'a pas été ouverte cet été. Ce qui signifierait... J'enverrai aux renseignements, si vous le désirez et si cela peut vous aider à retrouver cette stupide enfant !

Sa rancœur avait changé de cible. Oubliant Evangéline et sa mère, elle s'apprêtait à se répandre en infamies sur les de Teil, ces étrangers prétentieux, inconnus de Debrume, mais dont le nom était le premier sur sa liste et au sujet desquels il venait de se renseigner.

Il réussit à interrompre le soliloque juste après les liqueurs, au moment où elle attaquait le sujet du souvenir de l'Empereur qui était passé par ce bourg et y avait fait une halte.

S'il avait donné l'accolade au vieux baron de Teil, il avait aussi chaleureusement salué les notables du pays en la personne du père de son époux. La famille de Teil n'avait pas de quoi se sentir au-dessus du lot. Elle s'attendait à quelques questions sur le glorieux événement, espérant avoir réussi à capter l'attention de ce policier si peu bavard. Mais ce dernier était d'un sérieux à toute épreuve. Il prit congé de bonne heure. Il salua en claquant les talons d'une manière toute militaire. Le frisson que ce salut lui procura lui fit cependant accepter la défection de son hôte.

Tout le temps qu'avait duré le repas, son triste époux n'avait pas desserré les dents. Il s'était juste contenté de montrer ses vins à Debrume. Comme ce dernier ne buvait pas, il s'était résolu à boire seul et avec méthode, ces bouteilles millésimées dans lesquelles il mettait les rêves que son ménage lui interdisait.

Dans sa chambre où il avait été reconduit par une servante révérencieuse, Charles Debrume quitta ses bottes fines avec plaisir et un certain soulagement. Il ouvrit grandes les deux fenêtres qui donnaient sur le parc où flottaient les ombres d'immenses marronniers dont la ramure sifflait doucement dans la brise du soir. Il écouta longtemps ce chant sibyllin qui reposait ses oreilles de la voix de crécelle avec laquelle l'épouse du notaire avait distillé son aigreur et sa malveillance tout au long de la soirée. Il ne s'attarderait pas ici. Il n'avait plus rien à y faire.

26

Le lendemain, dès le lever du jour, il était sur la route de Castellane. Il cheminait lentement, réfléchissant à ce que lui avait dit la tante d'Evangéline. Il devait faire la part des choses, entre les propos d'une vieille dame aigrie et des indications fortuites qui auraient pu lui échapper et le mettre sur une quelconque voie.

Il avait beau recenser tous les détails qu'il avait amassés, il devait conclure que rien ne lui était utile. Au sujet de la famille de Teil, elle n'avait pas été prodigue en informations. Ces gens ne l'intéressaient pas. Aristocrates d'origine italienne, ils devaient leur titre à l'empereur. Elle ne les considérait pas dignes d'être pris au sérieux par des notables de province. On avait assez fait de gorges chaudes à propos de l'accolade du grand homme au vieux baron qui avait exprimé son émotion dans un français à peine compréhensible dont tout le monde avait ri. L'anecdote appartenait à d'autres temps. Que la famille fût italienne, il le savait déjà.

Le bourg de Castellane au pied de son rocher, était déjà en pleine effervescence quand il y arriva, après une journée de chevauchée à travers les montagnes. Il avait bivouaqué au passage du col, sous les grands mélèzes de la forêt que traversait un sentier muletier, après avoir abandonné la route empruntée par les voitures de poste. Il était encore tôt. Les voitures étaient déjà parties et les paysans mettaient en place leurs étals sur une vaste place restée boueuse après les pluies des jours derniers, et creusée d'ornières par le passage des charrois. Il faisait froid et il ferait bon se restaurer à l'auberge du village.

Par la fenêtre de sa chambre, il pouvait observer le remue-ménage du marché, les femmes parlant entre elles, les marchands hurlant leur boniment. Sur le coup de onze heures, la foule était dense. C'est pourquoi il ne put voir le visage de l'homme, sous le chapeau haut-de-forme qui se frayait un chemin dans cet amas humain frileux et noirâtre, se mouvant en continu, comme fait d'une seule et même pâte. Le chapeau passait au-dessus des têtes. S'il ne pouvait voir à quelle espèce d'homme il appartenait, il ne pouvait pas se tromper, il s'agissait bien d'un chapeau tromblon. Cette coiffe était si insolite dans le pays qu'il pensa aussitôt à l'homme aux cuissardes qu'il avait suivi dans le Couron.

Il sauta sur sa redingote pour se précipiter dehors. Tandis qu'il enfilait une manche, il aperçut un autre gibus. Celui-ci était d'une facture plus classique. Il appartenait à un homme d'une élégance rare, en ce lieu rustique. Il en fut étonné, se disant que les chapeaux haut-de-forme devaient plaire aux bourgeois de ce bourg. Ils en possédaient la panoplie complète, déclinant ainsi la mode de plusieurs décennies, du plus ordinaire au plus raffiné. Persuadé qu'il ne verrait pas beaucoup d'autres élégants parmi cette foule de paysans peu nantis et de commerçants prospères, sa surprise fut grande lorsque, au-dessus de la foule, un autre gibus se mit à cheminer lentement. Il avançait avec difficulté, comme gêné par la promiscuité de cette humanité affairée. Lorsqu'il en vit un autre encore, Debrume se rendit compte que les précédents et le dernier qu'il avait vus allaient dans la même direction. Il n'eut plus de doute quand il en eut compté un nouveau, puis un autre encore, et un autre. Au total presque une dizaine qui convergeaient vers un point précis de la place. Ce défilé insolite ne pouvait qu'aiguiser sa curiosité.

C'était une sorte de ronde que ces chapeaux, comme flottant au-dessus des têtes, avaient accomplie dans la foule. Ils semblèrent le narguer quand ils se mirent en cercle, occupant un large espace qui alla en s'élargissant autour d'eux. Les gens s'écartaient de ces hommes, comme s'il s'agissait de pestiférés. Le groupe occupait maintenant une vaste surface qui faisait une tache claire au milieu de la foule. Alors, Charles Debrume, tout à son observation depuis sa fenêtre devant laquelle il s'habillait, put entrevoir cette dizaine de personnages au visage blême et à la mise soignée, dont l'austérité maintenait la foule à distance, par crainte ou par révérence. Leur ballet avait été bien orchestré. Ils devisaient maintenant sur place, sans avoir l'air de vouloir quitter ce cercle que la foule avait créé pour eux, pareil au centre d'un pouvoir intangible où, à aucun prix, elle ne se fût aventurée.

Debrume secoua la tête, se disant qu'il devenait romanesque et qu'il était temps de se méfier des tours que lui jouait son imagination. Sans doute s'agissait-il de quelques notables qui inspiraient le respect et la crainte aux pauvres gens. Ou bien d'étrangers de passage, peu coutumiers des usages du pays. Parmi eux, bien évidemment, hormis un chapeau tromblon, il n'avisa aucune cuissarde de gardian.

Il descendit cependant l'escalier à toute allure, bousculant au passage les servantes qui amenaient de lourds brocs d'eau jusqu'aux chambres. Lorsqu'il questionna l'aubergiste, au sujet de ce groupe qu'il considérait insolite parmi la populace laborieuse, celui-ci eut un geste évasif. Il semblait ne pas savoir de quoi parlait Debrume. S'il avait aperçu ce genre d'hommes, il n'en avait fait aucun cas.

- Tant de monde passe par ici les jours de marché dit-il seulement, si je m'amusais à observer chacun, qui ferait le travail ici ? Qui vous aurait servi, Monsieur, qui aurait soigné vos chevaux ? Je laisse les commérages aux servantes et à mes commis ! Quant à moi, c'est sur eux que je dois avoir l'œil pour que le travail soit fait…

Et il poussa un hurlement à l'intention d'une servante, à qui deux messieurs faisaient des compliments sur l'échancrure de son corsage, pour la dissuader de faire la coquette quand les autres clients attendaient leur cruche de vin. Ce hurlement fut encore plus persuasif pour Debrume. Il devait se résigner à ne rien apprendre de l'aubergiste, ce qui le conforta dans l'idée que les hommes qu'il venait de voir, s'ils ne faisaient peur à tous, étaient assez gênants pour qu'on ne tînt aucun compte d'eux, soit par désir de les protéger, soit par la crainte qu'ils inspiraient. Comme la foule, l'aubergiste niait jusqu'à leur existence.

Il ne resta à Debrume que d'entrer dans la dense forêt humaine afin de les approcher de plus près. Confusément, tout en continuant de se demander s'il n'était pas en train d'inventer du mystère là où il n'y en avait pas à force de voir les choses par la lorgnette du limier, il sentait que son observation n'était pas à négliger. Elle faisait partie de son travail. Se laisser emporter par son imagination était un risque qui aboutissait parfois à de belles bévues. Il ne voulait pas en dresser la liste, tant elles avaient été nombreuses dans sa carrière. Il avait honte de ces échecs. Garder la tête froide, voilà qui n'était pas simple. Mais sans la curiosité, sans la passion qu'il y mettait, que valait son métier ?

Marchant en poussant du coude les gens qui s'agitaient et vociféraient, il était pris dans l'engrenage de leurs activités quotidiennes. Il constata un surcroît d'agitation. Mais personne ne s'écartait sur son passage. La forêt semblait se faire plus dense à chaque pas, comme si on voulait l'empêcher d'avancer. Peut-être son imagination croissait-elle avec le désir de savoir ? Cependant, au bout d'un moment, quand il arriva à l'endroit qu'il avait estimé être celui où s'était arrêté le groupe d'hommes, il n'y avait plus personne. La foule s'était refermée, et le mystère de ces gens également, comme d'un seul et même accord. Cela prouvait que son observation était à creuser et que son imagination n'était pas seule en cause dans ce qu'il venait de voir.

Pour retourner à l'auberge, il prit des petites rues, des venelles étroites où il se perdit. Il arriva vite à l'orée du bourg. De lourdes voitures venaient de partir, laissant derrière elles un nuage de poussière. On entendait les cochers mettre leurs chevaux au galop. Un attelage particulièrement élégant était resté en arrière, près d'un abreuvoir. Il vit le pommeau d'argent d'une canne donner des coups nerveux sur le toit de la voiture. Une tête chapeautée d'un gibus se mit alors à la fenêtre. L'homme était en colère. Il hurlait ses ordres à son cocher dans un italien serré. Debrume entendit clairement le nom de Maussignac. Ce qui le fit tressaillir. Il connaissait ce nom et savait où il l'avait vu. Il n'avait plus une minute à perdre.

27

Il se félicitait de s'être fié à son instinct. Si le château de Maussignac n'avait pas fait partie de la liste des poudriers, suivre ces hommes seulement à cause de leur mise déplacée parmi les étals d'un marché agricole, lui eût fait honte. Mais parce que le nom de Maussignac avait été prononcé par l'un d'entre eux, il se réjouissait d'avoir pris en compte cette rencontre. Il entendait encore résonner à ses oreilles l'ordre que l'un des hommes en chapeau gibus avait donné à son cocher. Depuis ce moment, le nom de Maussignac vibrait d'une vie mystérieuse dont il allait falloir découvrir le secret. Sur sa liste, il était comme marqué à l'encre rouge. Tout pouvait arriver par lui. Car il ne doutait pas que le château fût le lieu où des décisions allaient être prises, des événements se produire, des destins, peut-être, se nouer. Et tout cela ne pouvait que prendre le tour de la tragédie, comme tout ce qui avait trait à la vie de Marthe Regardini.

Quant à ces hommes qui semblaient s'être donné rendez-vous sur la place du marché, il restait dubitatif à leur sujet. Le groupe s'était volatilisé au milieu de la foule, comme si celle-ci l'avait digéré. Dans un premier temps, il avait pensé que, s'il était improbable que tant d'hommes ensemble fussent devenus invisibles, c'était probablement que la population avait été complice. Elle avait facilité ce qui ressemblait à une fuite. Mais pourquoi ? Ses questions n'avaient trouvé aucun écho auprès des personnes interrogées sur place. Elles n'étaient que le produit de ses spéculations. Son imagination pouvait l'emmener loin en cette occurrence où manquaient des éléments tangibles sur lesquels s'appuyer.

Il convenait donc de ne pas s'attarder à Castellane. Il pouvait laisser ces questions en suspens puisque, désormais, il ne pouvait perdre la trace de ces hommes. Il savait vers où ils se dirigeaient. Par contre, il avait fait une promesse à Marthe. Il ne devait omettre de visiter aucune des adresses de la liste des poudriers qu'Evangéline et elle avaient pris tant de dispositions à tenir secrète. Un nom précédait celui de Maussignac, Subrane. Il devait s'y rendre. Des vies, là aussi, étaient peut-être en danger.

Cela le ramenait à la réalité. L'imagination, si elle pouvait l'aider, ne devait pas lui faire prendre le chemin des écoliers. Il se confortait en pensant qu'au cours de sa mission, il finirait par avoir le fin mot de l'affaire. L'étrangeté de ces personnages en ce lieu, ce qu'ils venaient y faire, le rapport qu'ils avaient avec tout ce qui s'était passé jusque là, tout cela s'éclairerait en temps utile. Pour l'heure, il devait seulement constater que, s'ils étaient sur son chemin, ce n'était pas par hasard, et continuer sa route.

Il lui fallait donc repartir, ce qu'il fit le soir même. Il emprunta la voiture de poste qui devait lui faire traverser la vallée de l'Asse pour rejoindre au plus tôt la plaine de la Durance. Mais les intempéries de la fin de l'automne avaient fait des dégâts sur les routes et aux passages litigieux. La patache butta contre la clue de Chabrières. La route, par la force des choses, finissait là. Même si le sombre hameau de ce fond de vallée avait peu de possibilités d'accueil pour les voyageurs, il fallait s'y arrêter. Le passage des clues avait été rendu si étroit par la tempête qu'un cavalier seul ne pouvait s'aventurer sur le sentier creusé dans la roche. Les fortes pluies avaient déchaîné la redoutable colère de l'Asse qu'on entendait gronder de loin comme une bête en furie. On rapportait que ses crues avaient emporté dans leurs griffes tant de piétons et de cavaliers téméraires, que Debrume fut vite dissuadé de tenter l'aventure. Sa vie était précieuse maintenant qu'elle pouvait servir à d'autres vies.

Cette pensée lui fit oublier que, lorsqu'il était arrivé à Chabrières, la veille, il avait cru être arrivé au bout du monde, à l'entrée de la porte des enfers. Une tristesse infinie l'avait saisi, mêlée d'un sentiment de l'absurdité de la situation. Il avait été sur le point de renoncer. Il avait maudit une fois de plus Marthe qui lui avait volé le souvenir de Céleste. Il avait eu le sentiment de ne jamais l'avoir haïe si fort. Puis, en se retournant mille fois sur son matelas, il avait fini par prendre un sommeil entrecoupé de cauchemars où il se trouvait devant un tribunal de femmes qui l'accusaient d'être sans imagination, ce qui semblait le plus terrible mal de la terre. Il s'était réveillé en sursaut au moment où ces harpies allaient le pendre. Il avait repensé à Augustin et avait décidé de se remettre en route.

Aujourd'hui, le mauvais temps s'était arrêté de harceler ce coin perdu de la terre. Le soleil avait repris ses droits malgré les grondements de l'Asse et on pouvait emprunter, à cheval, d'autres chemins. Si bien que, le lendemain de son arrivée, après s'être réchauffé auprès d'un bon feu de bois et s'être frugalement restauré, Debrume put prendre la décision qui s'imposait. Il reprendrait la route dès que son équipement serait prêt. Il quitta sans regret le hameau et la vallée profonde qui l'enfermait dans son étau. Sous le soleil levant, dans un ciel rendu à sa pureté exemplaire, il reprenait espoir. La longue chevauchée lui permettrait de faire marcher son imagination. Il s'en félicita.

Les chevaux trouvés à Chabrières lui firent penser au cheval de trait que l'hôte de Couraurgues lui avait procuré autrefois. Il eut l'impression de revenir quelques années en arrière. Il lui fallait harceler cette monture peu idoine qui ne voulait pas avancer, mais qui allait s'avérer tout à fait adaptée aux terres abandonnées où il avait encore une fois atterri, comme si ce type de paysage et le sentiment de solitude qu'ils dégageaient avaient décidé de l'encercler, sans l'autoriser à accéder à d'autres lieux. Il avait rêvé d'un ailleurs différent autrefois, mais il n'était pas sûr qu'aujourd'hui, il eût été capable d'y vivre. Car, depuis qu'il avait découvert ce pays, il ne pouvait vivre que là, parmi les roches nus, sous le ciel d'airain, sous le soleil brûlant ou dans la brume épaisse des jours de pluie. Il était devenu comme les bergers qu'il avait rencontrés. Il aimait leur façon d'être au monde. Il avait compris leur désir de rester contre la terre, au plus près, comme si c'était le seul moyen d'accéder à l'essentiel de la vie.

Après avoir quitté la vallée, il avait parcouru plusieurs lieux de guérets déserts, par beaucoup d'aspects identiques à ceux de Couraurgues qu'il aimait tant. Un sentier en dénivelé l'avait amené sur un plateau. Il n'avait jamais ressenti un tel sentiment de solitude. On n'y voyait âme qui vive, on n'y entendait aucun chant d'oiseau. Les troupeaux avaient consciencieusement rasé chaque brin d'herbe. Ils avaient laissé derrière eux, en repartant pour la Camargue, un paysage désolé, où seuls les cailloux qui émergeaient de la terre noire mettaient des taches blanches, sous l'ardeur implacable d'un ciel éclatant de lumière. Il n'y avait ici que le ciel et la terre.

Au bout de quelques lieues, il rencontra pourtant un petit hameau. Les maisons de bois, dont les toits pentus descendaient jusqu'à terre, étaient délavées d'usure par les glaces et les vents de l'hiver. Il crut être arrivé dans l'un de ces pays de haute montagne où il passait l'été auprès de sa grand-mère, dans son enfance, les plus beaux étés de sa vie, loin des noirceurs de sa ville natale. Il n'avait pas oublié le voyage par la poste sous la protection du cocher auquel sa mère le confiait. Mais ici, on était loin des hautes montagnes dont on voyait parfois les cimes bleuir l'horizon. On était sur des hauteurs d'une platitude infinie où seuls régnaient les vents et le froid. L'hiver était bien avancé et il était urgent de traverser ces terres avant que la neige, qui avait tardé jusque là, ne les recouvre et n'y fige, jusqu'au prochain printemps, une vie parcimonieuse où les corbeaux eux-mêmes auraient du mal à survivre.

C'était le hameau de Subrane qu'il cherchait, à peine marqué d'un signe de croix sur la carte d'état-major qu'il possédait. Dans le cas où, au lieu du hameau, il ne trouverait qu'un champ de ruine, il lui faudrait chercher de quoi se restaurer et nourrir ses chevaux, ses réserves étant limitées. Il espérait au moins qu'il trouverait de l'eau et de quoi faire du feu.

Vers la fin de la journée, très loin devant lui, dans la rougeur du crépuscule, il distingua les silhouettes des quelques maisons de Subrane. Rien ne bougeait autour d'elles, comme si elles étaient déjà enfouies dans la paix obligée de la mort. Aucune cheminée ne fumait, aucun bruit ne se faisait entendre. Le vent lui-même s'était tu, et le cri désespéré d'un corbeau posé sur les branches nues du seul arbre existant à dix lieues à la ronde, lui mit dans tout le corps une sensation de mauvais présage qui le gênait dans ses gestes engourdis de froid.

Un tremblement intérieur le prit. Il se demandait s'il n'allait pas être le premier à découvrir un massacre. Il avançait lentement, avec une appréhension qui le ralentissait. Il finit par s'arrêter. Il cherchait un signe de vie. Il scrutait le silence comme il avait scruté la lumière incandescente du plateau, tout au long du voyage.

C'est alors que, tout au bout du silence, il lui sembla entendre un bruit. Il ne l'identifia pas au premier abord. Il lui fallut avancer encore pour comprendre de quoi il s'agissait. C'était le bruit d'une multitude souffrante, cela ne faisait aucun doute. Glacé d'horreur, il écoutait. Le bruit montait avec difficulté dans l'air comme s'il avait de la peine à percer sa froideur éblouie de lumière. Puis il s'atténuait, pareil à une vague qui se retire, pour revenir un peu plus faible ou un peu plus fort. Il s'agissait d'un appel plein de désarroi, d'un cri de révolte qui avait les accents de l'agonie.

D'abord figé sur place, il retrouva vite son sang-froid. Il mit son cheval au galop, entraînant comme il le pouvait le compagnon qui portait son bagage. Mais il ne sut vraiment de quoi il s'agissait que lorsqu'il s'arrêta à l'abord des petites maisons rabougries de froid qui se serraient peureusement au milieu de toute cette solitude. C'étaient les bêtes de l'étable qu'il avait entendu hurler leur faim et leur terreur de loin.

Il mit pied à terre et appela. Personne ne lui répondit mais la présence de cette voix humaine fit taire le troupeau comme par miracle. Le silence qui revint à ses oreilles lui donna le frisson.

Les portes des maisons n'étaient pas verrouillées. Il y entra et les arpenta précipitamment, en appelant et sans y trouver âme qui vive. Ouvrant les portes sans se soucier de les refermer derrière lui, il avait la même impression qu'il avait eue à Aiglemont. Les traces d'une vie récente y semblaient évidentes ainsi que la marque de la terreur et de la précipitation.

Entre-temps, les hurlements des bêtes avaient recommencé de plus belle, mais il lui fallait continuer d'ouvrir les portes les unes après les autres, tel un automate à qui une mécanique dictait ses gestes. Il tremblait de ce qu'il était sur le point de découvrir à chaque seconde.

Il était maintenant dans la plus vaste des maisons du hameau. Dès l'entrée, se déployait le grand escalier à la rampe de fer doré, d'une élégance surprenante dans cette demeure où les murs étaient restés de pierre rustique. Il reconnut à la richesse des meubles et des objets, qu'il s'agissait de la maison des maîtres. Dans l'une des pièces qui s'ouvrait au pied de l'escalier, il fut étonné de voir une table dressée, ornée de vaisselle de porcelaine et d'argenterie, alors que les murs étaient grossièrement crépis de l'enduit qui couvre les pierres des bergeries. Les grands rideaux de faille y étaient somptueux. Ce déploiement de luxe était déroutant dans cet endroit perdu qui semblait ne plus espérer aucun convive, malgré le soin qu'on avait mis à dresser le couvert. Il semblait même que la table eût été désertée avant le service.

A l'étage, un grand vestibule était maintenu dans l'obscurité par des volets intérieurs fermés sur des fenêtres que cachaient de lourds rideaux de brocart, eux aussi incongrus en ce lieu. Debrume ouvrait rideaux et volets, comme jusque là il avait ouvert des portes. Tout était en place. Chambres et antichambres aux airs de boudoirs douillets se succédaient. Les rideaux des ciels de lit étaient de dentelle fine. Ceux des alcôves ne cachaient aucun amant. Il semblait que toute la lumière qui avait autrefois habité la maison avait été dévorée par l'immobilité qui l'avait envahie, depuis que ses habitants l'avaient abandonné. Il avait le sentiment de pénétrer à la source même de l'immobilité dans cette succession de pièces qui n'avait pas de fin.

Il continuait d'avancer sur la pointe des pieds comme s'il avait peur de réveiller des spectres. Mais rien ne bougeait, aucune manifestation de la vie ou de la mort ne se laissait deviner. Force lui était de constater que rien n'était en train de se passer. Encore une fois, il arrivait trop tard. Ses yeux scrutant toujours la pénombre, il pensa à elle, Marthe. Il venait de manquer une occasion de plus de se faire valoir auprès de celle qu'il aurait tant voulu servir, puisqu'il ne pouvait se contenter de la haïr et à qui, constatait-il avec une certaine gêne, il aurait tant voulu plaire. Sa colère revenait pour cette raison, plus forte, avec le sentiment qu'elle se jouait de lui comme à son habitude.

Il en était là de ses réflexions lorsqu'il entendit une sorte de murmure, un gémissement, il n'aurait su dire. La dernière porte qu'il venait d'ouvrir donnait dans un réduit étroit. Celui-ci recevait un faible rayon de lumière d'un œil de bœuf que Debrume avait vu de loin orner la plus haute façade de Subrane. Sans cette petite ouverture, le noir eût été total. Il continua à avancer, guidé par ce bruit à peine audible qui se précisait malgré tout à chacun de ses pas. C'était, dans cette vaste maison solitaire, le seul à ressembler à un bruit humain.

Au bout de la pièce il trouva une échelle de bois qu'il emprunta sans plus d'hésitation, convaincu qu'il arrivait au bout de son attente, mais toujours plus curieux de voir d'où venaient ces bruits qui n'osaient pas se faire entendre.

Après avoir gravi quelques échelons, il passa la tête par le trou qui donnait dans une soupente. Il eut un temps d'arrêt : devant lui, des yeux immenses semblaient vouloir le dévorer. La sauvagerie de ce regard mêlé d'étrange douceur lui alla droit au cœur. Une enfant était là, auprès d'une vieille femme agonisante.

Elles étaient comme deux survivantes d'un terrible cataclysme qui avait emporté les rites d'une vie paisible, dont le souvenir lumineux imprégnait encore la bâtisse entière.

28

Il s'étonnait de la faculté qu'il avait à se mettre dans des situations dont il savait d'avance qu'elles ne le feraient pas avancer d'un pouce. Il devait s'agir de l'un de ces besoins cachés pour la réalisation desquels sa volonté se refusait à toute manifestation. En vérité, il se demandait pourquoi il s'était embarqué dans cette galère. Il n'avait pas assez de naïveté pour croire que c'était par pure humanité. Il ne savait plus depuis longtemps, d'ailleurs, s'il était capable de compassion. Il y avait peu de temps encore, il n'avait pas hésité à laisser le berger Augustin aux mains de sbires qui n'hésiteraient pas à détruire ce qui lui restait de vie, ce qui lui restait de rêve, pour garantir leur avancement.

Peut-être n'avait-il jamais bien su, d'ailleurs, ce que signifiait le mot de compassion. Mais depuis qu'il vivait reclus en lui-même au fond de sa propre douleur, il en avait perdu complètement le sens. Car il ne s'était plus préoccupé que d'elle, cette douleur, sa seule véritable compagne. Elle était devenue le centre de sa vie. Il la cultivait avec le soin que le jardinier met à faire pousser ses légumes. De la même manière que ce dernier ordonne la terre selon les besoins des plantes, arrachant le moindre fil d'herbe, il extirpait de lui-même la moindre ombre de sentiment qui pouvait le distraire de la douleur due à l'absence de Céleste. Et il avait pris goût à le faire. Elle était devenue le trésor secret de sa vie. Seule Marthe avait eu la faculté de l'en distraire. Et c'était pour cela qu'il la haïssait autant qu'elle lui était indispensable.

Ce qu'il éprouvait aujourd'hui devant cette enfant et cette vieille femme encore terrorisées par la violence à laquelle elles avaient dû faire face, n'était que l'écho d'un sentiment plus lointain qu'il reconnaissait pour l'avoir lui-même éprouvé. La vie ne l'avait-elle pas soumis à une violence terrifiante en lui enlevant Céleste, qui seule lui donnait le goût de vivre ? « Nous n'éprouvons, pensait-il en rassemblant les brindilles dans la cheminée la plus proche de la soupente où se terraient les deux victimes, que ce que nous avons déjà éprouvé et qui nous ramène inlassablement à nous-mêmes. La cage est étroite et peu confortable, mais nous jouissons d'y tourner en rond. Belle chose que l'altruisme ! »

Et mieux que jamais il ressentait la force qui avait incité le doux poète à écrire, sa vie durant, au sujet de sa propre douleur, de son amour sans espoir pour Laure. « Mais si nous nous cherchons dans les autres sans jamais nous trouver, c'est que la prison n'est pas si petite que je le crois… » pensait-il, en essayant de modérer son mépris pour la futilité de la condition humaine qu'il était bien obligé d'accepter, s'il voulait continuer de vivre. Comme toujours, sa lâcheté l'incitait à trouver un arrangement avec l'existence. C'était toute la philosophie dont il était capable.

Il demanda son aide à la petite fille pour transporter la vieille femme devant le feu. Mais, trop effarouchée, elle resta prostrée sans comprendre. Il parvint seul à ses fins. Dans ses bras, la vieille femme poussait des cris effarés, mais n'avait aucune force pour se débattre. Après avoir réuni les quelques aliments qu'il avait pris dans l'immense garde-manger, il fit chauffer de l'eau, prépara du café, et coupa les tranches d'une énorme miche trouvée dans la panetière. Il était indubitable qu'ici on ne manquait de rien. La vieille femme et l'enfant se restaurèrent avec avidité. Il leur demanda de ne pas quitter l'âtre pendant qu'il irait nourrir les bêtes dont les hurlements résonnaient dans toute la demeure.

Il se rendit à l'étable et trouva des gestes qu'il n'avait jamais appris pour manier la fourche et le fourrage. Lorsque les mangeoires furent pleines, il tira de l'eau au puits. Il ne voulait pas prendre le risque de voir les bêtes, rendues nerveuses par des jours de réclusion et de famine, se disperser dans la nature, s'il les menait à l'abreuvoir. Il se félicitait de penser à tout.

Alors qu'il se penchait pour verser l'eau, une ombre se profila dans l'encadrement de la porte et obscurcit l'étable dont les voûtes basses étaient à peine éclairées par quelques quinquets accrochés aux murs.

Il chercha son arme en se retournant vivement. Ce qu'il vit le stupéfia. Deux jeunes garçons de ferme étaient plantés là, et le regardaient faire comme s'il était tombé d'une autre planète. Ils étaient gauches. L'un tenait son chapeau de paille à la main comme devant son maître. L'autre, malgré son attitude peu assurée, le menaçait de sa pétoire. Ils lui ordonnèrent de ne plus faire un geste.

Il lui fallait devenir très vite convaincant s'il ne voulait pas se voir réduire en bouillie par un coup parti par inadvertance. Il déploya des trésors de diplomatie auxquels ils restèrent insensibles. Il dut changer de registre et se mit à les sermonner, leur faisant constater qu'il était en train de faire la tâche qu'eux-mêmes auraient dû accomplir, s'ils n'avaient été couards et assez dénués de conscience pour abandonner une fillette et une vieille femme agonisante au froid et à la solitude de ces murs. Elles eussent trouvé une mort certaine s'il n'était pas passé par là. Son prêchi-prêcha sonnait étrangement à son oreille. Mais il était bien obligé d'utiliser un semblant d'autorité s'il ne voulait pas finir bourré de plomb, le nez dans la mangeoire.

Les accents de l'interrogatoire de police lui revenaient avec un naturel qui lui mit au cœur une certaine nostalgie. Mais le jeu était facile. Ces garçons n'étaient pas de mauvais bougres. Ils avaient simplement peur. Ils roulaient des yeux étonnés et se poussaient du coude. Ils finirent par lui confesser leur désertion après le départ de leurs maîtres. En effet, un cavalier inconnu était arrivé l'avant-veille, à bride abattue. Les maîtres leur avaient fait préparer leurs malles et charger les voitures sur le champ. Les deux valets avaient eu l'ordre de rester pour soigner les bêtes. Mais ils avaient supputé le danger. Ces lieux seraient sans doute bientôt attaqués par une bande de brigands et mis à sac, comme cela était arrivé autrefois. Ils avaient donc préféré la fuite. Sans toutefois s'éloigner trop. Sur ce plateau lisse comme la main, il y avait quelques bories dont il fallait bien connaître l'existence pour les distinguer des amas de pierres qui le parsemaient. Ils avaient trouvé un abri dans l'une d'entre elles. De sorte qu'ils pouvaient surveiller de loin ce qui se passait à la bastide. Et ils avaient attendu que le malheur arrive, en espérant que la cachette où ils avaient laissé la vieille femme et l'enfant... Mais ils ne se seraient pas laisser surprendre ! Ils surveillaient, ils seraient intervenus !

Le plus menaçant des deux avait fini par poser à terre la crosse de sa pétoire. Soulagés de trouver un interlocuteur compréhensif, ils ne tarissaient plus de paroles. Dans leur langue de Provence que Debrume n'entendait guère, ils racontèrent avec force détails la venue de ce cavalier mystérieux. Ils avaient d'abord pensé qu'il devait être très jeune car sa voix n'avait pas encore mué et ressemblait à celle d'une femme. Il montait à cru et portait, sur ses braies, les étranges jambières de cuir que portent les bergers quand ils arrivent de Camargue. Mais par la suite, les servantes qui l'avaient vu de plus près et l'avaient servi, les avaient détrompés. Ce superbe cavalier qu'on avait vu arriver de loin dans un nuage de poussière était bel et bien une femme. Une dame du même monde que celui de leurs maîtres. Ces derniers, en partant, avaient donné l'ordre de maintenir la maison ouverte. Ils avaient promis qu'ils ne tarderaient pas à revenir. Mais la peur avait gagné et la majeure partie de la domesticité avait quitté la bastide sans attendre. Seuls, ils étaient restés, tenus par le remords d'abandonner la vieille femme dont ils étaient les fils en compagnie d'une enfant demeurée, dans ce désert qu'était devenu Subrane.

Ils se rangèrent aux ordres de Debrume, lui-même réconforté d'avoir retrouvé sa fonction et son autorité. Il se fit servir. Le soir même il pouvait dormir dans une chambre chauffée après avoir dîné seul à la table des maîtres, toujours dressée dans leur attente. Il apprécia la nourriture frugale qui lui fut présentée devant un bon feu et à la douce lueur des chandeliers d'argent.

Il quitta Subrane le lendemain et se dirigea vers la vallée d'Asse pour atteindre la prochaine adresse qu'indiquait la liste des poudriers.

29

Il se souvenait d'un voyage qu'il avait fait autrefois dans cette région. Si le trajet emprunté était le même, il n'avait pas, aujourd'hui, l'impression de traverser le même pays. Il gardait un souvenir joyeux de cette vallée d'Asse baignant dans la lumière tardive d'un soir de juin qui caressait les champs de blé et révélait le céladon des barbes naissantes des épis. La pâleur de ce vert distillait alors sa tendresse sur toute la vallée. Aujourd'hui, toute tendresse avait disparu. Elle avait laissé place à une brume compacte que le cocher avait du mal à traverser, les chevaux n'y voyant pas à deux pas. Ils cheminaient lentement, écrasant sous leurs sabots, dans la boue des ornières, la gelée blanche qui les avait recouvertes. Les champs labourés disparaissaient sous l'épaisseur de la neige, d'où émergeait parfois un buisson noir, dépenaillé et solitaire. La même blancheur noyait les collines qui enserraient les labours et dont on ne pouvait entrevoir la présence fantomatique que par intermittence, lorsque se déchirait le voile qui les cachait. Les blanches forêts dont ces collines étaient couvertes, flottaient dans la brume comme dans un songe. C'était à cela que son voyage ressemblait, à ce paysage, à ce songe. Ou pour ainsi dire, le paysage préfigurait cet étrange voyage où il avait l'impression de laisser s'enliser sa vie, comme dans un rêve au ralenti. Il avançait péniblement. Il piétinait sur les routes. Les arrêts dans les relais de poste n'en finissaient plus. Le service était perturbé par le flux des voyageurs qui ne tarissait pas. Rien ne semblait pouvoir s'accomplir. Comme dans un cauchemar, il était enfoui jusqu'au coup dans la neige et le brouillard où il se débattait. Et ses gestes étaient inutiles.

Car l'hiver avait tardé, mais il était enfin arrivé, rendant les routes impraticables. La neige avait bloqué les carrefours stratégiques. Les routes devaient être dégagées chaque matin avant le départ des voitures et des queues se formaient, le temps de leur ménager le passage. Les femmes, malgré chaufferettes et manchons, grelottaient sous leurs couvertures de voyage. Debrume se tenait coi au fond de la voiture, bien décidé à quitter cette galère au plus tôt et à retrouver un cheval à sa convenance, à qui un sentier suffirait pour passer, et qui n'aurait pas besoin de suivre les routes pour le mener à destination.

A Mezel, dans l'agitation de l'auberge où il arriva un soir, un hôte bavard lui vendit deux chevaux pour le lendemain. Il devait passer Chateauredon et se diriger vers St Julien d'Asse par la route d'Estoublon. Il neigeait dru quand il repartit. Le jour ne voulait pas se lever. L'étape se terminerait de bonne heure. Au bout de quelques jours, de village en village, à pas comptés, il atteignit la vaste vallée de la Durance, espérant que tout s'arrangerait au fur et à mesure qu'on s'éloignerait des montagnes. Mais c'était voir les choses en excluant les crues des mois précédents qui avaient dévasté le pays, et avaient laissé partout les traces de leur passage. Le grand fleuve déversait encore une boue noirâtre et roulait sans merci dans son lit les pierres arrachées aux lits des torrents. Des voyageurs rapportaient qu'en aval, des ponts avaient été démolis, ce qui obligeait à de longs parcours sur la même rive, avant de trouver une possibilité de traverser. Le pont de Manosque, bien que construit récemment, avait subi de graves dommages. Il y avait bien quelques bacs à traille. Il en subsistait certes, mais il fallait les dénicher et ce n'était pas chose facile.

Les nouvelles transmises de bouche à oreille étaient sans doute amplifiées, mais Debrume était bien décidé à ne plus se laisser impressionner par la colère des éléments, maintenant qu'il avait retrouvé une certaine autonomie. Il continuerait coûte que coûte.

Après quelques jours d'une lenteur infinie, il put atteindre Oraison, comme il l'avait prévu. Suivant les adresses indiquées par la liste en sa possession, il irait au château de Maussignac, connu du beau monde. Il allait peut-être y rencontrer les personnes entrevues à Castellane. Mais ce qui lui importait, c'était d'être en paix avec sa conscience et de ne rien laisser au hasard. Il n'omettrait pas une seule adresse, dût-il passer pour un imbécile.

A cause de sa position, le bourg agricole où il devait s'arrêter quelques jours, était équipé pour le passage de nombreux voyageurs. Il y trouva facilement une auberge et y acheta un petit cheval bai, nerveux et malin comme un singe, qui lui fit penser à Icare. Il le nomma Figaro pour la bonne grâce qu'il mettait à lui plaire et à le servir, tout en sachant préserver l'indépendance nécessaire à ses rêveries fantasques de jeune hongre qui lui évitaient la soumission servile. Debrume redoutait la monotonie des longues traversées à cheval et il était sûr qu'avec lui, il ne s'ennuierait pas. La bête aurait de l'imagination pour deux.

Il eut quelque mal cependant, quoique ainsi nouvellement équipé, de trouver le lieu désigné. Il lui fallut marcher longtemps dans des forêts épaisses qui couvraient les collines bordant la plaine où le bourg avait étalé ses habitations et ses commerces au mépris des colères de la Durance. Celle-ci le ravageait périodiquement, le faisant reculer peu à peu. Il se tassait au pied des collines sans demander son reste. Un étagement de vergers d'oliviers l'entourait. Puis la forêt reprenait ses droits, un peu sauvage et échevelée. Les routes qui la traversaient ne permettaient que le passage d'étroites jardinières. Il chemina longtemps sous les grands résineux qui formaient une voûte au-dessus de sa tête.

Quand la forêt s'ouvrit tout à coup sur une clairière, ce fut pour dévoiler une imposante demeure de pierre, Maussignac, dans toute son élégante splendeur. De facture classique, le château arborait des frontons à ses fenêtres, à la mode de Versailles. Il était illuminé de mille chandelles qui brillaient à l'unisson comme autant de joyaux. On s'apprêtait à y célébrer un événement important, comme Debrume l'avait supputé. On y attendait sans doute les hôtes de marque qu'il avait eu l'occasion de rencontrer à Castellane. Tout semblait avoir été scrupuleusement préparé pour cela.

En cet instant du crépuscule, le rose du soleil couchant laissait place à une lumière crue qui exaltait la blancheur de la façade et éteignait les verts sombres de la forêt de pins dans lequel celle-ci était comme sertie. Une vaste esplanade s'étendait devant elle. Une allée droite y menait, balisée par des torches qui brûlaient comme autant de petits soleils, dans la lumière opaque de cette fin de journée.

Il eut beau appeler, attendre, il ne vit arriver personne. Pas même un valet ou une servante. Il passa le seuil avec une certaine inquiétude. Du vaste hall partait un escalier monumental. Des bouquets de fleurs fraîches qu'on avait dû faire venir de la riviéra, étaient posés sur des sellettes et des consoles. Au rez-de-chaussée, comme dans les chambres, il trouva les lampes éclairées, des quinquets dans les couloirs les plus sombres. Un feu brûlait dans chaque cheminée. Dans les alcôves, les lits étaient préparés pour la nuit. Dans le grand salon de réception, on avait dressé une table de douze couverts, avec le même raffinement qu'il avait vu à Subrane. Tout disait ici le soin qu'on avait mis à préparer la venue de quelque convive de marque. Et tout à coup, tout ce monde s'était volatilisé pour il ne savait quelle destination. La douillette demeure vibrait encore des mouvements et des respirations de ceux qui venaient de la quitter précipitamment. Mais personne ne se terrait dans les caves, personne ne s'était réfugié dans les vastes greniers encombrés, comme tous les greniers des maisons habités, de malles et d'objets autant désuets qu'inutiles.

Ici aussi on était passé avant lui. Ou tout au moins, quelque chose s'était passé avant son arrivée. Sa perplexité devant une mission qui lui semblait de plus en plus dérisoire, l'obligeait à se poser des questions. Il se heurtait partout à des murs vides et enfonçait des portes ouvertes. Il se sentait atteint par le ridicule jusqu'au tréfonds de l'âme. Qui se moquait de lui et pour quelle raison ? Sa seule consolation était que des vies avaient été peut-être sauvées, même si la honte lui restait de n'y avoir été pour rien. Puis, le poignait l'angoisse. Les invités attendus avaient été emportés ailleurs pour subir le sort qu'on avait fait subir aux charbonniers d'Aiglemont naguère.

Il eut beau chercher autour du château et attendre jusqu'à la nuit noire, il dut se convaincre qu'il n'avait plus rien à faire ici. Il décida quand même d'y passer la nuit. Ce qui fut chose facile, comme si tout avait été préparé pour lui en particulier. Mais l'hypothèse était gratuite et ne soignait pas la blessure faite à son amour-propre.

Le lendemain, tôt levé, il se rendit compte que les flambeaux avaient été enlevés, les lampes, les chandeliers, ainsi que les bouquets de fleurs. Les cheminées étaient froides. La demeure était glaciale. Des draps couvraient les meubles des pièces qu'il avait trouvées la veille, si bien décorées. Les contrevents avaient été tirés. La porte d'entrée avait été laissée grande ouverte. Il comprit ce que cela signifiait.

Comme il n'avait plus rien à faire ici, il repartit par le même chemin qu'il avait pris la veille, laissant la bride à son cheval qui n'attendait que cela pour vagabonder à son aise. Il se laissait porter. Subissant sans même s'en rendre compte les fantaisies de sa monture, absorbé dans ses pensées, il essayait de se persuader que l'essentiel n'était pas là. Mais qu'il découvrirait un jour, à un moment où il finirait par donner toute la mesure de ses capacités, pourquoi tous ces mystères (ou semblants de mystères) et qui se jouait de lui. Il lui fallait continuer de suivre le trajet tracé pour lui. Il était maintenant certain que quelqu'un le précédait, soit pour l'empêcher de réaliser sa tâche, soit pour la réaliser à sa place. Soit pour semer la mort et la destruction sur son passage, derrière son dos. Quelqu'un qui lui coupait l'herbe sous les pieds et qui devait en rire.

Mais il n'avait rien d'autre à faire que ce qu'il faisait avec conscience depuis son départ de Couraurgues et en toute loyauté. Et il devait continuer. Peut-être pourrait-il se rendre utile en accumulant observations et renseignements. Il lui fallait être attentif à tout, ne rien laisser au hasard. Car tout pouvait servir d'indice.

Il lui fallait avant tout garder en tête la raison pour laquelle il avait accepté cette tâche. Marthe l'attendait quelque part. Il devrait lui rendre compte un jour. Il ne voulait pas avoir à rougir devant elle.

<u>30</u>

Traverser la Durance, lors de ces journées troublées par les intempéries, relevait de l'aventure. La plupart des ponts étaient coupés. Les bacs à traille, lorsqu'on arrivait à en trouver un, étaient pris d'assaut. Leur vétusté pourtant aurait pu décourager les voyageurs les plus hardis. Mais personne n'avait plus le loisir de s'alarmer des grincements et de la rouille qui les rendaient si peu sûrs. De ces installations sur le point de rendre l'âme, les passeurs avaient appris, en quelques jours, à connaître la valeur, ainsi que le prix de leur travail. L'aubaine d'un pouvoir inespéré leur était tombé du ciel avec les caprices redoutables du temps.

Debrume, comme les autres, ne savait plus à quel saint se vouer. Mais comme il lui fallait se rendre à Manosque coûte que coûte et que la ville était située de l'autre côté du fleuve, il n'avait pas le choix. Il devait montrer la même hardiesse que les autres et laisser de côté son aversion pour l'eau et le froid. Il lui fallut cependant attendre pendant deux interminables journées le bon vouloir de l'un de ces éminents personnages qu'étaient devenus les passeurs et qui faisaient maintenant la loi. La foule se pressait, les échanges étaient rudes, parfois houleux, mais il fallait dire à la décharge de ces hommes, dont le métier était de vivre sur l'eau, qu'ils ne prenaient plus un moment de repos depuis des jours et des nuits.

Debrume mit un certain temps à faire accepter à l'un d'entre eux, qu'il avait cru plus compréhensif que les autres, de prendre son cheval à bord, ce petit hongre qui lui faisait tant penser à Icare resté seul à Couraurgues. Ce n'était pas une mince affaire de trouver un passeur capable de comprendre les subtilités qui incitaient un cavalier à ne vouloir pour rien au monde renoncer à un petit cheval fantasque et qui plus est, terrorisé par l'eau. Mais un peu d'argent, comme toujours, constitua le meilleur des arguments. Pour quelques pièces d'or, l'homme pouvait tout comprendre, et même, admettre que, pour son passage, le même cavalier acceptât de payer dix fois le prix de sa monture. Pour le même prix, il pouvait aussi trouver le moyen d'arrimer la bête et de lui éviter un plongeon malencontreux dans les eaux glacées du fleuve.

Après une traversée difficile, Debrume se retrouvait sur l'autre rive de la Durance. Atteindre la ville dans la même journée n'était plus qu'un jeu d'enfant. La nervosité difficilement contrôlable du petit cheval, très éprouvé par ce voyage inopiné, et qu'on avait dû maintenir à deux par le licol pour l'empêcher de sauter dans l'eau en furie, fut en l'occurrence d'une grande utilité. Les étendues de terre qui se présentaient à lui avaient de quoi calmer sa fougue et sa panique. Il put galoper tout son saoul à travers la vaste plaine qui se terminait sur les rondes collines entre lesquelles la ville était nonchalamment lovée.

Le soir tombait. Sur l'esplanade, devant la porte Saunerie, c'était une grande confusion de chevaux et de voitures. Les cochers fourbus du voyage se précipitaient vers les quelques auberges qui bordaient la place pour se réchauffer et se régaler d'une daube bien arrosée, tandis que les palefreniers s'affairaient autour des chevaux, avec les voyageurs qui se hâtaient de récupérer malles et autres bagages.

Debrume s'informait d'un endroit où passer la nuit. En ces jours de marché, tous les hôtels de la ville étant pleins, il fallait se contenter de ces hôtes de fortunes qui offraient le gîte et le couvert pour une somme modique. On lui indiqua une maison de paysans où il trouverait peut-être encore une chambre, rue d'Aubette, et quelqu'un pour soigner son cheval. La table, en effet, y était généreuse et l'écurie bien tenue, où le mulet attendait des jours meilleurs pour les travaux des champs. Son fougueux compagnon de route n'aurait pas à se plaindre de sa compagnie.

Le soir même, Debrume se mettait en quête de l'adresse pour laquelle il était venu. La ville enfermait, dans le cercle de ses murailles, des rues pleines de bourdonnantes activités. Tous les corps de métier y étaient représentés. Echoppes et ateliers y attiraient du monde. Un peu à l'écart de ces centres animés et bruyants, elle recelait des endroits étonnants de calme bucolique que se partageaient des demeures cossues, des jardins et des couvents.

On lui indiqua un andrône étroit et noir comme un coupe-gorge. Il ouvrait sur une vaste cour qu'un hôtel particulier aux fenêtres hautes semblait garder comme une place forte. En levant la tête, il vit un rideau de mousseline retomber et une main fine se retirer vivement. Saurait-il jamais à qui elle appartenait ? Dans ce lieu à l'écart, on devait attendre quelqu'un ou tromper le temps en alimentant au fond de soi, au moindre mouvement de l'extérieur, quelque chose qui devait ressembler à un espoir. Car, dans le silence des vieilles demeures, le temps était difficile à tromper et les heures longues, s'il ne restait qu'à les dédier à l'observation des allées et venues de la cour, quand on avait passé l'heure des amours. Mais cette délicate main qu'il venait d'apercevoir, appartenait à une jeune femme encore en âge d'attendre un amant.

Il y avait un heurtoir de cuivre sur la large porte de noyer. Il fit résonner l'écho de ses coups au cœur des vieilles murailles. Et si longtemps, que Debrume eut le sentiment d'avoir dérangé la quiétude des souvenirs que celles-ci abritaient. Une vieille servante vint lui ouvrir à petits pas traînants, et il fut introduit dans un étroit salon aux plafonds hauts, encombré d'instruments de musique. Des cuivres étaient accrochés au mur, des étuis de violons ou de violoncelles mal fermés laissaient entrevoir le brillant des vernis des instruments qu'ils contenaient.

Auprès de la cheminée où ne brûlait aucun feu, depuis une profonde bergère, une petite voix aigre avait surgi :
- Approchez-vous, je suis vieille, un peu sourde et infirme.

D'évidence, la jeune femme à qui appartenait la main entrevue, n'était pas la seule habitante du lieu.
- Vous arrivez trop tard lui dit-elle avec quelque reproche dans la voix, lorsqu'il se fut présenté. Tout est consommé ici. Cela devait arriver. Car cela remonte à très loin. Depuis la disparition de Regardini, il y a maintenant longtemps, on ne nous avait guère quitté des yeux. Et donc, cela était inéluctable. Désormais,

la lutte n'aura plus de sens pour nous. Ils ont bien su à qui s'en prendre. Cela a été facile. Un homme est venu. Un grand escogriffe contre lequel nous n'avons pu rien faire, car il semblait au courant de tant de choses que toute protection désormais semblait dérisoire. Je vais vous indiquer une adresse. Je peux même vous y faire conduire. Vous jugerez par vous-même.

- Mais vous-même, avez-vous été inquiétée et de quelle manière ?

- Oh ! non ! Pourquoi prendrait-on la peine de m'inquiéter ? Je suis si vieille que je ne fais plus peur à personne. Sauf peut-être à mes héritiers qui me voient encore trop vaillante, malgré mes rides et mon fauteuil roulant. Personne ne soupçonne que mon grand âge, s'il est un handicap pour bien des choses, ne m'empêche cependant pas de rendre encore bien des services. Et je suis heureuse de le faire. J'honore ainsi la mémoire de Regardini aux côtés duquel… Mais tout cela ne regarde pas un jeune homme comme vous. Le passé n'intéresse personne. Vous me permettrez un conseil pourtant…

- Je suis avide de conseils et je les reçois avec beaucoup d'attention et de respect…

- « Carpe diem »… rien de plus… Ne perdez pas de temps… tout va si vite… ne perdez pas votre vie en de vagues chimères qui ne vous appartiennent pas et qui vous font courir des dangers plus graves que la mort… car ils amènent la mort de l'âme. Sans pitié. Croyez-moi. Chacun ses rêves… n'oubliez pas d'inventer les vôtres ! Et faites vite… car on s'aperçoit toujours trop tard qu'il n'est plus temps. Et alors, il n'y a plus rien à faire. Il n'est même plus possible de vivre de souvenirs. La cendre les recouvre. Soyez vigilants !

Elle tendit la main avec un soupir vers un guéridon qui était tout près d'elle. Elle prit un feuillet qu'elle lui tendit.

- Voilà le plan. Allez à cette adresse sans demander à quiconque votre route. Soyez de la plus extrême prudence. Mais ne vous attendez pas à trouver quelque réponse à vos questions. Il n'y a pas de réponse. Tout cela relève de la plus grande absurdité. Maintenant allez, dit-elle d'une voix sèche, le congédiant d'un geste vigoureux de la main.

Elle sonna. Il s'inclina très bas pour saluer. La servante le reconduisit sans qu'il ait eu le temps d'ajouter un mot. Il se trouva dans la cour, son papier à la main, plein d'étonnement d'avoir été jeté poliment dehors sans avoir rien appris au sujet des événements qui avaient eu lieu ici. Il ne saurait jamais s'ils avaient quelque chose à voir avec la disparition d'Evangéline, avec les risques encourus par les Corsan et par Marthe Regardini. Et pas même s'il y avait lieu de se poser des questions sur cette main fine et mystérieuse qu'il avait vu tirer le rideau de mousseline, d'un geste vif, à son arrivée.

31

On préparait le marché aux bestiaux. L'affluence était à son comble. Des troupeaux de bêtes arrivaient depuis plusieurs jours. On les parquait sur les routes qui bordent la ville et l'enserrent comme une couronne. Sous les jeunes ormes récemment plantés pour agrémenter les promenades des dimanches, somnolaient des mulets fatigués d'un long voyage. Des petits chevaux réputés pour leur fougue, qui venaient de Camargue, étaient enfermés dans des paddocks de fortune, aménagés pour l'occasion. Ils agitaient leurs blanches crinières en hennissant leur colère, dans ces espaces trop étroits pour eux.

Les maquignons rôdaient dans les rues, attendant de faire leurs affaires, suspicieux et prudents comme des politiciens en campagne, voyant dans chaque coin désert un coupe-gorge. Ils préféraient la fréquentation des auberges où ils croyaient à l'abri, autour d'une table bien servie, leurs épais portefeuilles. Les cafés regorgeaient de monde, les verres brillaient sur les comptoirs de zinc, les couverts résonnaient sur les tables de marbre, tandis que dehors, l'odeur capiteuse du café tapissait les rues. Les petites marchandes déambulaient avec leurs paniers de fleurs, des hommes montés sur des échasses jonglaient savamment, immobilisant pour quelques secondes, dans l'espoir de quelques piécettes, cette foule agitée où tous ne pensaient qu'à vendre ou acheter, comme si ce geste était devenu leur seule raison d'être. On annonçait pour le soir même, les exploits d'une danseuse de corde qui devait traverser la place Saint Sauveur dans les airs. Alors que les marchandes des quatre saisons poussaient leur charreton, se frayant un passage avec peine, et que l'orgue de barbarie jouait près d'un porche, on entendait, au loin, portées par le mistral qui s'engouffrait dans les rues, les notes ailées d'un galoubet voletant au-dessus du rythme aigrelet du tambourin.

Dans cette agitation, Debrume avait du mal à reconnaître les indications du plan de la vieille dame. Ses paroles sibyllines lui avaient mis le doute au cœur. Les mystères qu'elle avait faits autour de ce qui s'était passé ici, lui laissaient à penser qu'un traquenard lui avait été tendu. Il y marchait sans doute tout droit.

Son périple était comme un jeu de piste, un parcours fléché, une chasse au trésor déterminée par une main mystérieuse et un esprit tortueux. Il se demandait une fois de plus ce qu'il était venu faire dans cette galère et pour quelle raison il se trouvait là, à chercher sa route comme un sans abri, sans savoir où celle-ci allait aboutir.

Son but dans la vie, depuis la disparition de Céleste et le départ de Marthe, qui avait laissé derrière elle un silence aussi lourd que celui de la mort, sa seule raison de vivre avait été d'apprendre à supporter l'absence, à porter stoïquement ce fardeau dont les deux femmes l'avaient chargé. Et surtout, sans essayer de comprendre. Car il était plus facile d'admettre qu'elles avaient tracé le chemin de sa vie, comme des diseuses de bonne aventure, des faiseuses de destins. Lorsqu'il arrivait à sortir de la colère qui parfois le terrassait, il était très capable de se résigner à son sort. C'était une sorte de convention avec lui-même. Il pensait : « cela est bien ainsi ». Et il pouvait repartir. Il n'y était presque pour rien. C'étaient leurs décisions, leurs choix, volontaires ou non, qui avaient déterminé l'ordonnance de ses jours. Il n'avait qu'à s'y conformer puisqu'elles l'avaient voulu ainsi. Dans l'immobilité de la vie d'un village dressé au milieu d'un désert de pierre comme sur les routes, tel un vagabond juste bon pour le trimard. Et il avait décidé d'accepter les choix qu'elles avaient fait pour lui. Là s'arrêtait son vouloir.

Car son propre désir comptait peu. Tout au contraire, comme par dérision pour ce destin si finement défini pour lui, au moyen de si subtils messages qu'il recevait avec une sorte de sentiment mystique, il se trouvait jeté sur les routes, loin de Couraurgues et d'Icare, loin de la sombre petite maison dont le confort rustique réchauffait son cœur et lui permettait de laisser place à la douleur qu'il cultivait précieusement et qui le tenait isolé des malheurs du monde.

Dans cette ville en proie aux tourments des affaires, du travail, de la richesse et de la misère qui s'y affrontaient et dont la lutte sournoise transparaissait partout, dans cette ville habitée par une société où il était un étranger, il avait pourtant du mal à accepter ce que, il ne savait pour quelle raison, il était amené maintenant à faire. Une sorte de flou définissait ses actions dont il ne comprenait pas la finalité. Il cherchait une adresse qui peut-être n'existait pas. Si par hasard il arrivait à l'atteindre, il y trouverait peut-être la mort. Serait-elle cachée derrière les fastes d'une demeure bourgeoise ou sous la noirceur d'un andrône désert ? Peu importait le lieu. Il devait s'y rendre, puisqu'il avait décidé - toujours la même convention avec lui-même - que les questions sans réponse ne devaient pas compter.

Le trajet qu'il avait accompli jusque là le reliait au circuit déterminé par les listes conjointes des deux poudriers. Cela revenait à obéir à la volonté de Marthe Regardini sans condition. Il lui était plus que jamais nécessaire de penser que c'était elle qui tenait les rênes de sa vie en main. Elle qui manipulait ses rêves et ses espérances. Comme si c'était pour elle qu'il vivait, elle qui était comme Céleste, son ombre, son reflet, dont l'image n'avait plus quitté ses pensées depuis l'époque de ses visites à Combeferres, il y avait maintenant bien longtemps. S'il voulait la revoir, il devait accomplir le circuit qu'elle avait tracé pour lui. Il n'y avait pas d'autre issue à sa situation, ni d'autre raison pour laquelle il était là. Il ne savait pas pour autant, s'il en était heureux ou non. Il ferait les comptes plus tard avec ses colères et ses douloureuses révoltes.

Fort de cette décision, il n'était pourtant pas sans sentir le danger rôder autour de lui. Il le reconnaissait comme un chien de chasse reconnaît la trace du gibier. Ses anciens réflexes revenaient et le tenaient en éveil. Il marchait lentement pour ne pas donner de soupçon, mais en lui-même, c'était comme s'il avait le diable à ses trousses.

Un vent glacé s'était levé qui avait peint le ciel d'un bleu de gentiane. La lumière du soleil était si vive que les détails les plus scabreux qui marquaient l'abandon dans lequel étaient tenus les quartiers pauvres qu'il traversait, lui sautaient aux yeux. Il avait quitté le centre de la ville et ses rues opulentes longées de maisons aux volets rechampis de frais, dont la présence régulière scandait la surface des hautes façades. Le seul ornement de ces maisons austères, repues de richesses frugales, était une porte de noyer sous un linteau de pierre taillée. Une main de cuivre, savamment astiquée, brillait sur le bois ciré. Ces ornements identifiaient une richesse solide, rudement gagnée au fil des générations. Ils retraçaient, en filigrane, l'histoire de la ville, son histoire ordinaire, qui se vit tous les jours, sans qu'elle n'amène des événements dignes d'intérêt.

Là où il était arrivé maintenant, les maisons étaient modestes, les enduits des murs craquelés. Il n'y avait plus de main de cuivre sur les portes aux peintures délavées. Les rues étaient étroites et la foule ne s'y pressait pas. On n'avait pas pour autant, le loisir d'attendre le chaland sur le pas de la porte. Des artisans dans leurs échoppes s'affairaient autour d'une clientèle plus calme et mesurée mais qui savait acheter. Debrume évitait les rues trop solitaires où il risquait de se faire remarquer. Mais partout il se sentait observé avec curiosité. C'est à ce moment qu'il eut la certitude que quelqu'un le suivait.

De rue en venelles, le plan de la vieille dame l'avait mené à un passage couvert sous lequel il s'engagea en regrettant encore une fois de n'avoir qu'un pistolet non chargé, selon sa bonne vieille habitude, qui, en l'occurrence pouvait lui être néfaste. Après l'andrône, la rue devenait si étroite qu'une voiture tirée par un seul cheval n'y avait pas accès. La rue se terminait en cul de sac, sur un ensemble de taudis délabrés que toute vie semblait avoir désertés.

Il entendit un bruit derrière lui, comme un froissement d'étoffe, ou une respiration très ténue. Il se tourna d'un mouvement sec de tout son corps, mais il ne vit rien. Sans doute était-ce un de ces chats maladifs, au yeux chassieux, comme il en sortait de tous les trous de caves. Il se sentait de plus en plus ridicule devant l'oppression qui le taraudait jusqu'à lui faire voir du danger là où il n'y en avait pas, comme une jeune fille qu'un rien effarouche.

Sur le plan, une flèche à l'encre rouge désignait le coin droit du cul de sac où s'ouvrait une porte. Elle était d'ailleurs grande ouverte. Elle avait été fracassée à coups de hache. Il n'eut donc aucun mal à rentrer dans cet antre sombre où la lumière du soleil n'avait jamais pénétré. Ce qu'il vit confirma son sentiment de danger imminent. Tout y était sens dessus dessous. On s'y était battu, cela ne laissait aucun doute. Des outils renversés, des chaises cassées, des débris de toute sorte jonchaient le sol.

Debrume avançait l'arme au poing et sur la pointe des pieds, évitant de faire du bruit, se retournant souvent pour surveiller ses arrières. Puis il s'arrêta net, immobile comme une statue. Dans cette pièce, il y avait quelqu'un. Il entendait sa respiration. Quelqu'un le guettait, qui allait sans doute être sur lui d'un moment à l'autre. Comme il ne pouvait rester éternellement immobile, il se remit à avancer, pour sortir de cette situation, exactement comme il faisait dans la vie, en aveugle.

Alors, le bruit se précisa. Un petit cri d'animal blessé, un râle. Debrume se précipita. Dans une minuscule pièce attenante, une sorte de souillarde qui devait servir de chambre, un homme sanguinolent était étendu à terre, sur une paillasse. Ses blessures devaient dater de quelques heures, des plaques de sang déjà figé couvraient sa peau qu'on voyait sous ses vêtements déchirés.

- Qui vous a fait ça ? Qui êtes-vous ?
- De le savoir ne vous servirait pas. Mais par pitié, ajoutait-il d'une voix haletante, s'il est désormais trop tard pour moi… faites vite, je vous en conjure… Coudourane… il y a peut-être encore quelque chose à faire pour eux ! Partez sur le champ, ne

restez pas une minute de plus dans cette ville. Vous voyez ce qui vous y attend. Ne vous préoccupez pas de moi, je ne suis pas seul.

Debrume obtempéra, non sans quelques scrupules à laisser le blesser. Mais il pouvait croire cet homme. Coudourane était le dernier nom sur la liste des poudriers.

Lorsqu'il repassa devant l'hôtel particulier où il avait rencontré la vieille dame, il constata que deux chevaux harnachés étaient devant la porte toute grande ouverte sur l'immense vestibule. Un homme à la mine rébarbative les tenait par la bride lançant des regards suspicieux autour de lui. Il portait de grandes cuissardes comme en ont les gardians de Camargue.

Debrume observa un moment. Puis il quitta la place en maugréant et se dirigea vers la maison où il avait laissé son petit cheval et son bagage. Lorsqu'il arriva dans la rue où il avait passé la nuit, un cavalier questionnait son hôte.

- Je vous répète qu'il me l'a laissé en paiement pour son hébergement, il n'avait plus un sou vaillant le pauvre homme ! Un joueur, je vous dis ! Il a tout perdu au jeu la nuit dernière. Il est parti ce matin et il m'a laissé son cheval en gage.

L'homme continuait de hurler des menaces à ses oreilles. Alors l'hôte terrorisé, voyant que les mots étaient pire que le silence, se tassait contre le mur, enfonçait la tête dans les épaules, n'osant plus ouvrir la bouche, attendant avec la patience des hommes placides que la tempête prît fin, et priant pour l'arrivée inopinée d'une patrouille.

Debrume jugea utile de ne pas se montrer. Malgré le regret d'abandonner à la colère de l'inconnu son petit cheval qui, sous ses airs volages, l'avait si bien servi et son hôte qui savait si bien mentir, il fila par les ruelles. Il se mit en chemin à pied par la porte Soubeyran, comme s'il était un chaland ordinaire, espérant disparaître dans la foule qui avait envahi la ville durant ces jours de foire.

32

Ce voyage était une fuite. Debrume avait conscience qu'il devait tenir compte des avertissements reçus. Ils n'avaient pas été émis au hasard, même s'il n'en comprenait pas tout à fait le sens. Mais il avait beau se faire petit, se faufiler dans la foule avec, à l'épaule, le havresac qu'il s'était procuré à l'étal d'un marchand pour la longue marche qui l'attendait, il savait que, si quelqu'un avait été à l'affût derrière lui depuis qu'il avait quitté la maison de la vieille dame, il n'en sortirait pas sans dommage.

Il s'était mêlé à la foule des badauds venus admirer les bêtes de Camargue et d'Aix. Porté par le flux, il suivit la pente devant la grande bâtisse en construction qui se promettait d'être un hôpital et qui était encombrée de voitures, charrettes et jardinières. De nombreux piétons se serraient contre le talus pour éviter de se faire écraser. Il leur ressemblait. Ils avaient aussi un sac sur le dos. Les femmes portaient des paniers sur la tête. Il se sentait à l'abri dans cette foule criarde et colorée, aux accents chantants de la langue du sud qu'il ne comprenait guère.

Lorsqu'il fut sur la route d'Apt, il espéra trouver une voiture qui irait dans la même direction que lui et qui le déposerait au prochain relais de poste où il se procurerait un cheval. La grand-route était un chemin de terre poussiéreux, fréquenté par des charretiers pressés, à la tournure peu amène. Il eut beau s'agiter, personne ne s'arrêta. En guise de poste, il ne rencontra qu'une ferme. Il s'y restaura d'un quignon de pain et d'un morceau de fromage sous l'œil suspicieux de la fermière qui, seule au foyer, redoutait les brigands de passage et traitait l'intrus en tant que tel, résignée et tremblante.

Il coupa par les collines en direction de Reillanne, espérant toujours ne pas se faire remarquer. Il ne rejoignit la route de Montfuron qu'après avoir parcouru plusieurs lieues sous le couvert de petites forêts, à l'ubac de vallons escarpées, évitant le plus possible les terres cultivées et les chemins tout tracés.

Les ailes du moulin tournaient encore quand il arriva à Montfuron. Elles dessinaient une roue toute vibrante dans le ciel rouge du couchant. Le meunier terminait sa journée. Il accepta de le recevoir à sa table et de lui offrir l'hospitalité. Son épouse marquait quelque hostilité aux voyageurs, mais les pièces d'or qu'il avait dans sa bourse lui permirent de se faire servir comme un seigneur.

Le lendemain il était prêt à repartir. Il avait acheté au meunier un vieux mulet qui servait encore à tirer la charrette. C'est dans cet équipage qu'il parvint au sommet d'un petit col où il s'arrêta sans voix devant l'immensité du paysage qui se dévoilait à lui. Il eut l'impression qu'il atteignait une sorte de havre infini. Les collines déployaient la vaste vague de leurs terres ensoleillées qui allait ainsi, dans l'ample mouvance de ses formes apaisées, échouer aux pieds des Alpes. Au-dessus d'elles, les montagnes prenaient la suite de ce grand mouvement de la terre pour l'amplifier jusqu'au ciel. Elles dressaient fièrement dans le bleu l'incandescence de leurs pics hérissés de glace immaculée. L'air était vibrant de soleil quand le vent se taisait après avoir nettoyé l'horizon.

Il avait arrêté le mulet pour regarder chaque détail de ce paysage qui célébrait avec douceur et rudesse, les épousailles de feu du ciel et de la terre, la combinaison subtile du mouvement et du silence, les nuances délicates des labours, la domestication du paysage par l'homme qui avait disséminé avec régularité et parcimonie ces vastes fermes au toit rose plaquées au sol pour une éternité qui n'appartenait qu'à lui.

Plus loin, il laissa une auberge, sur sa gauche, au carrefour de la route d'Apt. Il avait de quoi atteindre Coudourane sans avoir à se restaurer. La meunière avait pensé à tout et le meunier avait doté la vieille carne de quelques sacs d'avoine en guise d'adieu.

Sous le soleil, dont le mistral qui transperçait ses vêtements, effaçait la brûlure, il s'achemina vers la lande désertique située à l'est du village qui s'en tenait éloigné comme d'une peste. La stérilité de ces terres donnait le frisson. Pas une habitation, aucun signe de culture. Seule une plante aux tiges rougeâtres qui se tordaient sur la terre comme des serpents, avait trouvé ici de quoi se nourrir. Elle tapissait le sol sans essayer de s'élever au-dessus de lui : la stérilité de ces terres l'avait découragée, comme elle avait découragé les hommes.

Mais quand la lande prit fin, elle laissa place aux champs labourés. Quelques uns étaient plantés de vignes dont les ceps montraient un fouillis de branches tortueuses que les feuilles avaient quittées et qui n'avaient pas encore été taillées pour préparer la croissance de la saison prochaine. Les terres lissées par les labours, les vignes échevelées donnaient l'impression d'un abandon total au froid, au soleil et au vent.

Il pensa à Couraurgues, le seul endroit où il se sentait chez lui. Ici, la solitude était la même, mais elle avait quelque chose de plus violent. Le sentiment d'infini envahissait l'âme devant ces terres qui étendaient leur volonté d'être à perte de vue, pour ne céder que devant la forteresse inaccessible des montagnes enneigées dont elles avaient volé le silence, le multipliant sans cesse et sans prudence. Elles jonglaient avec lui. Elles renvoyaient l'écho de l'ailleurs avec lequel elles cohabitaient et n'en frémissaient pas. Elles avaient conquis l'espace et le temps leur appartenait. Elles toléraient votre présence. C'était déjà beaucoup. Il ne restait qu'à les laisser s'installer dans votre regard qu'elles emplissaient des chants ondoyants du ciel, avec la volonté de celui qui sait.

Debrume ne pouvait imaginer ce que pouvait être Coudourane, dans l'immensité d'un tel paysage, ni ce qu'il allait y trouver, lorsque, depuis le siège de sa carriole de bois, il vit se dessiner une masse surmontée de tuiles roses. La demeure allait se dévoiler au détour des ondulations du terrain. Cela demandait encore un peu de temps et il n'en avait guère. A cet endroit, la route s'enfonçait dans des vallonnements d'où elle avait du mal à ressortir. Son impatience grandissait. Mais après la dernière montée, la bâtisse lui apparut.

Il crut avoir une hallucination. Il avait pensé se trouver devant une ferme à plusieurs corps, dont les toits, par leurs chevauchements, donne l'assurance d'une plus grande protection, comme il y en a un peu partout dans ces collines. Il n'en était rien. Cependant, ce bâtiment qu'il n'avait jamais vu auparavant, il lui semblait le connaître. Sa silhouette lui était familière, ainsi que la couleur de ses murs, la découpe de ses fenêtres, leur ordonnance sur la vaste façade. Car ce petit château était la réplique de Combeferres. Tant de similitude lui paraissait impossible, et pourtant, on avait poussé le détail jusqu'à l'extrême. Sur la façade se détachaient les larges ouvertures à impostes qui regardaient le parvis dallé de pierre. Il y avait le même puits au milieu de cet espace sur lequel la silhouette de Mademoiselle Marthe était à peine visible, quand elle attendait le cheval qu'Utto était en train d'harnacher. Les bâtiments annexes étaient disposés de la même manière autour de la maison de maître, ces écuries et ces granges auxquelles Cavadaire avait mis le feu autrefois, provoquant l'incendie de la demeure et le départ précipité de ses habitants. Combeferres, où il avait eu la chance d'être reçu, avait fini en cendres sous les yeux ravis des villageois qui voyaient ainsi anéantis les maléfices de celle à qui ils prêtaient des dons de sorcière. Ainsi, à des lieues de distance, revoyait-il cette demeure, telle qu'il l'avait connue, comme si on l'avait transportée là, intacte. La seule différence était qu'aucun arbre ne l'entourait et que le Couron, sur les bases duquel Combeferres s'appuyait, était remplacé par un plateau immense bien ordonné, peigné et lissé par les cultures qui y étaient pratiquées depuis toujours. Seuls, les bâtiments se détachaient sur la terre nue, comme s'ils y étaient venus par enchantement.

Il ne croyait pas aux prodiges, mais l'émotion le submergeait. Coudourane semblait le double exact de Combeferres devant les ruines duquel il avait tant rêvé. La bâtisse lui faisait faire un saut à pieds joints dans le passé. Ce que Combeferres avait eu à lui dire et qu'il n'avait pas su saisir le poursuivait. Ici aussi il faudrait tenter de comprendre, et si possible, de ne pas se contenter d'observer, de ne pas laisser de côté une nouvelle occasion de vivre, au cas où elle se présenterait.

Pour l'heure, ne sachant ce qu'il allait y trouver, il lui fallait prendre quelque précaution pour en approcher. Il avait arrêté la charrette à distance, sous un amandier, profitant d'un abaissement du terrain qui le protégeait des regards. Il attendit la nuit.

33

Il se sentait dans cet état étrange qu'il connaissait si bien, où l'on vit une scène qu'on a l'impression d'avoir déjà vécue dans une autre vie. Ou bien de vivre un fragment de vie qui appartient à un autre. Encore une fois, il éprouvait ce sentiment de n'être pas tout à fait lui-même, d'héberger en lui un inconnu capable d'actions dont il était lui-même exclu. Tout se faisait sans lui, sans même qu'il ait besoin de donner son assentiment. Comme s'il était un témoin des évènements de sa vie et rien de plus. Mais il savait par expérience, qu'il avait beau éprouver ce sentiment d'absence devant les menus instants de sa propre vie, celle-ci était sans pitié. Il ne pouvait échapper à ce qu'elle tramait sans lui, hors de sa volonté. Ainsi, se trouvant devant ce double de Combeferres qu'était Coudourane, constatait-il, et ce n'était pas une découverte, que la vie se répétait. Comme d'autres fois, elle lui assénait les mêmes discours. Elle le harcèlerait sans doute jusqu'au bout pour lui faire suivre un chemin que, seul, il n'eût pas choisi et il ne pourrait rien faire contre elle.

Car la vie avait décidé pour lui. Un jour elle déciderait de l'heure de sa mort. Comme elle avait décidé de l'heure de la mort de milliards d'humains avant lui, depuis la nuit des temps. Et comme elle continuerait à le faire. Mais en l'occurrence, sa logique était sans appel : puisqu'il n'avait pas choisi de rejoindre Céleste, il lui restait de vivre et de revivre, comme la vie le décidait pour lui, ce qu'il avait voulu, autant que ce à quoi il n'avait jamais songé. La vie avait choisi de le prendre et de le surprendre. Il était à espérer qu'elle aurait encore la capacité de le faire un peu rêver, ce qu'elle n'avait pas su faire jusque là.

Quelquefois, ce qui lui était proposé provoquait l'adhésion de tout son être. C'était là qu'était le bonheur. Dans la conciliation et la communion de ce qui se présentait à vous. Cette adhésion seule pouvait vous faire oublier le dédoublement des êtres multiples qui cohabitaient en vous de manière bancale et désordonnée, dont vous saviez si peu de choses, et qui ne relâchaient leur tyrannie à aucun moment, même lorsqu'il semblait qu'ils vous avaient abandonné. Un jour vous les voyiez reparaître et leur histoire continuait avec ses incohérences et ses désespoirs.

Dans son parcours d'aujourd'hui, Debrume s'apprêtait à revivre ce drôle de songe qui le poursuivait depuis quelques années, dans Combeferres ressuscité, un épisode de sa vie dont il ne savait plus s'il avait vraiment existé dans la réalité, tant il l'avait de fois recréé dans son imagination. C'est pourquoi il marcherait sur Coudourane de la même manière qu'il avait marché vers Combeferres autrefois, avec la même insouciance, la même confiance, la même inconscience. Dans un coin de son esprit résonnait encore une fois un rire insolent. La solidité de la naïveté qui l'habitait et survivait malgré les épreuves, lui démontrait, s'il en était besoin, qu'il n'avait rien appris de toutes ces années d'errance. Il était toujours aussi nu et démuni. Mais aujourd'hui, il acceptait de l'être, en prenant soin de garder un sourire de dérision au coin des lèvres.

Sur le plan pratique, il n'avait pas amélioré ses ruses de stratège apprises autrefois. Il attendrait la nuit pour se diriger vers la demeure car, en plein jour, il ne pourrait échapper à la surveillance qu'on devait exercer depuis la bâtisse. Le lieu n'avait certainement pas été choisi au hasard. La butte sur laquelle était bâtie Coudourane et l'absence d'arbres permettaient de voir à des lieues alentour. Debrume était cependant convaincu - car parfois, étonnamment, il avait de ces sortes de convictions - que les seules choses qu'il savait bien faire, c'était son métier qui les lui avait apprises. Il se comporterait donc comme s'il était sur le point de débusquer quelque malfrat, et comme il avait toujours fait dans ce type de situation.

Il attendit encore. Quand on apporta les lampes et que les fenêtres s'éclairèrent de cette lumière rosée au charme duquel il avait autrefois succombé, il avança à pas de loups et s'installa sous un contrevent. La nuit était tombée. Les grands rideaux de lampas n'avaient pas été tirés. Il savait qu'il n'aurait pas de surprise. Ce qu'il allait voir, il l'avait déjà vu. Il s'en souvenait par cœur. Il respirait à peine, collé contre le mur, immobile comme une tarente un jour de pleine chaleur.

La grande pièce était éclairée de milliers de chandelles que supportaient les lustres de Venise, les girandoles et chandeliers d'argent posés sur des consoles dorées. Les mêmes tableaux couvraient les murs, comme copiés sur ceux de Combeferres, et la même lumière faisait vibrer leurs précieuses couleurs.

Il eut le temps de penser : « Quand certains moments du passé se reproduisent de la même manière qu'on reproduit un décor... Illusion ! Aucun moment ne revient jamais. Il ne nous en retourne qu'un pâle reflet. On l'appelle souvenir, on l'invoque religieusement... mais, dans ses déformations... » Il ne put aller jusqu'au bout de son idée. Un voile noir tomba sur ses yeux. Il venait de recevoir un coup sur la tête qui lui avait fait perdre connaissance.

L'instant d'après, (mais combien de temps ?) il clignait des yeux comme un enfant qui s'éveille, essayant de comprendre ce qui se passait. Il sentit la chaleur des flammes réchauffer son corps transi. Puis un visage flou se pencha sur lui. Quelques gifles bien appuyées lui firent reprendre conscience.

Il eut quelque difficulté à reconnaître le beau visage d'Evangéline sous les boucles savantes de sa coiffure et les parures de sa mise. Il ne l'avait vue qu'en amazone et le changement était aussi étonnant que l'était la ressemblance de Coudourane avec le Combeferres qu'il avait si bien connu.

Il était allongé sur un sofa qu'on avait tiré devant le feu. La pénombre qui baignait le reste de la pièce lui laissa néanmoins comprendre qu'on l'avait transporté dans une chambre à coucher. Un domestique à la mine empesée - était-ce lui qui l'avait frappé ? - apporta un plateau chargé de nourriture.

- Il vous faut reprendre des forces maintenant, dit Evangéline avec autorité.

Evangéline aimait les hommes, leur force virile, dont elle se nourrissait comme une sangsue du sang de sa victime. Quand elle vit celui-ci écroulé devant la fenêtre du grand salon où son domestique, après l'avoir surpris, l'avait assommé sans scrupule, elle le reconnut aussitôt. Elle sut qu'il ne pourrait lui échapper. Il serait à elle comme les autres. Anéanti et réduit à merci comme il l'était, c'était une proie un peu trop facile, certes, et sa conquête manquerait de piquant, mais elle ne doutait pas que quelques beaux moments se préparaient. Et qui pouvait le dire, cet homme, pour insignifiant qu'il fût, aurait peut-être le don de l'étonner ?

Devant l'âtre, alors qu'il mangeait à petites bouchées et sans appétit ce qu'on lui avait apporté, elle lui servait du vin chaud, dûment épicé, sans le quitter une seconde des yeux. Elle ne parlait pas. Elle avait sur les lèvres, un sourire étrange. Il y avait maintenant trop longtemps qu'elle avait échappé aux mains de son bourreau qui savaient si bien se faire câlines quand l'urgence du plaisir les prenait tous deux. La raison du corps était tout aussi contraignante que n'importe quelle autre raison, celle du cœur ou celle de l'idéal qui faisait si bien marcher son amie Marthe. Quant à ce sombre policier, qui avait quitté Couraurgues où il vivait comme un moine pour marcher sur ses traces, elle ferait son bonheur, avec ou contre son gré. C'est pourquoi, elle n'attendit pas qu'il eût avalé sa dernière bouchée pour se précipiter dans ses bras. Et il eut beau faire, il ne réussit pas à l'en extirper.

34

Il avait fait tout ce qu'elle avait voulu. Il n'avait pas de quoi se vanter. Il était tombé dans des pièges tendus l'un après l'autre. Elle n'y avait pas mis trop de subtilité, mais il en avait manqué pour les voir. Le dernier avait abouti dans son lit. Il était sûr maintenant que son parcours avait été prévu d'avance. Partout, elle l'avait précédé pour l'amener là où il se trouvait aujourd'hui, le dirigeant de cette main de maîtresse femme, d'intrigante qu'elle était. Il avait bien en mémoire la description du jeune cavalier qui était arrivé à Subrane avant lui et qui s'était avéré être une femme. Et il n'avait plus à se demander à qui appartenait la fine main qui avait soulevé la mousseline de la croisée de l'hôtel particulier de Manosque, où il avait été reçu si sèchement par une vieille dame qui avait eu hâte de se débarrasser de lui.

Aujourd'hui, en la regardant dormir près de lui d'un sommeil angélique, repue d'amour et de caresses, il savait que sa stupide aventure, ce voyage en aveugle, avait été son œuvre à elle. Il n'avait eu qu'à exécuter ce qu'elle avait décidé pour lui, alors qu'il pensait servir Marthe. Il lui faudrait comprendre un jour les raisons de cette manœuvre. Il ne pouvait s'en tenir là et croire qu'il ne s'agissait que d'une farce. Etre le dindon d'une farce n'étant pas un titre de gloire dont on pouvait s'enorgueillir, il se sentait atteint dans son honneur. Pour se conformer aux canons des moeurs en cours, il devait lui en demander raison. Mais il était fatigué à la seule idée de cette accumulation de détails inutiles qui ne lui apporteraient rien de plus, une fois qu'il les aurait réglés. Echapper à la rigidité des convenances avait toujours été son vœu le plus cher. Il ne devait pas laisser à Evangéline autant de puissance. Elle en avait eu assez jusque là. Elle ne devait pas obtenir de lui qu'il entreprît pour elle d'accomplir quelque exploit inutile lié au code de l'honneur et aux affres de la passion. Il devait se dérober rapidement, dût-il se réfugier dans l'indifférence et retomber dans la froideur. Sa liberté avait ce prix, il l'avait toujours et il se devait de rattraper son oubli.

Au petit matin, alors que la première lueur du jour perçait la brume et soulignait, de sa lumière opale, les ondulations du vaste plateau, à peine perceptibles, qui agitaient mollement l'océan de pierre sur lequel Coudourane flottait, il était devant la fenêtre, plein de perplexité sur ce qu'il venait de vivre.

Il avait certes, l'impression d'avoir retrouvé la forme de son corps. Il sentait maintenant chaque muscle qui se mouvait sous sa peau, le dessin de chacun de ses membres. Un monde de sensations s'était rouvert en lui alors que, pendant les années écoulées, il avait oublié jusqu'à l'existence de ce corps qu'il trimbalait comme il pouvait, en lui donnant juste ce qu'il fallait pour vivre. Il avait été un mort-vivant, cohabitant avec ce corps inconnu, sans le ressentir, comme s'il avait été anesthésié par quelque poison distillé au plus secret de lui-même. Seule la pression des événements vécus en était la cause. Ils lui avaient fait perdre en route les peines ou les plaisirs qui lui avaient un jour appartenu.

Grâce à Evangéline, cependant, l'impression si pénible d'être un spectre privé de chair venait de l'abandonner et il aurait dû s'en réjouir. Il était encore empli de l'agitation des sens qu'elle avait su provoquer en lui jusqu'à un paroxysme qu'il n'avait jamais espéré revivre. Il aurait dû se sentir heureux puisque tout à coup, il avait l'impression de revenir d'entre les morts où, jusque là, Céleste l'avait retenu. Mais il ne pouvait apprécier ce répit qui lui était offert. Il ne pouvait dire qu'il en éprouvait du bonheur. Car, tout à coup, il ne reconnaissait plus sa vie. Ce qu'il était en train de vivre n'avait rien à voir avec elle. Elle avait perdu son sens profond. Et l'éphémère plaisir n'avait laissé place qu'au sentiment d'être habité par un étranger, de ne plus savoir qui il était et si celui avec qui il avait cohabité tant d'années existait encore.

Il éprouvait de multiples tourments. Il y avait ceux du limier qui ne désarmait pas. Puis, ceux de l'homme trahi à cause de ses propres faiblesses qu'on avait su utiliser en les retournant contre lui. La première d'entre elles était sa fidélité à Mademoiselle Marthe, substitut idéalisé de Céleste, cette fidélité qu'on avait ridiculisée. La deuxième était la faiblesse de son corps de chair dont Evangéline de Bourdaine avait su jouer avec tant d'habileté qu'il se trouvait maintenant entre ses mains, à merci. Et dans un certain sens, privé d'une volonté qui lui eût permis de mettre un terme à l'aventure. C'était ce « certain sens » qui évidemment le dérangeait. Il eût fallu lutter contre lui, cet ennemi mortel. Il ne savait comment résoudre l'affaire, ni quels moyens drastiques il devait employer pour le faire.

Le sentiment d'échec et de trahison le taraudait jusqu'au fond de l'âme. Le ridicule dans son métier, même s'il ne l'exerçait plus officiellement, n'était pas tolérable. Si les motivations d'Evangéline n'étaient pas celles dont Marthe lui avait parlé, il se trouvait dans une position difficile d'où il ne voyait pas comment sortir. Il ne devait pas oublier qu'une partie de sa mission consistait à innocenter le berger Augustin qu'il savait accusé à tort et qui croupissait à l'asile. Il s'était fait cette promesse, poussé par une sorte d'empathie. Le berger lui ressemblait. Il trouvait en lui un écho à sa propre démarche. Cette démarche à laquelle il n'avait su être fidèle et qui venait d'être mise à mal par les manigances d'Evangéline et par sa propre faiblesse. Augustin, lui, avait réussi. Grâce à l'aide des rochers qui habitaient sa montagne, ces pierres vivantes, ses seules amies, il avait supporté la disparition de sa bien-aimée Apolline. Elles l'avaient maintenu dans une sorte de béatitude mêlée de douleur dont il s'était nourri à l'écart du monde. C'était bien à elles qu'il devait ses jours peuplés d'étranges rêves dont l'illusion était parfaite. Le rêve, il l'avait cultivé comme une œuvre d'art et cette œuvre était celle de sa vie entière. Debrume avait été incapable de réaliser cet exploit admirable. Il s'était laissé distraire par le premier jupon venu.

Quant à la mission confiée par Marthe, il constatait que son échec était total et rédhibitoire. Aux adresses indiquées, il n'avait trouvé personne, sauf quelques domestiques apeurés. Il était arrivé après le départ de ceux qu'il devait sauver d'un danger. Il ne saurait sans doute jamais s'ils étaient morts ou vivants, à l'heure qu'il était. En se laissant manipuler comme un enfant, il avait trahi la confiance de Marthe, autant que l'avait fait Evangéline, qu'on avait crue en péril alors qu'elle vivait à Coudourane, à l'abri de tout danger. Et on pouvait ajouter qu'elle y vivait bien, entourée de ses gens, dans un luxe ostentatoire dont elle jouissait avec bonheur, sans donner aucun signe d'être inquiétée par quoi que ce soit. Elle ne se refusait aucun des plaisirs qui se présentaient à elle, ne vivait que pour elle-même, alors que tant de gens autour d'elle avaient disparu, avaient été enlevés, et peut-être torturés et tués. On retrouverait leurs corps un jour, comme on avait retrouvé ceux d'Aiglemont, ravagés par des blessures mortelles, abandonnés sans sépulture. Et ce serait sa honte à lui, Charles Debrume, qui n'avait pas réussi à empêcher les horreurs que Marthe avait voulu prévenir en lui octroyant sa confiance.

Le jour se levait et il avait tout perdu, son honneur, l'estime de Marthe et l'amour de Céleste. Cet amour qui l'avait tenu en vie jusque là, était maintenant définitivement relégué au fond des tas de souvenirs qui encombraient sa mémoire. Il ne resterait plus rien de sa vie passée sur le fondement de laquelle il avait cru pouvoir construire un avenir. Car cette perte, en éloignant de lui-même l'unique amour de sa vie, avait également un écho négatif sur le sentiment indéfini qu'il avait pour Marthe, ce reflet de Céleste, un sentiment dont il ne pouvait se séparer et auquel il avait toujours refusé de donner un nom. Il était maintenant entre les mains d'Evangéline. Et de manière tout à fait concrète. Sa vie en avait été transformée et il ne savait plus ce qu'il devait en faire.

Jusque là, il avait pourtant été la prudence même. Il y a peu de temps encore, son unique effort avait été dans le maintien, malgré la douleur que cela engendrait et l'immobilité sans vie à laquelle cela le contraignait, d'un environnement construit au prix de nombreux renoncements. Il se trouvait, aujourd'hui qu'il était presque arrivé « *au milieu du chemin de sa vie* », devant l'inconnu qu'ouvrait cette relation inattendue. Elle se présentait comme une sorte de chaos des sens, l'explosion de l'être et de tout ce qui faisait de lui ce qu'il était.

Il y avait perdu son innocence. L'amour absolu qu'il avait voulu maintenir à l'abri de l'épreuve du temps était passablement ébréché par ses frasques de nouvel amant, alors qu'il s'était donné l'illusion d'avoir inventé une sphère protégée où l'abriter, comme on invente un monde. Mais il n'était pas poète. Et ce monde, il avait été incapable de le faire tenir dans des mots. Ce monde n'existait que dans son esprit et il avait perdu l'esprit. Il ne lui restait que le gouffre qu'ouvrait la voracité de son désir et de ses sens. Il était prêt à se laisser dépecer par une femme qui l'emmenait au bout du plaisir. De même qu'elle avait dirigé son parcours, lors de son voyage, le faisant manquer à sa mission, elle le mènerait de main de maître le long des arcanes de l'amour, dans ses chausse-trappes, jusqu'à ce qu'elle se lasse et l'abandonne à son triste sort. Et pour l'heure, il ne pouvait faire autre chose qu'obéir à la tyrannie de ce désir qu'elle avait su faire naître en lui.

Il y avait quelque temps seulement, il s'était cru prêt à mourir pour Marthe. Combien de fois n'avait-il pas été sur le point de s'engager à ses côtés pour défendre la cause ? Mais aujourd'hui, il se serait damné pour satisfaire son seul plaisir. Ce qui lui avait rendu la vie digne d'être vécue ne ressemblait plus à rien. Il avait piétiné tout ce qui le rattachait à la beauté.

35

En s'éveillant ce matin-là, Debrume sentit confusément que quelque chose avait changé. On était en plein cœur de l'hiver. Le froid avait investi Coudourane et les feux qui brûlaient dans toutes les cheminées ne suffisaient plus à en réchauffer les vastes pièces. La neige était tombée dans la nuit. Elle avait surpris les habitants de la vaste maison dans leur retraite qu'elle rendait du même coup inaccessible. Quand le domestique avait tiré les rideaux, la lueur argentée qui régnait sur le plateau avait fait irruption dans la pièce et, avec elle, cette qualité de silence qui tassait toute chose sous son voile de torpeur glacée.

Mais Debrume sortait lentement du sommeil et ses impressions étaient assez confuses. Il sentait cependant que le froid n'expliquait pas tout. Quelque chose avait radicalement changé autour de lui. Il tendait l'oreille. La vaste maison était comme pétrifiée dans une succession de bruits lointains qu'il ne reconnaissait pas. L'insouciance et la légèreté qui l'avaient habitée, pendant cette période située hors du temps que les amants venaient de vivre, l'avaient tout à coup abandonnée.

Ce fut alors qu'il prit conscience qu'Evangéline n'était plus à ses côtés. Son absence était tellement étrange qu'il ne fit qu'un bond. Il eut le sentiment que le moment était arrivé, le moment tant attendu et redouté où sa vie allait basculer dans l'inconnu.

Mais bien plus tard, après de multiples événements et quand il avait fini par avoir connaissance de ce qui s'était passé, Debrume devait se souvenir qu'à cet instant précis, en ouvrant les yeux dans cette atmosphère qu'il ne reconnaissait pas, il avait senti le poids de la responsabilité tomber sur ses épaules, une chape de plomb qui anéantissait tout à coup les malheureuses illusions de l'amour. Tandis qu'il prenait conscience de l'absence d'Evangéline, c'était le visage désespéré d'Augustin qu'il avait eu devant les yeux. Ainsi que celui de Marthe, tout couronné de fourrure, rose et haletant de froid et d'indignation, le jour où il l'avait vue quitter Couraurgues, conduisant sa voiture chargée des malles qui contenaient les maigres trésors sauvés de l'incendie de Combeferres.

Alors, tout lui était revenu en même temps. Il s'éveillait d'un enchantement et de ses délicieux maléfices, pour tomber par inadvertance au milieu d'un cauchemar qui avait la consistance du réel. Son esprit reprenait place dans ses anciennes marques et cela ne se passait pas sans mal. Cette prise de conscience devait rester longtemps gravée dans sa mémoire avec une acuité particulière.

Il s'était levé et habillé en toute hâte, harcelé par un mauvais pressentiment. Maintenant il en avait la certitude. L'aventure, qui l'avait entraîné bien au-delà de ce qu'il aurait voulu, changeait de ton. Il avait conscience de devoir agir vite et de ne plus s'attarder dans les vaines promesses qu'il avait entrevues, auxquelles il avait voulu croire, par dépit ou dégoût de lui-même, les promesses d'une vie enfin libérée, loin de l'homme qu'il avait été ou avait cru être, ainsi que de son passé douloureux et inutile.

La réalité revenait, elle était toujours la même et il devait se colleter avec elle. Elle prenait une forme inquiétante, car il ne la maîtrisait plus. Ce qui s'annonçait ne présageait rien de bon. Mais il fallait faire quelque chose. Et de plus, dans la précipitation qu'il détestait.

Il se mit à chercher Evangéline dans toute la maison. Les domestiques continuaient de le servir mais aucun ne répondait à ses questions. Il haussa le ton. La colère contre eux ne servait à rien non plus. Les regards étaient fuyants, les visages aussi fermés que le paysage qui entourait Coudourane, pétri de blancheur, de brume et de froid.

Car, à Coudourane, le froid du ciel était tombé sur la terre de tout le poids de ses nuages. La neige avait couvert le plateau, avec l'intention de faire disparaître ce royaume protégé de la surface du globe. Comme si ce lieu, qui avait vu naître des moments de plaisir, et d'une certaine insouciance, devait disparaître, autant que ce plaisir lui-même, sa soi-disant facilité, et toute autre douceur, toutes choses qui s'avéraient factices. Le moment était arrivé de payer quelque tribut aux heures d'égarement qui avaient détourné Debrume de son devoir et lui avaient fait oublier Céleste dans les bras de l'indomptable Evangéline.

Mais il eut vite le sentiment qu'il s'agissait d'autre chose encore. C'était sa survie qui était en jeu. Le piège s'était refermé sur lui très lentement et de manière subtile. Il était maintenant seul au milieu d'un endroit qui n'existait pour personne. Personne ne savait où il était. Et il n'était pas sûr que Mademoiselle Marthe elle-même pût avoir quelque soupçon au sujet de la manière dont on le traitait ici. Il préférait d'ailleurs penser qu'elle ne savait rien des affaires de Coudourane. Et que tout ce qui se tramait ici était l'œuvre d'Evangéline à laquelle il finirait bien par arracher une explication.

Tout allait dans le sens de cette évidence. Lorsqu'il demanda au valet d'écurie de lui seller un cheval, il lui fut répondu qu'il n'y avait plus aucun cheval aux écuries. Lorsqu'il fit mine d'aller s'en assurer, on le retint aux épaules. Trois hommes furent sur lui. On l'immobilisa, on le dirigea vers le grand salon et on lui dit qu'on ne lui ferait aucun mal s'il ne tentait rien. Il était bel et bien prisonnier et pas seulement des rets d'amour tissés par Evangéline, comme l'eût dit gentiment Pétrarque. Il demanda combien de temps il devrait attendre avant de savoir quel sort lui était réservé. Il ne lui fut rien répondu. Et le temps commença à s'écouler, ralentissant à chaque seconde.

Sa colère lui tenait lieu de compagne. Elle tournait en rond au fond de lui-même et ravageait ses entrailles. Il espérait que pour une fois elle lui serait de quelque conseil. Il réfléchit au moyen de quitter l'endroit sans se faire découvrir, ce qui n'était pas chose facile au milieu de toute cette blancheur où la silhouette noire d'un homme se voyait à dix lieues à la ronde.

La seule possibilité serait de profiter de la tombée de la nuit. Mais déjouer la vigilance de ses gardes s'avérait difficile. Il en était à élaborer quelque stratagème digne d'un héros de roman de gare lorsque le silence qui pétrissait de ses doigts gourds les formes étales du plateau et qu'il supportait avec peine depuis des heures, prit tout à coup une autre couleur. A force d'attente, il en avait une perception quasiment douloureuse, mais ce frémissement faisait naître un espoir. Il entendait maintenant, tout au fond de l'air, comme venant de très loin, - et ce n'était pas le vent parce que tout était immobile -, une sorte de bouillonnement que le crépitement du feu couvrait encore par intermittence. Il retint sa respiration et l'entendit se préciser, se rapprocher en un grondement dans lequel il reconnut le galop de plusieurs chevaux.

La nuit était venue. Il se précipita à la fenêtre et il vit des lanternes et des flambeaux s'agiter dans le noir, enflammant le sol de mille étincelles. Un chemin de lumière, le même qu'il avait vu à Maussignac, était tracé sur le parvis de la demeure comme pour annoncer un événement insolite ou d'importance. Sans doute attendait-on quelque hôte de marque. Mais il n'aurait pas l'avantage d'être présenté. Il avait bien l'intention de quitter la compagnie avant qu'il ne fût trop tard pour lui, persuadé que, si Evangéline avait des raisons de l'avoir traité comme un pantin, il ne devait pas attendre de les connaître.

36

Il marchait maintenant dans la nuit du plateau. Il ne neigeait plus. Il enfonçait ses pieds jusqu'aux genoux dans une poussière d'étoile qui se soulevait à chaque pas en scintillant, une brume légère qui volait autour de lui à grands tourbillons. Le vent s'était levé à la fin de l'après-midi. Sous ses coups répétés, le ciel avait été rapidement nettoyé de l'épaisseur de nuages qui l'obscurcissait. Debrume avait espéré en l'obscurité comme alliée dans sa fuite et qu'une couverture de brume le cacherait. Il n'en était rien. Mais si l'air se trouvait comme lavé par les rafales, ses vêtements se couvraient peu à peu de cette farine blanche qui maquillait sa silhouette de Pierrot s'agitant dans le noir et en atténuait le relief. Il prenait peu à peu la densité d'un ectoplasme. Il avait le sentiment de se fondre lentement dans la nuit.

Son stratagème avait réussi. Au moment où les domestiques étaient mobilisés par l'accueil des cavaliers, il en avait profité pour forcer la serrure de sa chambre, choisissant de ne pas sauter par la fenêtre qui ouvrait sur la façade principale. Discrètement, en rasant les murs des corridors, il avait rejoint les caves où, si le plan était bien le même que celui de Combeferres, il connaissait une issue donnant sur l'arrière de la maison et sur les communs. Il espérait ainsi rejoindre le petit bois situé à une demi lieue de là pour se mettre au couvert avant que la lune ne se lève car, sous sa clarté, il aurait beau faire, sa silhouette serait repérable de très loin.

Il n'était pas mécontent de lui. Même s'il se faisait reprendre, il aurait au moins la satisfaction d'avoir tenté quelque chose et d'avoir prouvé à Evangéline qu'il n'était pas si malléable qu'elle l'avait cru. Sa colère contre elle ne le quittait pas. Il était donc d'autant plus fier d'avoir résisté à l'appel de ses bras lorsqu'il avait compris qu'elle venait de revenir à Coudourane, avec des cavaliers dont il n'avait pu déterminer le nombre. Car elle était bien parmi eux : il avait reconnu sa voix et les accents sans douceur qu'elle avait pour s'adresser à ses gens. En fuyant à point nommé, il avait coupé court à des explications qui l'auraient peut-être mené encore plus loin dans sa honte. Elle avait tant d'habileté qu'il eût été bien capable de se laisser séduire par les bonnes paroles qu'elle n'aurait pas manqué de distiller de la voix ensorcelante qu'il lui connaissait. Il avait ainsi échappé à l'envoûtement que celles-ci auraient pu réactiver s'il lui avait laissé une chance de l'approcher. Il voulait être le plus loin d'elle possible. Et il s'employait à mettre de la distance entre eux. « *Femmina è cosa mobil per natura…* » se répétait-il, se référant au vers de Pétrarque comme à une vérité assénée par le poète pour expliquer les tourments infligés par Laure. Mais de savoir les femmes inconstantes ne le consolait pas de sa propre faiblesse, bien au contraire. Il ne valait pas mieux qu'elles.

Pendant des années, il avait été fidèle en vain. Ses efforts venaient d'être anéantis par son inconstance qui éloignait inexorablement de lui le sentiment même de la perte de Céleste. Il avait appris en vain à domestiquer la mort et à vivre de souvenir. Le temps emportait la douleur et il ne pouvait rien contre le temps. Il avait espéré suivre Céleste en suivant Marthe, séduit par le parfum délétère qui émanait d'elle. Il avait seulement succombé dans les bras de la première femme venue. Et non content d'avoir joui d'elle en toute bonne conscience, il était en train de fuir, d'essayer de sauver sa peau, renonçant prudemment à défendre son honneur, comme si sa vie était la chose la plus précieuse du monde. Ses propres contradictions le laissaient pantois. Il s'étonnait de constater que son inconstance était allée en grandissant. Mais il continuait à marcher dans la neige, car il se rendait compte que ce qu'il désirait le plus, c'était continuer de vivre.

Il y voyait maintenant comme en plein jour. Les réalités matérielles se présentaient à lui de manière cruciale. Il se demandait comment il passerait le reste de la nuit. Au point où il en était, il ne voyait que sa bonne étoile pour le sauver. Si elle avait la bonne idée de mettre sur son chemin une de ces bories que les bergers savent construire depuis la nuit des temps, il pourrait s'abriter jusqu'au lendemain.

Il en était là de ses pensées lorsqu'il entendit une grande agitation derrière lui, du côté de Coudourane. Les chiens aboyaient, qu'on avait dû lancer à sa suite. Les flambeaux dansaient autour de la demeure faisant étinceler les vitres. Des appels retentissaient. Il regardait le spectacle de loin. Et il riait en lui-même, comme un enfant, du joli tour qu'il venait de jouer à sa perfide amoureuse. Mais il n'en menait pas large. Il ne voulait pas penser où ce jeu pouvait le mener, qui se déroulait dans la nuit et la neige, sans équipement, sans vivres, sur un plateau lisse comme la main, où aucune habitation n'existait et avec, comme tout plan de sauvegarde, l'espoir de rencontrer fortuitement une cabane de berger tombée du ciel juste pour lui.

Certes, son optimisme était sans limite. De même que sa propre naïveté avait rendu possibles les manœuvres d'Evangéline ainsi que leur liaison, de même aujourd'hui, il espérait encore qu'il pourrait se tirer de ce mauvais pas sans dommage. Son optimisme n'avait d'égal que son incapacité à tirer les conclusions des leçons pourtant très explicites de l'existence.

Il avait cru béatement en elle, cette femme qui s'était servi de lui, il ne savait encore dans quel but ni pour quelle raison. Pour elle, il avait oublié son passé et ses engagements. Quelques nuits de délices avaient suffi à transformer sa vie, à dévier son cours, à le faire changer de ligne de conduite, aussi facilement qu'on change de vêtement. Il avait trahi, par cette retraite amoureuse, les intérêts de Marthe. Et effacé un peu plus la frêle silhouette de Céleste qui perdait ses couleurs comme un pastel trop longtemps resté au soleil.

Son inconsistance, qui atteignait aujourd'hui son paroxysme, le menait encore une fois au comble du ridicule. Car il était en train d'accomplir un exploit bien dérisoire. Sa fuite héroïque ne pouvait le mener qu'à la congélation intégrale de son corps et de son âme, sous un ciel noir d'ébène, habité maintenant par une lune souveraine qui venait de se lever et dont la brillance parsemait le sol de strates d'argent finement ciselées.

Il était le héros d'une bataille perdue d'avance contre le froid et la solitude, à cause de la vulnérabilité naturelle de son corps, incapable d'assumer ce à quoi sa lamentable colère l'obligeait à se confronter. Le sentiment du ridicule le glaçait autant que la honte et que le froid du corps qui paralysait ses membres. Et pourtant, il continuait de marcher.

Il n'avait plus qu'à espérer dans la perspicacité des chiens pour lui sauver la mise. Mais ils avaient dû manquer de flair et prendre un chemin opposé à celui qu'il avait emprunté car maintenant, il n'entendait plus leurs aboiements. Il devait donc se résigner, tout en essayant de combattre, maudissant tout ce qui l'avait dirigé, les gens qu'il avait côtoyés, leurs rêves qui l'avaient dévoré, sans oublier sa propre candeur qui l'avait mené là où il était parvenu, constatant avec effroi que son honneur lui importait guère, et que sa vie lui tenait à cœur bien plus que tout autre chose.

La neige redoublait d'intensité et ses pas s'enfonçaient dans un tapis moelleux qui lui arrivait aux genoux. Mais, s'il voulait rester vivant, il devait continuer de marcher. Il levait péniblement les jambes l'une après l'autre. Il s'enfonçait parfois jusqu'à la taille dans un pli du terrain. S'arrêter signifiait mourir, tout comme dans la vie. Car laisser venir à vous les choses sans les vouloir signifiait refuser de vivre. C'était aller vers une mort certaine de l'âme que suivrait bientôt celle du corps. Renoncer faisait de vous un mort-vivant, aux yeux vides qui ne se tournent plus vers le passé ni vers le futur. C'était pourtant exactement ce qu'il avait choisi de faire depuis la disparition de Céleste qui l'avait laissé seul, comme un navire sans timon, perdu au milieu de l'océan du temps.

37

Cette marche dans la nuit, à demi enfoui dans la neige, le menait peut-être à la mort. Mais, s'il en sortait vivant, il en tirerait quelque bénéfice. Il savait assez de choses pour faire disculper le berger Augustin. Il pouvait témoigner qu'Evangéline était bien vivante et jouissait de sa liberté. Elle n'avait pas subi de sévices. Debrume pouvait avancer une hypothèse quant à l'auteur de son enlèvement. Il était probable qu'il s'agissait de cet homme qu'il avait vu errer tant de fois dans la montagne, sur les chemins qui menaient aux bergeries, cet homme à la silhouette insolite que désignaient le chapeau tromblon et les cuissardes des gardians de Camargue. Le berger n'y était pour rien. Le témoignage d'un ex-inspecteur de police permettrait d'ouvrir une enquête à propos de ce personnage. On pourrait aller jusqu'à se demander s'il n'avait pas quelque chose à voir avec le meurtre des bergers. Si Debrume arrivait à se sortir de là, Augustin ne serait plus inquiété. Il pourrait rentrer à Couraurgues et recommencer sa vie de toujours.

Cependant les questions ne manquaient pas. Comme il avait reconnu sans possibilité de doute ce gardian à l'étrange couvre-chef parmi la domesticité de Coudourane, il en déduisait que si cet homme était maintenant au service d'Evangéline, cela laissait quelque suspicion sur les raisons de son enlèvement. Il fallait donc également tenir compte de l'hypothèse de Claude Avrillé. Le Comte de Claille, amoureux jaloux, n'avait peut-être pas trouvé d'autre moyen pour ramener son amante volage auprès de lui. Quel lien cette histoire d'amour pouvait-elle avoir avec les bergers, leur persécution, leur pendaison ?

Dès l'instant où l'on avait à faire avec Evangéline, on pouvait bien supposer qu'il s'agissait d'une histoire d'amour, voire de folle passion. Debrume la connaissait assez maintenant pour savoir quel rêve menait sa vie. Elle avait séduit tous les hommes qu'elle avait rencontrés. Lorsqu'il avait fouillé la chambre où Evangéline l'avait fait enfermer, il y avait même trouvé un billet doux signé de la main d'Avrillé. Ce qui l'avait rendu fou de rage.

Mais sa colère se nourrissait d'elle-même. Elle n'avait pas besoin de jalousie pour éclater. Car ce qu'il ne pardonnait pas à Evangéline c'était sa propre naïveté. Il avait cru à ses serments. Il était tombé dans ses pièges peu subtils. Il s'était laissé envoûter comme un collégien amoureux pour la première fois de sa vie. De plus, elle l'avait rendu à ce qu'il avait jusque là refusé d'être, un homme qui se laisse mener par le plaisir des sens. En réalité c'était cela qu'il détestait le plus, ce constat qu'il était obligé de faire : il n'était pas plus malin que les autres. Il ne pardonnerait jamais à Evangéline de lui avoir volé la propre estime qu'il avait de lui-même et qu'il avait mis tant de temps à forger.

La neige tombait toujours plus drue. Chaque pas lui coûtait une fatigue. Mais c'était le début de la nuit et ses forces étaient intactes. Avec un peu de courage il arriverait à se sortir de ce pétrin. Coudourane n'était pas non plus au bout du monde. Dans chaque vallée qui entourait le plateau, il y avait des fermes où trouver refuge. Il suffisait d'y arriver avant de céder à la fatigue et au froid.

Cependant les chiens s'étaient éloignés. Leur flair les avait définitivement trahis. Ils ne cherchaient pas dans la bonne direction. Debrume avait entendu une cavalcade non loin de lui au début de sa fuite. Mais sans doute avait-on mal calculé l'heure de son départ. On lui avait imputé des pas plus grands qu'il ne pouvait les faire, et comme la neige avait déjà recouvert ses traces, on avait aussitôt perdu sa trace.

Il était parti sans manteau, avec seulement une robe de chambre à brandebourgs trouvée au fond d'une armoire. Il touchait du doigt la vulnérabilité de son corps. Mais sa colère lui donnait de l'énergie. Il se découvrait une volonté si forte qu'elle pouvait l'aider à vaincre les éléments. Il ne se laisserait pas à nouveau trahir par son corps comme il s'était laissé trahir en cédant aux instances d'une femme en mal d'amour.

La lune l'aidait. Il pouvait marcher dans cet océan de neige irisée de mille éclats de cristal en y voyant comme en plein jour. Sans la fatigue et la faim, il eût été heureux de se laisser envahir par la beauté de ces images qui avaient quelque chose d'irréel. Mais il était en ce moment peu enclin à se laisser aller à la contemplation. La faim commençait à le tenailler sérieusement. Et le froid le glaçait jusqu'aux tréfonds de l'âme.

Il se demandait comment font les héros pour accomplir leurs exploits. Quant à lui, il se sentait loin de tout héroïsme. Mais une force le poussait. Elle lui ordonnait de ne tenir compte de rien, de continuer de marcher droit devant lui. Tout comme dans la vie, sans savoir où le temps et les événements vont aboutir.

Il marchait au milieu des reflets d'argent, dans cette couleur indéterminée de la lumière qui dessine sur le sol une forme d'écriture que la lune laisse sur la terre, pour que les humains en déchiffrent le langage. Tout brillait autour de lui d'un éclat jamais vu. Il marchait sur une immense page glacée où étaient gravés les instants de sa vie. Une page vierge et tentatrice qui lui promettait la vie autant que la mort. La lune le guidait habilement, en faisant scintiller ses messages sur l'étendue enchantée par sa lumière. Il était dans ce monde magique où tout pouvait lui être dévoilé mais où rien ne lui était promis. De ce piège que la lune et la neige, aidées de la nuit, avaient tramé autour de lui, il ne pourrait sortir qu'au prix d'une souffrance dont il ne voyait pas la fin. D'autant que la nuit semblait avoir ralenti son cours.

Ses forces déclinaient. Le froid était tel qu'il ne sentait plus ses membres. Ses pas alentis étaient moins sûrs. Et il entendait, à chaque geste, l'appel du froid qui lui commandait de s'étendre à terre et d'y chercher le sommeil réparateur. Il savait que dans ce sommeil se refermait le piège. Le repos était une tentation, autant que l'amour facile d'Evangéline.

La tentation n'était jamais en manque d'arguments pour lui faire croire que s'il s'abandonnait aux brillances du cristal qui le cernait, il entrerait au cœur même du mystère, dans son insondable beauté. Il suffisait de cesser de lever une jambe après l'autre. Il suffisait de s'arrêter et d'attendre. Cela semblait très facile. Car il savait que, dès lors, tout irait très vite. Le moment viendrait aussitôt où il comprendrait la teneur de ce mystère qui taraudait l'esprit des hommes depuis toujours. Alors, tout deviendrait clair. Cette compréhension tant recherchée au cours de son existence lui procurerait l'apaisement. Il n'en demandait pas plus.

Il s'acharnait maintenant depuis plusieurs heures. Les scintillements de la neige faisaient des pointes acérées qui blessaient ses membres fourbus. Sa peau à nu s'y déchirait. Il lui semblait voir des flots de sang s'étaler autour de lui. Le rouge vif flamboyait sur la blancheur. Mais la lune avait encore des choses à dire. Du scintillement de sa lumière sur la neige, elle faisait naître mille couleurs qui se mêlaient au rouge du sang et lui faisaient fermer les yeux. Déjà, il lui devenait indifférent de garder ses paupières ouvertes ou closes. Le feu était autant en lui-même qu'autour de lui, il le voyait clairement. Saisi au milieu d'un feu d'artifice qui s'élevait jusqu'au ciel et le brûlait jusqu'au cœur, il s'immobilisa.

Alors, tout alla aussi vite qu'il l'avait pensé. Ce feu, ces étincelles jaillies d'il ne savait où, brûlaient jusqu'à le consumer entièrement son corps épuisé par l'effort. Puis une lumière noire envahit ses paupières qu'il était tout à fait vain, maintenant, de tenir ouvertes. Tout à coup, avec une grande lenteur, il se sentit descendre dans un puits sans fond qui venait de s'ouvrir sous ses jambes. Il tomba la face dans la neige. Il eut l'impression de perdre son être en une seconde. Il plongeait dans le gouffre du mystère d'où sa vie était venue, comme attirée irréversiblement par lui. Il eut encore le temps de penser qu'il n'aurait pas assez de l'éternité pour apprendre à sonder l'étendue de ce mystère qui dépassait de beaucoup les confins de l'univers.

38

A travers ses larmes, la première chose qu'il vit fut le chapeau, posé à terre, près de lui. Il se trouvait couché à même le sol. Son dos lui faisait mal. C'était la fumée qui l'avait fait revenir à lui. Une épaisse fumée que dégageait un maigre feu de brindille. La fumée faisait pleurer ses yeux et malgré le feu, il grelottait. Mais il était à l'abri, dans une borie où l'ombre régnait. Sa bonne étoile ne l'avait pas oublié.

La lueur des flammes laissait à peine deviner les formes. Il ne distinguait rien, mais il sentait confusément une présence. Au bout d'un moment, il finit par entrevoir, dans l'ombre, la silhouette d'un homme assis par terre, tout près de lui. Sa physionomie se précisait peu à peu. Les traits rustiques de ce visage buriné de vieux baroudeur aguerri, lui disaient quelque chose. Mais, s'il avait la certitude de connaître cet homme, il n'arrivait pas à situer dans quelle circonstance il l'avait rencontré. Quand ses idées furent plus claires, il se souvint d'abord vaguement, puis avec certitude, d'avoir entrevu ce visage à Coudourane, parmi les domestiques. Alors, la mémoire lui revint, il s'agissait du gardian qui parcourait les sentiers du Couron, un chapeau tromblon sur la tête.

Mais ce chapeau, posé à terre près de lui, avait été la première chose qu'il avait vue : un gibus tout râpé qui avait servi par tous les temps, contre la pluie et le soleil, le vent. Ce chapeau disait beaucoup de choses. C'était bien celui que le cavalier entrevu à maintes reprises dans le Couron portait, à l'époque du meurtre des bergers. Cet inconnu qu'il appelait « le gardian », à cause de ses cuissardes. Mais cela ne suffisait pas à donner à cet objet la légitimité d'une pièce à conviction et à son possesseur le statut de meurtrier. On ne pouvait fonder une accusation sur un simple chapeau. Un objet d'usage aussi courant et répandu ne pouvait à lui seul envoyer un homme à l'échafaud. Certes, en d'autres temps, on en avait décapité pour moins que ça ou pour tout autant, un jabot de dentelle, une perruque poudrée.

Cependant, cet homme qui était près de Debrume lui avait sauvé la vie. Il avait beau se dire qu'il était peut-être un assassin, il lui était avant tout redevable. A travers la fumée qui les faisait tousser, à travers le brouillard qui recouvrait encore son esprit après son épopée nocturne, il observait cette face cabossée qui ne pouvait pas être aussi cruelle que ce qu'elle laissait entrevoir. Il devait à l'inconnu une fière chandelle. Non seulement il l'avait délivré d'une mort certaine par congélation, mais de plus, il ne l'avait pas ramené dans les griffes de son ennemie, celle qui l'avait retenu prisonnier à Coudourane, la belle Evangéline de Bourdaine dans les bras desquels il avait eu le bonheur et le malheur de succomber.

Debrume voulut lui exprimer sa reconnaissance, mais l'homme dit, de sa voix rocailleuse :

- En ce bas monde, personne ne fait jamais rien pour rien. Vous allez comprendre très vite que nous avons partie liée et que je ne pouvais pas faire autrement que de vous sauver la vie.

Debrume n'avait pas imaginé capable de tant de mots un personnage aussi rustre. Il n'était pas au bout de ses surprises. Le feu laissait monter de longues flammes au milieu de la borie dont il occupait le centre. La fumée, happée par le froid du dehors, trouvait son chemin au sommet de l'encorbellement de pierres plates du toit. Autour du foyer, un peu d'espace permettait de rester frileusement assis, ou de se recroqueviller pour dormir.

- Je vous demande pardon pour l'inconfort, reprit l'homme avec quelque ironie dans la voix. Naguère, je vous aurais reçu dans la demeure familiale piémontaise, si nous avions eu le bonheur de nous rencontrer au Piémont. Cela aurait dû avoir lieu dans un passé lointain et vous n'auriez été qu'un gamin en culottes courtes. Si nous nous étions rencontrés avant que le Roi du Piémont n'ait fait de moi un paria poursuivi par la police et réduit à vivre de rapines, je vous eusse reçu plus dignement. Mais le passé ne vous quitte pas si facilement. Il finit toujours par refaire surface. La demeure familiale n'existe plus, mais son souvenir ne m'a jamais lâché. De même que le souvenir des événements dont je vous parle. Et les idées républicaines, si elles courent toujours, ne sont pas près de me sauver la mise...

Debrume, bercé par le roulement de cette voix d'homme aux accents d'Italie, se réchauffait peu à peu. Il buvait à petites lampées le café qu'il lui avait offert. Il pensait à ce à quoi il en était réduit aujourd'hui à cause de l'amour d'une femme volage. S'il voulait sauver sa peau, il lui faudrait servir les intérêts d'un homme au passé douteux dont il ne saurait sans doute jamais grand-chose, sauf ce qu'il voudrait bien lui en dire.

- Je suis désolé pour le drame qui vous a touché, interrompit Debrume, mais je n'ai rien à voir avec le roi du Piémont et je ne vois pas comment je pourrais vous être utile

Il était intervenu à tout hasard et sans grande conviction, se doutant qu'il ne s'en tirerait pas avec des paroles.

- Détrompez-vous, vous allez tout comprendre, mais il me fallait vous donner ces explications préalables. Le café est assez chaud, n'est-ce pas ?

L'homme s'installait le plus confortablement possible pour continuer son récit :

- Vous voyez, ici nous n'avons pas besoin de lampe. Nous sommes au milieu du feu. Nos vies sont au milieu du feu, la vôtre comme la mienne. Vous allez comprendre par où elles se rejoignent... et quand vous aurez compris...

Il se racla la gorge et entreprit de continuer.

- C'est le Comte Etienne de Claille qui m'a sauvé de l'impasse dans laquelle ma passion républicaine m'avait fourré. J'en étais alors réduit à vivre de rapines, comme n'importe quel brigand qui fréquente les routes du Piémont, comme je viens de vous le dire, lorsque je le rencontrais. A l'heure actuelle, je ne sais pas dire si cette rencontre fut une chance, mais sur le moment, je la crus providentielle. Il me fit des propositions alléchantes. J'entrai à son service et je le suivis en France. Mais il m'avait abusé. Après m'avoir contraint, sous la menace d'exactions contre ma famille restée de l'autre côté de la frontière, à des actions que je n'eusse voulu commettre à aucun prix, il a fini par dépasser les bornes. Il a réussi à salir mon honneur aux yeux d'une femme qui m'appartenait. Cette humiliation m'a décidé à me rebeller. Il était temps de lui nuire à mon tour.

J'ai surveillé de près les deux amants. Certes, la femme dont je vous parle n'est pas un parangon de vertu, nous le savons tous les deux, vous comme moi, et vous pouvez donc comprendre de qui je parle. Mais cela n'est pas une raison pour ne pas venger mon honneur comme il se doit. Si je ne le faisais pas, je ne pourrais plus me regarder dans une glace ».

Alors, Debrume se sentit sur la ligne de mire de cet honneur qui réclamait vengeance dans le sang. L'homme avait déchiffré l'ombre qui passait sur son visage, imperceptible sauf aux jaloux :
- Vous ne craignez rien, rassurez-vous. J'ai besoin de vous pour tout autre chose, et pour le moment, nous pouvons nous entendre.

Après avoir avalé quelques gorgées de café au goût de terre, il continua son récit :
- Ma vengeance devait être intelligente. Un coup de couteau entre les omoplates ne m'eût pas contenté. Je surveillais donc le couple, ses allées et venues. J'étais à Coudourane comme chez moi, en particulier ces derniers temps. Car j'étais l'homme de main à qui l'on pouvait tout demander. On me faisait confiance. Sans doute le Comte avait-il cru avoir acheté au prix fort cette confiance. Il croyait pouvoir tenir ma haine en respect. Il m'avait

sauvé de celle du Roi en me faisant passer en France dans la clandestinité, et il pensait que cela suffisait. Il se trompait.

J'eus donc le loisir d'entrer dans l'intimité de ce couple étrange. Ils ne sont guère réservés, il faut le dire. Et pour eux, la présence d'un subalterne compte moins que celle d'un chien ou d'un objet. De fil en aiguille, par de longues observations, je déduisais que le Comte avait quelques secrets pour la belle Evangéline, qui, en avait d'ailleurs tout autant pour lui. Mais c'étaient ceux du Comte qui pouvaient me servir. Quant à Evangéline, j'imagine bien, hélas, la teneur de ses secrets, mais je dois accepter qu'il en soit ainsi. C'est peut-être même ce qui la rend si attachante à ses amants. Vous savez toujours de quoi je parle.

J'avais l'occasion d'accompagner souvent mon maître dans ses absences prolongées. Je finis par remarquer un fait étrange. Les soirs où nous dormions dans une auberge de campagne, je le surprenais souvent en train de rédiger de longues lettres. Je remarquais qu'il ne se décidait jamais à me les faire porter ou à les confier à la poste. Je me dis que ces lettres devaient contenir des choses intéressantes. Je savais le Comte amoureux fou de Madame de Bourdaine. Il lui écrivait tous les jours et c'est moi qui me chargeais d'expédier les lettres qui lui étaient destinées. Mais ces papiers qu'il remplissait avec tant d'assiduité et qu'il serrait comme un trésor, ne pouvaient être de simples lettres d'amour. Il s'agissait de bien autre chose. Je ne me suis pas trompé. Je me dis que ces quelques feuillets pouvaient me tirer d'embarras, et qu'il me fallait entrer en leur possession.

L'homme s'interrompit pour attiser le feu, y remettre quelques branches qu'il rompit sur son genou. Puis il se leva et alla fouiller dans un havresac posé à même le sol. Il en retira un petit dossier de maroquin.

- Voilà, dit-il. Et je m'en vais vous lire tout cela, car je vous vois encore les yeux rougis par la fumée. Voilà ce que le Comte Etienne de Claille tenait serré dans ce porte-document dont il ne se séparait jamais. Une sorte de journal, somme toute, où se trouvaient ces quelques lettres adressées à un correspondant dont je ne sais rien, mais qui m'a l'air d'être quelqu'un qui le tient, quelqu'un de haut placé, qui a pouvoir sur lui. Sans doute subissait-il les mêmes pressions qu'il me faisait subir. On ne peut rien inventer si on ne l'a pas vécu soi-même. L'imagination est une chose vaine dans l'amour comme dans la douleur.

L'homme se mit à lire avec un peu de peine cette écriture serrée, s'approchant au plus près d'un petit quinquet qui dispensait un filet de noir de fumée. Quand il fut arrivé au bout de sa lecture, il fit la déclaration suivante, avec un brin de solennité dans la voix pour appuyer ses arguments :

- Si vous avez encore quelque ombre de sentiment pour Madame de Bourdaine, vous comprendrez aisément les dangers qu'elle encourt à la fréquentation de ce misérable. Vous voyez bien que nous avons partie liée. Et pas seulement pour cette raison. Mais, quoi que vous pensiez de tout cela, sachez que je ne vous lâcherai pas. Vous allez devoir passer par où je veux si vous voulez retrouver votre liberté. Et ne vous avisez pas de me jouer un sale tour, cela ne vous porterait pas bonheur…

Sa voix se faisait plus menaçante malgré les roucoulements onctueux de son accent d'Italie.

- Vous avez été son amant. Et n'oubliez pas que j'ai l'honneur pointilleux et le couteau facile. Pour vous, je n'ai pas besoin d'aller au plus subtil. Enfoncer une lame entre vos deux omoplates me suffirait… Ce serait même un plaisir ajouta-t-il avec un sourire quelque peu sardonique.

- Je sais ce que je vous dois. Et d'ailleurs, il me semble que vous avez été bien habile pour réussir à me mettre hors de portée du Comte...

- Je n'ai pas eu beaucoup de mal à vous laisser évader de Coudourane. C'est moi qui tenais les chiens. Je n'ai eu qu'à les lancer sur une fausse piste...

- Pourriez-vous me dire avant toute chose, pourquoi elle m'a enfermé après m'avoir traité avec autant... d'amitié ?

- Il y a une raison, soyez-en sûr ! Elle a eu vent de votre rencontre à Garmagne avec un certain Claude Avrillé. Or, elle se méfie de lui comme de la peste. C'est un policier. Il aurait tenté de lui nuire autrefois... Bref, je ne sais rien de cette histoire, mais elle n'a pas confiance en lui. Quant à cet Avrillé par contre, j'ai appris qu'il avait été à ses genoux et l'a poursuivie de ses assiduités pendant des années sans qu'elle daigne lui adresser un regard. Vu que vous aviez un quelconque rapport avec lui, elle a dû avoir peur de quelque chose. Pour ses amis du haut pays probablement. Elle a préféré les mettre à l'abri. Elle vous a devancé, il semble. Nous avons appris que vous étiez passé derrière elle et que vous connaissiez donc toutes ces personnes... Enfin, je ne sais comment, vous étiez sur la même affaire. Mais cela ne m'intéresse pas.

- Mais vous, qui l'avez enlevée ? Pourquoi ?

- Ce n'était qu'un enlèvement de comédie ! Il s'apparentait plutôt à une scène de ménage entre deux amants. Le Comte de Claille m'avait chargé de lui ramener Evangéline coûte que coûte. Il y avait un bon moment qu'elle ne venait plus à Coudourane. Et pourtant il avait fait construire cette magnifique demeure pour elle. Juste à l'endroit qu'elle avait choisi, et comme elle avait voulu. Il n'avait jamais bronché. Il avait cédé à tous ses caprices, et Dieu sait si elle en avait d'extravagants ! Des soieries contre les murs du petit salon, aux tableaux de Maîtres, aux lustres vénitiens des salles de réception… Cela a dû lui coûter une petite fortune ! Comme il y avait bien longtemps que je n'avais plus eu l'occasion d'un tête à tête avec elle, j'acceptais la mission avec l'intention de fêter nos retrouvailles à la barbe de Monsieur le Comte qui n'en a d'ailleurs jamais rien su. Nous avons pris beaucoup de plaisir à cette dispute. Elle s'est terminée par des nuits très agitées. Car le jour où je l'ai retrouvée parmi les rochers du Couron, nous eûmes une scène de jalousie magistrale. Avec des coups et des larmes. Puis nous avons fait l'amour là sous le soleil, parmi les rochers. Elle n'avait peur ni des insectes ni des pierres qui nous servaient de lit. Elle n'avait pas peur non plus de se donner en spectacle. Peut-être y prenait-elle même un certain plaisir… Nous avons été surpris hélas… Ces bergers sont partout dans la montagne.

Il avait les yeux dans le vague en évoquant ces moments. Puis, revenant à lui-même, il dit avec véhémence :
- Si je ne dénonce pas le Comte, c'est sur moi qu'il s'arrangera pour faire retomber la faute de crimes que je n'ai pas commis. Dans ces lettres et avec son témoignage qui compte davantage que celui du réfugié clandestin que je suis, il a de quoi m'envoyer en galère. Beaucoup de gens pourront témoigner que je suis son homme de main depuis des années. Mais je n'ai jamais tué personne et je ne veux pas payer pour lui qui a prémédité et organisé ces meurtres. De plus, vous pourrez me comprendre, je veux effacer mon passé. Je veux devenir un homme neuf. Vous avez été policier et vous devez connaître le diable. Faites-moi trouver une autre identité, vous me rendrez la vie. Et moi je vous remettrai ces lettres qui vous serviront à faire valoir ce que de droit. Car vous serez en possession des papiers du Comte de Claille. Ce sont des preuves à charge contre lui. Vous saurez les

utiliser à bon escient. Ce n'est pas seulement votre peau que ces précieux documents sauveront. Sans doute sont-ils pour quelques amis à vous de première importance. Les gens chez qui vous êtes allés, à Manosque et ailleurs... Vous n'avez pas d'autre choix que d'accepter ma proposition.

Quand il eut fini de parler, et sans attendre de réponse, il se leva. Debout, il touchait le toit de la borie. C'était un homme d'une grande stature, dont la barbe sauvage rappelait à Debrume l'ogre des contes de son enfance qui le faisait trembler. Une détermination terrible perçait dans sa voix sous ses discours empreints de civilité. Debrume n'avait pas l'intention de broncher. Pour le moment, il était entre ses mains.

- Allons, nous devons partir dit l'homme. Une longue route nous attend. Et je dois vous présenter du beau monde. Je suis sûr que cela vous plaira.

39

Les deux hommes s'affairaient à la lueur des torches. Debrume, encore engourdi, observait avec curiosité la dextérité de celui qu'il continuait en lui-même à appeler « le gardian ». L'homme lui avait pourtant dit son nom, et que tout le monde l'appelait maintenant Cinicchia. C'était un ami qui l'avait ainsi surnommé, par antinomie, pour se moquer de sa haute taille. Il tenait à ce surnom qui lui permettait de tenir hors d'atteinte des salissures du monde dans lequel il était contraint d'évoluer maintenant, le nom ancien et vénérable de sa famille, issue de la vieille noblesse piémontaise. Ce surnom masquait sa véritable identité comme sa barbe broussailleuse masquait son visage. Peu à peu, se révélait à Debrume, sous le rôle du maquignon, un personnage marqué de blessures profondes qu'il devait à des élans d'enthousiasme mal contrôlés pour la cause républicaine. Il lui semblait revenir en terrain connu. Ces blessures, il les connaissait, et il savait à quelles extrémités elles pouvaient mener celui qui en était atteint.

Tout en resserrant la sangle de sa selle, Debrume se demandait pourquoi Cinicchia montrait tant de sollicitude envers lui et tant de désir de lui donner des preuves de sa probité. Pour autant qu'il pouvait en juger par son récit, cet homme avait abandonné toute probité en route, lors de son dangereux engagement et des malheurs qui en avaient découlé. Elle était maintenant le cadet de ses soucis. Comme tant d'autres gens de son espèce, il avait dû s'arranger en tête à tête avec elle, de même qu'avec sa conception de l'honnêteté et de tous les auxiliaires de l'éthique. Cet homme avait ses raisons. Elles le tenaient par le cœur et avaient assez d'emprise sur lui pour le faire agir. Peut-être avaient-elles la même valeur pour lui que celles qui poussaient Mademoiselle Marthe. Il devait donc prévoir que son intransigeance serait la même.

Pour l'heure, Cinicchia avait décidé de se venger du Comte de Claille mais c'était surtout après Evangéline de Bourdaine qu'il en avait. Il savait cultiver sa jalousie avec soin, comme un tragédien d'expérience. Quand il parlait d'elle, il explosait dans des tirades sans fin, exprimant jusqu'à la lie la substance de ce sentiment douloureux à multiples facettes, aux relents de tendresse et de haine mêlées. La plaie restait ouverte. Sans doute avait-il vraiment aimé la jeune marquise volage, pour la haïr aussi bien.

- Sauf votre respect, ajoutait cet homme rustre, elle vous a traité de la même manière. Elle s'est moquée de vous comme elle s'est moquée de moi. Il n'y a pas de raison que nous ne fassions pas affaire ensemble… Plus tard nous règlerons nos comptes entre nous… si cela garde encore quelque importance…

Après tant de diatribes, Debrume finit par comprendre que l'assouvissement de sa jalousie devait lui servir de tremplin en même temps que de finalité. Cinicchia avait une idée dans la tête pour laquelle il était prêt à tout. Il voulait retrouver sa liberté, sortir des griffes du Comte de Claille, changer de vie. Il voulait retrouver son ancienne position, retourner en Piémont, faire réhabiliter sa famille. Pour cela il lui fallait un passeport, des papiers, vrais ou faux. Revenir à sa vie d'autrefois était pour lui la seule façon d'oublier Evangéline. Certes, redevenir l'homme honnête qu'il avait été lui tenait à cœur, mais plus encore, il voulait redevenir celui dont une femme n'avait pas encore sali l'honneur, celui qui savait dominer les femmes sans se faire manipuler par elles. Celui qui savait être fort en toute circonstance. Mais Evangéline l'avait envoûté. Il ne lui pardonnait pas de s'être servie de lui et de l'avoir entraîné dans son rêve tressé de sang et d'intrigues, de mensonges. Elle l'avait réduit à l'esclavage de l'esprit et du corps. Puis elle l'avait jeté comme un objet usé quand tout à coup elle était tombée dans les mains du Comte à qui elle faisait faire tout ce qu'elle voulait, mais pour qui elle était prête à tout. Debrume avait l'impression d'avoir devant lui un double de lui-même. Et tout à coup, sa propre douleur lui sembla du plus subtil ridicule. Il ne voulait pas devenir une caricature de tragédie. Sa vie, il voulait la porter ailleurs, sur d'autres lieux, intouchables, hors d'atteinte des bassesses. Ce serait le seul hommage qu'il pourrait rendre à Céleste. Restait à savoir s'il en était capable.

- Nous ne pouvons peut-être pas comprendre toutes les raisons qui font agir cette femme, s'aventura Debrume. Elle a peut-être, dans cette relation, des intérêts qui nous échappent et qui n'ont rien à voir avec l'amour. Peut-être interprétons-nous ses actes à la lueur de nos désirs et de nos manques... Même si elle s'est servie de nous, ne pourrions-nous pas plutôt... ?

- C'est moi qui décide de ce que nous pouvons ou non. Mais je vois que les affronts faits à votre honneur ne vous suffisent pas. Vous avez bien vu pourtant, par la lecture des lettres écrites par le Comte à je ne sais quel correspondant, que notre histoire va beaucoup plus loin qu'une simple vengeance pour des aventures d'alcôve. Car il est évident qu'aussi bien vous que moi sommes en danger de mort aussi longtemps qu'elle manigance on ne sait quoi avec le Comte de Claille. Ne faites pas l'innocent. Vous avez bien vu de quoi il s'agit : police secrète et secrets d'état. Mais si nous savons nous servir subtilement de ces monnaies d'échange que sont ces lettres, nous pouvons obtenir tout ce que nous voulons. Il faut seulement parler aux personnes intéressées. C'est moi qui détiens ces lettres et c'est vous qui pouvez convaincre qui de droit. Et sans oublier de trouver le moyen de me faire faire des papiers. Dans votre métier, vous avez dû déjà rencontrer quelque habile faussaire. Sans moi, vous êtes considéré autant que moi-même, comme un danger à éliminer. On n'aura pas peur de vous supprimer, je suis bien payé pour connaître le genre de la maison... C'est pourquoi je ne vous laisserai pas le choix. Je vous le répète, nous n'avons peut-être rien à voir l'un avec l'autre, mais nous avons partie liée !

Ils se mirent en selle aux premières lueurs de l'aube. Le vent s'était levé et balayait les traces sur la neige, soulevant de petits tourbillons indécis qui, après avoir hésité, allaient se coller contre les branches noires des maigres arbustes et buissons épars sur le plateau. Le froid saisissait les chevaux qui enfonçaient leurs membres dans la neige et avançaient par coups irréguliers, poussant des postérieures quand ils plongeaient dans une anfractuosité du terrain que la neige cachait à la vue. C'est à pas comptés qu'il fallait marcher, le visage emmitouflé pour se protéger du vent cinglant.

Il y avait plusieurs heures qu'ils avaient quitté le confort de la borie enfumée lorsqu'ils aperçurent ce qui devait être un toit dont la forme géométrique se détachait de la morne platitude de ces terres enneigées. On arrivait.

Il s'agissait d'une grange isolée qui avait trouvé sa place au creux d'un abaissement du terrain. A la belle saison, on y déposait les outils, on y engrangeait le foin et on y mettait le mulet à l'abri pendant qu'on travaillait aux champs. C'était une bâtisse insolite et succincte. Cinicchia, le gardian, y avait un complice qu'il traitait comme un subalterne. Ce dernier les fit grimper par une échelle extérieure en leur disant :
- Ils ne se douteront de rien. Je vais cacher les chevaux et vous apporter de quoi vous restaurer.

Puis l'homme disparut derrière la bâtisse, tirant les chevaux par la bride.

Le grenier tapissé de foin était d'un grand confort après ces heures de marche forcée. Malgré le froid intense, ils s'installèrent et ne firent plus un geste.
- Ne vous avisez pas de changer d'idée, ça pourrait vous coûter cher… quoi qu'il arrive… ne m'acculez jamais au désespoir !

Les heures commencèrent à s'écouler, et eux à attendre. Ils se réchauffaient de quelques goulées d'eau de vie. Debrume sortait sa montre de son gousset et observait la lenteur avec laquelle les aiguilles se déplaçaient. En fixant son attention, il essayait d'effacer la trahison de celle qui avait enflammé ses sens. Mais les images qui lui revenaient sans cesse, celles de ses nuits d'amour avec Evangéline, éloignaient de lui tout autre image. Le visage d'Evangéline était planté au centre de son désir comme le souvenir de ses soupirs d'amour et de son corps d'albâtre. L'acuité de leur présence le faisait trembler. Tout le reste s'éloignait à grands pas.

Ces images avaient le pouvoir de tout effacer dans sa tête. Elles faisaient disparaître le souvenir de Marthe autant que celui de Céleste, dont il était le double. Le souvenir s'en allait loin de lui, dans la brume des années, chassé par les besoins du corps, la tyrannie de la vie qui continuait de battre en lui. Il eût fait n'importe quoi pour retenir le passé, mais il était maintenant trop tard. Le souvenir et la douleur avaient été effacés par l'inconséquence de ses actes, et laissaient en lui-même un vide qui, il le savait, ne pourrait plus jamais être comblé.

Car c'était à une solitude terrible que sa distraction l'avait mené. La fête des sens avait obscurci le passé, anéanti quelque chose de lui-même. Un phare s'était éteint au milieu de la nuit et, dans la noirceur, il n'était plus sûr de retrouver un chemin quel qu'il soit. La vie était un tyran qui reprenait ses droits et ne ménageait rien, ni les sentiments, ni les décisions de la volonté. Etres de besoin, nous étions comme des enfants perdus. Des enfants qui ne grandissaient jamais, qui n'apprenaient rien, s'ils ne refusaient pas de s'abandonner à cette force inextricable qui dominait leur vouloir et qui tissait subrepticement leur destin.

Il en était là de ses pensées quand des bruits de voix fendirent le silence. On entendait le cliquetis du harnachement des chevaux dont on n'avait pas perçu les pas que le tapis de neige avait absorbés.

- Nous y sommes, dit Cinicchia. Regardez bien et surtout silence. On ne ferait qu'une bouchée de nous.

40

Un interstice avait été ménagé entre les solives disjointes qui soutenaient la récolte de foin de l'été. A travers cet espace assez étroit pour qu'ils ne puissent être vus, ils ne pouvaient rien perdre de la scène qui allait se dérouler sous eux, dans le vaste local débarrassé, pour l'occasion, des outils et des charrues. L'endroit était sombre, dépourvu de fenêtres et possédait pour toute ouverture, une large porte de chêne. La lumière de l'extérieur n'y pénétrait pas. Il avait été aménagé pour accueillir plusieurs personnes. On avait grossièrement cloué quelques planches pour servir de bancs autour d'une longue table de même facture.

Ils étaient restés dans l'obscurité longtemps. Au bout de plusieurs heures d'attente, quelque chose avait remué sous eux. C'était l'homme qui les avait reçus et qui était à la botte de Cinicchia. Il s'affairait autour des derniers préparatifs. Après avoir fait du feu dans l'angle déjà noirci par la fumée, il avait posé des bougeoirs d'étain sur la table, disposé quelques calens à huile dans les angles les plus sombres.

Lorsque les premiers cavaliers étaient arrivés, il les avait introduits en prenant des airs de majordome. Il avait disposé leurs houppelandes devant le feu pour les faire sécher. Puis il avait servi du vin chaud. Tout cela sans une parole.

On avait attendu pendant une heure encore. Les hommes en présence avaient commencé peu à peu à se parler à voix basse, comme de peur d'être surpris. Quelques mots qui parvenaient à Debrume disaient assez que leur langue lui était inconnue. Son compagnon l'informa :

- C'est du piémontais. Il faut se lever tôt pour les comprendre. C'est une langue d'ostrogoths, pleine de rudesse, mais qui a des subtilités, comme, d'ailleurs, sous leur aspect bourru, les gens qui la parlent.

- En effet, les subtilités de cette langue contiennent des intentions profondes qu'elle ne dévoile que parcimonieusement, ajouta Debrume avec un sourire, une délicatesse impossible à prévoir.

- Ceux-ci n'ont peur de rien. Ce sont des charbonniers, des rustres, des hommes des bois aguerris contre toutes sortes de dangers. En d'autres temps ils eussent été mes amis. Vous savez comme les *carbonari* sont liés à la cause.

Puis on entendit à nouveau de l'agitation à l'extérieur, des bruits de voix. La porte s'ouvrit en grand. Evangéline entra, apportant une bouffée de fraîcheur revigorante et de beauté sauvage parmi ces hommes vêtus de sombre et qui parlaient à messe basse. Ils se levèrent d'un bloc, respectueusement.

Quand elle eut quitté sa pelisse, Debrume reconnut le plumet quelque peu défraîchi de son chapeau d'amazone. Un homme était entré avec elle et l'aidait à s'asseoir. Sa sollicitude l'agaça. Elle le repoussa d'un geste brusque du bras. Il se le tint pour dit et resta debout derrière d'elle, comme un valet ou un garde du corps, aussi immobile qu'une statue de pierre.

- Le Comte de Claille dit Cinicchia dans un souffle de voix.

- Mon cher, vous vous trompez. Quant à vous, je ne sais pas, mais cet homme n'est pas plus Comte que moi, rétorqua Debrume. Je le connais très bien. C'est un imposteur !

Comme Cinicchia, décontenancé, ne disait plus un mot, il ajouta, avec une ironie mal contenue dans la voix :

- Vous dite que c'est lui, le Comte de Claille, qui vous a tiré des griffes de la police du Roi du Piémont ? Mon cher Cinicchia, si vous saviez de qui il s'agit réellement, vous n'en dormiriez plus la nuit !

Mais Cinicchia eut beau le questionner, Debrume garda le silence sur l'identité de l'homme. Il pensait à Marthe et à ce qu'elle encourait en faisant confiance à Evangéline de Bourdaine. Et il se faisait à l'évidence qu'accepter le marché proposé par Cinicchia n'était pas la plus mauvaise affaire qu'il pouvait faire pour venir en aide à Marthe.

Les lettres conservées comme preuves d'on ne sait quel mensonge, et que Cinicchia venait de lui lire, prouvaient que l'homme qui vivait dans l'intimité d'Evangéline, était en contact serré avec la police secrète de l'empire et qu'il n'était pas près de sortir de ses griffes. Aujourd'hui, alors que dans le plus grand secret, Evangéline avait réuni ses troupes pour une nouvelle affaire, prenant la précaution d'éloigner son monde autant de Coudourane que des autres lieux connus d'eux, cet homme était comme chez lui, bien que rejeté au rang de subalterne. On ne pouvait encore savoir qui allait être la dupe de ce piège qui se tramait et dont les limites semblaient situées bien loin dans le temps et les intentions. Mais il était certain que le piège était en place. Evangéline risquait de payer très cher le mépris qu'elle avait pour le Comte et sa méprise au sujet de son identité. Et Marthe Regardini également, par voie de conséquence.

Quant au Comte, posté derrière Evangéline qui l'avait ridiculisé plusieurs fois par des paroles glaçantes et sans ciller le moins du monde, il continuait de se tenir coi et comme détaché de tout ce qui se passait autour de lui. Alors que tous se taisaient, il avoua, sur le ton de la conversation mondaine, qu'il avait le regret de ne pas parler le piémontais. Les charbonniers le regardaient comme une poule qui a trouvé un couteau.

Mais on continuait d'attendre. Le silence ouaté du plateau avait pénétré à l'intérieur. Il accompagnait de son continuo le crépitement du feu et le léger bruit des respirations des hommes qui se tenaient immobiles. C'est alors que, venant de très loin et comme creusant lentement un sillon dans l'épaisseur de ce silence, on put percevoir un léger sifflement.

- Voilà le traîneau dit Evangéline.

D'autres personnes arrivèrent, faisant entrer des bouffées de neige et de froid dans la grange enfumée. Ils échangèrent des propos chaleureux avec leur hôtesse qui les accueillait comme des amis. Ils ne parlaient pas le piémontais, mais l'italien, une langue que Debrume était en mesure de comprendre. C'étaient des gens d'une grande distinction, qui s'accordait mieux avec les manières empressées du Comte. Ce dernier put faire valoir ses façons mondaines. Mais Evangéline interrompit son élan en prenant la parole :

- Je me réjouis de vous accueillir enfin. Nous avions fini par ne plus y croire, mais nous réussissons à nous rencontrer ! La réunion de Maussignac a été annulée au dernier moment. Je regrette d'avoir dû le faire, mais le danger, même s'il n'était pas prouvé qu'il y eût danger véritablement… Enfin, on ne peut rien laisser au hasard dans notre cas. Quelqu'un dont je n'étais pas sûre rôdait autour de vos demeures, je me devais de vous protéger. J'ai pu vous intercepter à Castellane et éviter de nous faire tous massacrer à Maussignac, à l'instar de nos amis d'Aiglemont assassinés, il y a quelques années lors d'une de leurs réunions et dont nous devons garder la mémoire. Mais aujourd'hui, même si nous devons encore nous protéger de la police et d'éventuelles infiltrations, il semble que le danger soit écarté. Des dispositions ont été prises pour neutraliser… Enfin nous avons fait le travail habituel dans ce genre de cas. Quant à Monsieur le Comte de Claille que vous voyez à mes côtés, c'est un ami très cher et je réponds de lui. Mais vous savez déjà sans doute pourquoi nous sommes ici…

Les charbonniers écoutaient impassiblement. C'était toute la passion qu'ils savaient montrer. Puis ils se mirent à parler entre eux dans un bourdonnement de voix mêlées. Les derniers arrivés se firent expliquer l'affaire, et on finit pas s'entendre en utilisant le minimum de mots. La conversation s'anima quand on se mit à parler de la mise de fonds, mais l'essentiel avait déjà été dit.

- Nous allons nous séparer et continuer chacun de notre côté cette tâche ingrate qui est la nôtre depuis plusieurs années, et ce, jusqu'à ce que la date soit fixée. Je vous tiendrai informés toujours pas le même canal. Si rien de nouveau ne s'est profilé d'ici là, vous saurez en temps utile où nous nous rencontrerons la prochaine fois. Si les choses se passent comme prévu, chacun saura où il doit se trouver à la date précise qui lui sera communiquée en temps utile. Le cabotage en Méditerranée présente parfois des dangers inattendus qu'il vaut mieux affronter séparément. Ne vous munissez pas de lettres de change mais d'or sonnant et trébuchant. Pour le reste, les recommandations habituelles sont de rigueur.

On se salua discrètement, sans effusion, comme si on devait se retrouver le lendemain autour de la même table. Mais les airs détachés qui se lisaient sur les visages en disaient long.
Chacun sortit dans le froid du plateau. Le cliquetis du harnachement des chevaux anima le silence, ainsi que quelques hennissements dont la neige renvoya un écho étouffé. Puis, on entendit le glissement léger du traîneau. Il sonna aux oreilles de Debrume comme un soupir profond, lourd d'angoisse. Comme un appel secret qui lui aurait été adressé et qui venait de très loin, mais il ne savait d'où.

41

Après une interruption forcée due aux intempéries d'un hiver particulièrement redoutable, le brigadier Marino avait recommencé de faire sa ronde au crépuscule, selon l'habitude contractée depuis qu'il avait été détaché à Couraurgues. On pouvait voir déambuler lentement son bicorne d'une rue à l'autre, comme s'il se déplaçait seul au-dessus des murets de soutènement que l'on avait construits l'année précédente, pour délimiter certaines places du village. Les enfants s'en amusaient beaucoup. Ils se mettaient en poste pour le surprendre, armés de leurs lance-pierres.

L'hiver avait été rude à Couraurgues comme ailleurs. Mais le froid venait de desserrer son étau, la neige de libérer les rues, et on pouvait maintenant marcher sans risque de se casser le coup ou de se faire emporter dans une glissade. Le froid avait laissé place à des tourbillons d'air plus tiède qui circulaient entre les maisons. Le village sortait avec lenteur de l'engourdissement de l'hiver. On recommençait à travailler dehors, dans l'enclos des jardins. Au lavoir on n'avait plus à casser la couche de glace et l'eau était revenue aux fontaines.

Marino, quant à lui, se sentait vivifié par la douceur de l'air qu'il avait tellement espérée. Pendant de longues journées, où une lumière blafarde perçait à peine la couche de nuages qui obscurcissait le ciel, il avait vécu comme les autres dans une sorte d'apathie forcée, tournant en rond sans pouvoir sortir son cheval de l'écurie, n'ayant plus que le plaisir de passer des heures auprès de lui et de le panser. Cette première sortie était donc une fête.

Il était heureux de reprendre le chemin de la gendarmerie pour constater l'avancement des travaux. Avant l'arrivée du froid, on en avait réalisé les fondations. Lorsque les premiers murs étaient sortis de terre, les ouvriers avaient fêté l'évènement à grands renforts de vin rouge offert par l'entrepreneur. Mais la neige était arrivée et, comme si elle avait voulu anéantir leurs efforts, elle avait recouvert ces moignons encore incertains et tout immobilisé sous son silence pendant de longues semaines. Aussi, c'était avec un évident plaisir que le brigadier avait salué, le matin même, la nouvelle équipe qui reprenait le travail, après ce temps d'arrêt malencontreux. Le brigadier, dont les brandebourgs brillaient de tous leurs ors, comme à la parade, reprenait confiance. Cette tournée journalière, impossible sous la neige, lui avait beaucoup manqué.

Ce jour-là, c'est donc avec grand plaisir qu'il avait briqué les sabots de son cheval, heureux comme un enfant à qui on a promis un tour de manège. Et c'est parce qu'il dégustait avec avidité son bonheur qu'il ne vit pas ce qu'il aurait dû voir et qui l'eût sans doute amené à changer son fusil d'épaule, à durcir sa surveillance, à prendre la décision qui s'imposait. En effet, il ne vit rien de ce qu'il eût été essentiel de voir. Et d'ailleurs, le temps où il aurait pu voir dura si peu qu'on ne pouvait l'incriminer. Cela avait été un instant aussi fugace qu'un éclat de bonheur. Et il était passé près de Marino sans l'atteindre.

Le brigadier venait de quitter son poste d'observation sur le rempart ouest quand la chose eut lieu. Son impatience de ce jour précis à jouir de son plaisir retrouvé l'avait empêché de s'y attarder. S'il avait été un tant soit peu attentif, comme tout le monde il eût vu arriver de loin un cavalier. Sa vue n'avait échappé à aucun villageois. Dans les familles, sous la lampe, on ne manqua pas, le soir même, de parler de ce cavalier qu'on avait eu tout le temps de voir venir, tant il marchait lentement, et qui s'était volatilisé par la suite, comme par magie. Personne ne l'avait plus aperçu de la journée.

Il faut dire que, depuis l'arrestation du berger Augustin, on était sur ses gardes. On n'avait certes pas cru une minute que c'était lui qui avait pu faire le coup. Le mal avait montré à maintes reprises qu'il venait toujours de loin, de l'extérieur du village. C'est pourquoi on était particulièrement sensible à la vue d'un cavalier inconnu. D'autant que celui-là avait de quoi mettre la puce à l'oreille. S'il ne portait ni cuissardes, ni chapeau tromblon, ces accessoires dont on avait parlé tout l'hiver au coin de l'âtre, il avait eu un comportement qui ne devait pas laisser indifférent. Son allure même ramenait à des souvenirs de drames qui s'étaient déroulés plusieurs années auparavant et dont on considérait qu'on avait fait les frais, en y laissant de belles plumes.

Le cavalier, qui portait un long manteau couleur de poussière couvrant le dos de sa monture, avait emprunté un trajet pour le moins incongru. Un trajet qui, étrangement, ne l'avait pas mené au village. Il avait traversé la plaine du Can dans toute sa longueur et à découvert, car il semblait ne craindre aucun danger. Il avait remonté le sentier le long du lit de la rivière, sans avoir craindre de couper par les champs labourés qui, eux aussi, sortaient à peine de la longue léthargie à laquelle la neige les avait contraints. Puis, il s'était dirigé, d'un pas lent mais sûr, du côté du Couron. Il avait gravi les collines de genêts desséchés par le froid qui ressemblaient à autant de balais fichés dans la terre par le manche. Arrivé tout près du Couron, il avait pris sur la gauche, s'éloignant encore du village, en direction de l'ouest. On l'avait vu réapparaître entre les touffes d'églantiers et un chemin creux l'avait à nouveau avalé. On s'était alors posé la question de savoir où il allait. Pourquoi ne venait-il pas directement au village, pourquoi n'empruntait-il pas les sentiers qui mènent aux bergeries ?

Quelqu'un avait dit « Combeferres ! ». A ce nom, on décida aussitôt de dépêcher un drôle, pour savoir ce dont il retournait vraiment. L'enfant reporta la scène qui laissa tout le monde sur sa faim.

Le cavalier s'était en effet avancé jusqu'à Combeferres. Il avait traversé les halliers qui cachent à la vue l'emplacement de l'ancien château. A l'aide d'une machette, il avait dégagé le sentier qui menait aux ruines. Le garçon l'avait suivi. Il avait vu ce qu'il avait vu, mais il n'y avait pas grand-chose à raconter.

Le cavalier avait mis pied à terre. Il parlait doucement à son cheval qui le suivait comme un chien pendant qu'il faisait le tour de l'ancienne demeure. Jusqu'au moment où il le conduisit à l'abreuvoir qui existe toujours, à côté du puits, où coule l'eau d'une source qui ne tarit jamais. Pendant que le cheval buvait, le cavalier lui flattait l'encolure tout en regardant les ruines, comme s'il espérait y voir quelque chose. Il resta là si longtemps et si immobile, que le garçon s'était impatienté. La nuit commençait à tomber. Sous le couvert des arbres, le cavalier et son cheval étaient devenus des ombres irréelles. Dans la lueur blafarde du crépuscule, ils ne bougeaient pas plus que des statues, comme s'ils avaient été tout à coup pétrifiés par quelque maléfice. Le garçon, qu'on avait désigné parce qu'il ne se laissait pas facilement impressionner, se souvenait vaguement du mystère qui avait terrorisé le village, pendant son enfance. Il ne s'aventurait jamais dans ce lieu inquiétant. Le froid du soir et la peur l'avaient saisi. Il était rentré au village dare-dare. Sous la pression des questions, il n'avait su quoi dire de plus que ce qu'il avait vu, et ce n'était pas grand-chose.

On avait beau imaginer ce cavalier, seul, immobile, devant des ruines couvertes de lierre, ces ruines qui rappelaient de tels néfastes souvenirs qu'on avait voulu les oublier, on ne comprenait pas les raisons de l'intrusion de cet inconnu. On le voyait, tel une statue, essayant de dialoguer avec les éléments jusqu'à la nuit noire. Certains disaient qu'il parlait avec la lune et les étoiles peut-être pour appeler quelque malheur sur le village. Mais qui pouvait désirer nuire à de pauvres villageois ? Quelqu'un qui aurait des raisons de leur en vouloir ? Quelqu'un qui préparerait une vengeance ?

Alors, la peur les avait tous gagnés. Et dans cette peur irraisonnée qui se multipliait à force de la vivre ensemble, un nom était revenu tout à coup sur les lèvres, un nom que lui aussi, on avait tenté d'oublier, car il représentait la mauvaise conscience collective : « Mademoiselle Marthe ».

Personne ne put dire qui l'avait prononcé le premier, ce nom qui leur avait apporté tant de malheur et de honte. C'était le manteau couleur de poussière qui avait dirigé les esprits vers ce nom. Dès lors, il passa de bouche en bouche, avec cette terreur qui n'éloigne pas le danger mais le rend encore plus présent et redoutable.

Ce soir-là, on alla se coucher en se claquemurant. On éteignit les lampes très tôt. C'est la raison pour laquelle on ne put voir, (ni Marino, ni personne), le même cavalier dont on avait tant parlé, arriver au village, au milieu de la nuit. Sans descendre de cheval, il tapa à la porte de l'auberge, des coups si légers, que personne ne l'entendit. L'hôte seul fut réveillé et d'ailleurs peut-être seulement parce qu'il avait quelque mal à prendre le sommeil. Il entrebâilla un volet sans montrer son visage.

« J'ai une lettre pour Monsieur Debrume dit le cavalier. Je la glisse sous votre porte. Vous la lui remettrez dès que vous le verrez. Essayez d'être discret. Cela concerne sa profession. C'est un document officiel. Et de la plus haute importance. Des vies humaines sont en jeu. »

Le cavalier avait dit cela à toute allure, d'une voix basse, comme entravée par quelque gène des cordes vocales, avec des phrases dont la sècheresse accentuait l'autorité. L'aubergiste dit qu'on pouvait compter sur lui. Puis il referma promptement son volet, sans demander son reste, heureux que la requête qui lui était faite s'arrêtât là.

Ceux qui ne dormaient pas, et il y en avait beaucoup ce soir-là, entendirent s'éloigner lentement le bruit régulier des sabots du cheval sur les pierres de la place. Cette nuit fut la plus longue nuit des habitants de Couraurgues. On se tortura l'esprit et on sollicita son imagination, pour trouver des justifications à des actions dont on n'était pas fier. Mais fort heureusement, ils savaient tous comment reconstruire des faits dont ils n'avaient pas été témoins, et leur trouver des origines magiques si besoin était. Ils y étaient entraînés par les longues saisons d'ennui et de vie en vase clos. Le lendemain, ils seraient fins prêts pour rencontrer leurs semblables. Les langues iraient bon train, qui s'emploieraient à étaler le produit de leurs réflexions nocturnes. Seule la perspective de ce plaisir, l'un des rares qui leur était octroyé, leur permit d'oublier la peur et de trouver quelque apaisement, cette nuit-là.

42

Les hasards et coïncidences des derniers évènements semblaient n'être gouvernés par rien ni personne. La question gênait Debrume. Pour s'en débarrasser, il avait beau lui attribuer le nom de destin, il devait reconnaître qu'il y avait de quoi remettre en cause sa conception un peu bâclée de cette notion, qu'il avait un jour définitivement rangée dans un coin de son esprit pour ne plus jamais y revenir. Il aimait faire du ménage et de l'ordre dans sa tête, raison pour laquelle, depuis longtemps, il avait choisi de laisser définitivement la question de Dieu hors du cercle de ses pensées. Mais cet enchaînement de choses qui, depuis plusieurs années, le faisait errer comme un chien perdu et dirigeait inlassablement ses pas vers Marthe, le dérangeait. Son esprit s'embrouillait dans le dédale des émotions que les situations suscitaient sans pour autant lui permettre de donner un tour stable à ses jours.

Il ne pouvait encore savoir (mais le saurait-il jamais ?) si aujourd'hui, il avait emprunté ou non la bonne route. Il avait bien conscience de n'être pas le seul à ne pas savoir. Un jour, il y avait une route qui se présentait devant soi, on l'empruntait et le tour était joué. Plus moyen de revenir en arrière ou de changer de cap. Il fallait se contenter de cette voie qui s'était ouverte et qu'on avait prise comme par inadvertance. Même si on savait que d'autres étaient possibles, on ne les connaîtrait jamais. On devait continuer sur celle-ci, en s'efforçant d'oublier son étroitesse, parce qu'elle était devenue la seule.

Lorsqu'il revint à Couraurgues, Debrume reçut la lettre qui avait été remise à l'aubergiste par le cavalier inconnu, de passage pour un soir, et qui avait disparu comme il était venu, sans bruit et sans laisser d'adresse.

De retour dans sa maison abandonnée depuis plusieurs semaines, il avait juste pris le temps d'ouvrir sa porte et d'allumer sa lampe. Il avait lu la lettre aussitôt. Il avait commencé par se maudire pour avoir mis tant de temps à revenir chez lui. Car cette lettre confirmait ses peurs. Une nouvelle cassure se faisait sur sa route. Encore une fois, il arrivait trop tard.

Et pourtant il n'avait pu faire autrement. Tout avait été dicté par la volonté de ce Cinicchia qui le tenait sous sa férule. Il ne l'avait pas lâché une seconde tant qu'il n'avait pas obtenu ce qu'il voulait. Il n'avait pas fallu lambiner tant il y avait eu de choses à régler. Certes, ses journées avaient été si bien emplies, le résultat de ses démarches si positif qu'il n'avait rien à regretter.

Après la réunion de la grange, à quelques lieues de Coudourane, ils étaient revenus à la borie salvatrice. Ils s'y étaient installés comme pour y passer leur vie. Cinicchia avait des provisions de bouche en abondance et de quoi nourrir les chevaux, malgré le peu d'espace que la cabane de pierres offrait.

Debrume avait bien essayé quelquefois de lui fausser compagnie durant la nuit, mais Cinicchia avait le sommeil aussi léger que celui d'une libellule. Il avait encore tenté, en plein jour, de l'assommer pour lui voler les lettres et s'échapper. Mais l'homme avait mal pris la chose et avait fini par le ligoter comme un saucisson, lui rendant la vie très inconfortable. Il lui était donc paru inévitable, après ces tentatives toutes malheureuses, de passer par où il voulait.

Ce que cet homme demandait froissait sa conception de l'honnêteté. Mais, il décida qu'il fallait parer au plus pressé et que pour l'honnêteté, il ferait comme bon nombre de gens, il verrait plus tard. Car il était bien contraint de trouver de quoi faire rentrer en Italie son bourreau. C'était la solution la plus facile pour se libérer de lui. Il fallait donc un passeport, vrai ou faux, peu importait. Bon gré mal gré, il entreprit les démarches nécessaires. Pour ce faire, il fallut s'établir à Aix pendant quelques jours. Cinicchia trouva une mansarde à punaises qui leur servit d'hôtel. Ils mangeaient des quignons de pain et dormaient sur une paillasse. Et dans la tenue peu représentative qu'ils arboraient et qui les faisaient ressembler à des hommes des bois ou à des bandits de grands chemins, ils pouvaient se rendre chez tous les faussaires du monde sans attirer l'attention.

Quant aux papiers dérobés au Comte, pour éviter que l'affaire ne remontât jusqu'au préfet, il fallait jouer serrer. Il s'agissait de protéger Marthe. Pour ce faire, Debrume eût voulu avoir encore le poids que son statut de policier lui donnait autrefois. Mais il n'était plus rien. S'il s'était présenté à la police, on lui eût dit tout simplement de tenir à l'esprit qu'il ne faisait plus partie de la maison et qu'un juge pointilleux pourrait trouver à redire à ses agissements. Ses états de services précédents ne suffiraient pas à le blanchir, si on avait besoin d'un coupable. Bref, on lui aurait conseillé de se mêler de ses propres affaires, et ce, dans le meilleur des cas. Un véritable ami lui eût dit : « Ces papiers sont un brûlot, tu devrais les mettre au feu… ». Mais Debrume n'avait pas d'amis.

Il n'avait que Marthe. Elle seule valait la peine. C'était pour ne pas lui nuire qu'il se devait à la plus grande prudence. Encore une fois, sa décision dépendait d'elle. Il avait déjà trahi pour elle, il n'était plus à une trahison près. Selon sa bonne habitude, et de même qu'il rangeait les notions d'éthique et de métaphysique dérangeantes dans un coin de son esprit pour y voir plus clair dans la vie, il avait décidé de remettre ces questions qui le tourmentaient à plus tard.

Il avait donc fallu passer par la volonté de Cinicchia avant d'envisager autre chose. Debrume connaissait un vieux faussaire avec qui il avait eu à faire autrefois. Il avait pu le tirer d'un mauvais pas grâce à un fructueux échange qui lui avait permis de résoudre une affaire délicate. Il en avait tiré quelques galons. Il gardait un bon souvenir de cette collaboration. L'homme avait vieilli mais il n'avait pas perdu la main. Cela prit quand même une quinzaine. Après quelques semaines de cohabitation forcée, les deux hommes s'étaient séparés. Cinicchia eut des effusions inattendues.

Voilà pourquoi Debrume était arrivé à Couraurgues bien après le passage du cavalier. La lettre fut comme un baume sur son cœur. Finalement, les documents qu'il avait eu tant de mal à acquérir allaient pouvoir servir à quelqu'un. Ils lui avaient coûté quelques déceptions amoureuses et quelques aventures enrichissantes, certes un peu fatigantes, et il voyait arriver enfin le bout de ses peines. De cette sorte d'épilogue, quelque chose allait peut-être naître.

Car à nouveau, et de façon inespérée, Mademoiselle Marthe, faisait appel à lui. Toujours sans nouvelle d'Evangéline, elle devait entreprendre un long voyage et voulait le voir avant son départ. Et c'était au moment où elle allait la quitter qu'elle lui révélait enfin cette adresse qu'il avait tant cherchée. Elle se situait non loin de Nice, sur les collines qui bordent la rive droite du Var.

C'était une erreur de l'avoir laissé partir, sans partir avec elle, autrefois. Mais il n'avait su faire autrement. Paralysé devant elle, assailli tout à coup par la masse de choses qu'il ressentait et incapable de leur donner un nom, il l'avait regardée s'éloigner dans le froid de l'hiver, toute menue sous son capuchon de fourrure, avec ses voitures chargées, ses chevaux, et pour seule protection son fidèle Utto[1]. Il était resté au milieu du chemin. Son cheval humait l'air sans comprendre cette halte. Quand il avait réalisé l'erreur qu'il venait de commettre, il était trop tard. Elle était déjà loin. Il avait eu beau la chercher partout, il ne l'avait revue qu'au bout de plusieurs années, de manière fugace, il y avait juste quelques mois. Il avait dû la quitter aussitôt, seulement pour lui être utile et parce qu'elle le lui demandait.

---

[1] Cf *Selon le feu*

Mais aujourd'hui, elle l'appelait auprès de lui et lui donnait le moyen de s'y rendre. Quant à lui, il avait des documents, en sa possession, qui pouvaient aider sa cause. Il avait quelque chose de concret à lui remettre, et non plus de vagues intentions ou des sentiments incertains. Il était en mesure de lui faire cette offrande qui pouvait justifier sa présence auprès d'elle, comme lorsqu'il lui avait remis les lettres de Bonacci traduites par Avrillé et qui retraçaient l'essentiel de sa vie. La boucle pourrait alors se refermer et tout s'arrêter là, lui laissant le sentiment positif d'avoir accompli quelque chose d'utile pour elle, en reconnaissance de tout ce qu'il lui devait, ce rêve qu'elle lui avait permis, l'image de Céleste qu'elle lui avait rendu. Il la quitterait sans regret. Et leur amitié prendrait fin là, sans lui laisser d'amertume.

Mais tout aussi bien, les choses pouvaient se passer autrement. La spirale de la vie pouvait encore dérouler les couleurs mordorées de ses promesses, de ses illusions et de ses troublantes réalités. Une nouvelle voie pouvait s'ouvrir, et, pour une fois, cette constatation le remplissait d'espoir. S'y engager sans possibilité de replis semblerait possible, voire évident. Jusque là, c'était une image qu'il avait poursuivie à travers l'image de Marthe. C'était le reflet des yeux de Céleste qu'il avait vu dans ses yeux. C'était la compagnie d'une morte qu'il avait cherchée en sa compagnie. Les passions de la lutte politique étaient ignorées de lui, qui s'était ainsi éloigné à petits pas de la vie. C'était pourtant la seule proposition que pouvait lui faire Marthe et la seule que, depuis la disparition de Céleste, la vie lui avait présentée.

Il tenait à l'idée qu'un engagement auprès de Marthe pour se battre contre n'importe quelle chimère, revenait également à avoir l'assurance de rester toujours auprès d'elle, auprès de Céleste qu'il voyait vivre en elle. Ainsi, la vie pourrait recommencer. La route était ouverte, cela ne tenait plus qu'à lui.

Il eut un sourire en pensant à Evangéline. Ce n'était pas un sourire bienveillant. La perspective d'une petite vengeance ne le rebutait pas. Il prouverait à cette femme qui l'avait traité comme un ennemi, que son attachement à Marthe valait plus que les plaisirs qu'elle lui avait offerts et qu'il reléguait ces derniers aux oubliettes avec joie, car ils n'avaient été qu'un leurre, un piège sur son chemin, une fantaisie sans importance.

43

Marthe était bonne cavalière. Elle montait à cheval depuis l'enfance. Elle était redevable à ses chevaux de lui avoir rendu la vie plus facile pendant les années terribles qui avaient suivi la mort de sa mère et qu'elle avait dû passer aux côtés d'un père en proie aux affres du chagrin. Elle n'avait pu compter que sur eux pour lui éviter la contagion du désespoir. Ils avaient fait ce que ses parents n'avaient pu faire pour elle. Ils lui avaient offert de l'agrément dans les longs moments qu'elle devait passer en tête à tête avec elle-même. Ainsi avait-elle fini par supporter sa propre présence, tout en se préservant de celle de son père, si douloureuse depuis la disparition de sa mère. Elle avait tiré de la compagnie des chevaux, la force et le courage nécessaires pour sauter à pieds joints dans la vie. Ainsi, n'avait-elle eu aucune réticence à partir aux côtés de l'inconnu qu'était Corsan pour elle, lorsque son père le lui avait demandé au nom de la cause. Se mettre sur les routes, seule ou accompagnée, ne lui avait jamais fait peur. Et malgré la fatigue due à l'âge qui venait, aujourd'hui encore, elle n'hésitait pas à le faire. Car elle avait, entre-temps, appris la solitude.

Elle était depuis trop longtemps sans nouvelles de ses complices pour ne pas tenter de s'informer par ses propres moyens. Ni Evangéline de Bourdaine, qui vivait depuis quelques années, un amour fou auprès du Comte de Claille, un amour qui étrangement durait, ni Debrume, cet ancien policier à qui elle devait tant, ne lui avaient plus donné signe de vie. Ce dernier n'avait pas encore rendu compte de la mission qu'elle lui avait confiée.

Ne sachant comment les joindre, elle avait entrepris le voyage pour se mettre en quête des amis et alliés que Debrume avait eu la charge de contacter. Elle avait suivi le circuit qu'il avait été censé faire. Elle avait trouvé des maisons vides. De Saint-Vallier à Castellane, de Subrane à Coudourane, en passant par Maussignac, elle n'avait rencontré aucun de ces gens qu'elle savait menacés. Là où elle était passée, les demeures avaient été désertées, certaines fermées, sans domestique pour les garder. Quelque valet resté en poste lui avait parlé d'un cavalier qui avait déclenché le départ précipité de ses maîtres. A Coudourane qu'elle voyait pour la première fois, subjuguée par la ressemblance de la construction avec Combeferres, elle avait espéré avoir une explication de la part d'Evangéline sur cette pâle imitation de la maison qu'elle regrettait tant. Mais Evangéline et le Comte étaient restés introuvables. A Subrane, elle avait appris qu'une femme, dont l'accoutrement ne laissait aucun doute sur l'identité d'Evangéline, avait fait du hameau un désert. Un homme était arrivé après elle. Elle avait reconnu Debrume à la sollicitude dont il avait fait preuve envers une vieille domestique et une fillette un peu demeurée. C'était la seule fois où on lui avait parlé de lui.

Mais ses alliés et amis, ainsi prévenus à temps, ne s'étaient pas ralliés à elle, comme ils auraient dû le faire. Ainsi, un doute subsistait-il sur la réussite de la mission confiée à Debrume. Quant à Evangéline, elle semblait avoir réussi à échapper aux mains de son bourreau. Marthe souriait en pensant que ce dernier n'avait pas mesuré l'ampleur de la tâche que représentait ce rapt. Il avait dû avoir du fil à retordre pour la retenir prisonnière et il avait sans doute maudit celui qui lui avait confié cette mission. Marthe riait de bon cœur en imaginant le traitement que l'insatiable avait dû lui faire subir. Le pauvre homme avait payé le prix fort pour son crime.

Elle pensait qu'elle avait peut-être commis une erreur en confiant à Debrume une tâche si délicate. Elle avait toujours cherché à s'entourer de gens dont la compétence ne laissait aucun doute. Mais la vie lui avait prouvé que la sincérité des amis les plus dévoués a de sévères limites. Debrume s'était avéré fort avisé lorsque, déjouant les ordres de sa hiérarchie, il lui avait remis les preuves à charge contre elle et Corsan, qu'un certain Claude Avrillé avait amassées et dont il avait garni un dossier qui pouvait les envoyer tout droit à l'échafaud. Ces terribles preuves de leur culpabilité, Debrume les lui avait remises entre ses mains au mépris de sa fonction et de sa carrière. La raison en restait un mystère. Etait-il devenu opposant au régime, avait-il été gagné à la cause de l'Italie ? Cela ne se pouvait. Les déboires de l'Italie ne concernaient personne. Les tribulations du peuple encore moins. Elle pouvait douter de sa sincérité et de sa droiture.

Ainsi par la suite, avait-elle toujours déjoué les pièges qu'il ourdissait pour la revoir. Elle avait joué avec lui au chat et à la souris, avec une certaine délectation, il est vrai, comme autrefois, sur les sentiers du Couron. Il avait été parfois sur le point de réussir, et de la faire céder. Mais elle l'avait toujours maintenu à distance. Pourtant, il s'était précipité dès qu'elle avait fait appel à lui. Depuis, il courait la haute Provence pour ses beaux yeux, bravant des dangers qu'elle n'avait pas assez mesurés. Mais il pouvait avoir joué un double jeu, et s'être laissé convaincre par son collègue Avrillé. Ils se connaissaient depuis longtemps, s'étaient revus, et Marthe connaissait les capacités de manipulation d'Avrillé. Debrume était un naïf. C'était ainsi qu'elle l'avait toujours connu. Mais il restait une ultime explication à son silence. A l'heure qu'il était, il ne faisait peut-être plus partie de ce monde.

En faisant l'état de ses troupes elle se demandait sur qui elle pouvait encore compter. Evangéline ? Elle souriait en pensant que cette aimable personne avait d'autres soucis que les siens. Evangéline était une grande amoureuse. Elle passait d'un amant l'autre avec une désinvolture toute d'allégresse et de légèreté, à tel point qu'on se demandait si ses amants éconduits pouvaient lui en vouloir. Elle s'était entichée du Comte de Claille, un dandy sur le retour, bellâtre sur les bords, plein de grâce et d'élégance, qui avait tout pour plaire à une évaporée comme elle. Mais depuis sa dernière lettre elle avait eu le temps de le remplacer mille fois. Il y avait cependant fort à parier que l'enlèvement d'Evangéline était une histoire d'amant chatouilleux. Certains ne supportent pas la trahison et ont la lame facile. Evangéline pouvait avoir été rayée de la surface de la terre, tout autant que Debrume, et ce, même si elle avait réussi à fausser compagnie à son geôlier.

Son peu de confiance envers Evangéline ne datait pas d'hier. Marthe avait tenté de la tenir le plus loin possible des Corsan. Et pourtant cette prudence était arrivée trop tard. Marthe avait appris, lors de son dernier voyage en Ombrie, qu'Evangéline y avait traîné celui qui venait de devenir son nouveau galant, avec qui elle filait le parfait amour, ce Comte qu'elle ne connaissait pas. Evangéline était intrépide et gagnée à la cause depuis longtemps, mais ses passions l'égaraient. Elle pouvait représenter un danger pour tous.

C'est après avoir dressé cet état négatif de la situation que Marthe avait décidé de faire un détour par Couraurgues. Elle avait quitté les routes désertes des plateaux de Provence pour prendre la poste à Brignoles. Puis elle avait acheté un cheval afin d'atteindre Couraurgues par la route qu'elle avait empruntée quelques années auparavant, le jour où sa maison avait brûlé et qu'elle avait dû la quitter comme une voleuse.

Elle avait traversé pâtures et bois en s'interdisant de penser à la fuite honteuse, avec ses domestiques et ses chevaux, après qu'Utto avait réussi à sauver quelques précieuses malles des effets de Combeferres[2]. Elle, qui avait eu tant de familiarité avec le feu et qui avait mis en lui tous ses espoirs, s'était refusée, depuis lors, de penser aux flammes qui avaient dévoré cette maison où elle avait vécu recluse et qu'elle avait fini par aimer. Elle était revenue aujourd'hui avec, dans le cœur, une promesse qu'elle s'était faite au moment où la toiture, mangée par les flammes, s'était effondrée devant ses yeux. Elle ne pensait qu'à cette promesse, et au jour prochain où elle la réaliserait. Alors, tout redeviendrait comme avant, Combeferres renaîtrait de ses cendres. Elle reviendrait l'habiter, elle parcourrait à nouveaux les terres de Couraurgues, elle retrouverait le silence et la paix, après des années d'errance. C'était une sorte de pèlerinage qu'elle venait de faire jusqu'à la ruine, comme en un lieu saint qui a le pouvoir d'alimenter force et espoir.

Puis, à la nuit tombée, elle avait tapé à la porte de l'auberge sans montrer son visage, en transformant sa voix

---

[2] Cf *Selon le feu*

comme elle savait le faire. Elle avait remis une lettre pour Debrume à l'aubergiste, dont elle avait troublé le sommeil. Il n'avait sans doute pas été le seul à mal dormir cette nuit-là. Elle avait souri en pensant que le bruit de sabot d'un cheval dans la nuit avait dû terroriser plus d'un villageois. Elle connaissait bien le village. Elle savait que personne n'avait pu manquer de voir arriver ce cavalier inconnu du haut des remparts. C'étaient de braves gens qui avaient seulement peur, des âmes un peu trop sensibles. Comme tout le monde, ils haïssaient toutes les guerres, de quelque sorte qu'elles soient, mais ils ne manquaient jamais d'en provoquer une, ou de se mettre en situation de la subir, car ils ne pouvaient vivre sans une guerre dans le cœur. Tout comme elle-même. Elle pouvait donc les comprendre.

Elle avait repris la route en sens inverse, malgré le froid de cet hiver finissant. Elle n'avait pas froid. Trop de pensées, de haine, d'angoisse et d'espoirs bouillonnaient dans son cœur où résonnait le bruit de trop de guerres. Pour comble de chance, la lune l'avait accompagnée une partie de la nuit. Elle avait mis son cheval au pas. Il avançait avec prudence. Dans le noir, chaque bruit l'inquiétait, un bruissement de feuille, un cri de prédateur nocturne, les mille frissons de la nuit qui les accompagnaient. Et il lui avait fallu rassurer la bête pour qu'elle accepte d'avancer.

Lorsqu'elle avait traversé la forêt et atteint la route du Col, la lune était basse et menaçait de les priver de sa lumière. Elle se dit qu'il était temps. Elle mit pied à terre et rassembla rapidement branchettes et brindilles que lui fournissait généreusement un arbre foudroyé. Elle fit un très grand feu, qui occupait un énorme cercle. Puis elle pansa son cheval soigneusement, lui donna sa pitance et se restaura. Elle passerait le plus gros de la nuit sous les étoiles dont le scintillement accompagnerait sa solitude. Le ciel en fourmillait et un grand calme habitait son cœur.

Tout cela n'était pas ordinaire. Elle était seule au milieu de la nuit. Ses complices et alliés avaient peut-être été rayés de la surface de la terre. Et pourtant, elle constatait qu'ainsi, tout était bien. Que, telle elle était, telle elle devait être. Si les événements avaient pris le tour le plus sombre, c'était qu'il devait en être ainsi. Rien ne pouvait lui faire changer le cap de ses rêves, de ses promesses, de ses espoirs. Car tout concordait. Elle vivait un moment de joie intense qui la traversait entière. Elle était envahie par la certitude d'accomplir avec bonheur la tâche pour laquelle elle était faite. Sa promesse d'autrefois, devant les ruines de Combeferres, et qu'elle venait de renouveler, n'y était pas pour rien. C'était un puissant moteur, comme l'amour.

Les flammes montaient dans le cœur de cette nuit maintenant sans lune et la réchauffaient jusqu'au fond de l'âme. Elle était seule au milieu du monde. Et elle n'avait plus peur. Et c'était comme si elle ne devait plus jamais avoir peur. Car, après tant de temps et ce retour à Combeferres, sa réconciliation avec le feu venait de s'accomplir. La nuit l'y avait aidée, si majestueuse et noire, qui l'enveloppait de son velours de soie. Le feu était sa parure, comme les étoiles étaient celles du ciel. La beauté des flammes avait raison de tout.

Demain, elle serait à V et prendrait la poste en direction de Nice. Elle se rendrait au Pavillon rose où il ne lui resterait plus qu'à attendre, avant son nouveau voyage. Elle attendrait sans impatience, sans tourment. En sachant que ce qui allait arriver ne dépendait plus d'elle. Elle devait accepter de le recevoir comme gage de la réconciliation qui venait de se nouer entre elle et les flammes, les étoiles et les pierres nues de ce sol sur lequel elle était revenue avec l'intention d'y arrêter ses pas un jour, lorsque ce serait le moment. Et elle savait que l'heure viendrait sans doute plus vite qu'elle ne pouvait l'imaginer.

44

Elle avait pratiqué l'attente autrefois. Elle s'était longuement exercée à déjouer ses pièges et y avait acquis une grande habileté. L'expérience datait de nombreuses années en arrière, mais elle n'en avait rien oublié. L'angoisse, l'anxiété désormais, elle les voyait venir de loin avec leur masque de torture. Elle savait maintenant ne pas leur céder. Elle se répétait que, qui sait maîtriser l'attente sait maîtriser le temps. Cette expertise qu'elle avait acquise avec peine, avait étendu sur elle une sorte de protection. Elle l'avait laissé s'installer avec bonheur. Cela ressemblait à une forme de sagesse. C'était la seule qu'elle connaissait. Elle lui permettait d'accepter sans rechigner ce que la vie apportait et à en faire ses choux gras, quoi qu'il arrive. Et ainsi s'était-elle persuadée d'être devenue plus forte. Mais en contrepartie, elle était devenue impitoyable pour elle comme pour les autres. Dure comme les rochers de Couraurgues, et aussi soumise aux évènements qu'eux au vent et à la pluie. Et c'était bien ainsi.

Elle s'accrochait à des banalités, celles que la vie lui imposait. Par exemple, elle se donnait l'illusion d'être à l'abri de tout quand elle avait un toit sur la tête. Elle voulait croire à cette illusion, comme si c'était la seule qui lui restait ou comme si c'était une loi de la nature. Ainsi, cultivait-elle le bien-être chez elle, un art de vivre qu'elle retrouvait avec joie après ses pérégrinations. Comme elle avait eu la chance d'avoir en location ce petit pavillon tout meublé et décoré à la manière ancienne, elle y avait réorganisé sa vie à son retour d'Italie. Le pavillon cachait le rose passé de ses murs ainsi que sa tendresse et sa vulnérabilité, sous une couronne d'arbres immenses qui écrasaient sa petite taille, mais il était agréable et protégé des regards, ce qui convenait parfaitement à sa condition.

Ainsi, quand elle revint de cette rapide échappée à Couraurgues, organisa-t-elle l'attente. Une nouvelle attente. Elle brodait à petits points ou lisait des heures entières, assise sur un fauteuil crapaud de velours cramoisi, devant la fenêtre du minuscule salon qui donnait sur le chemin de terre par où on accédait à la maisonnette. L'attente se confondait alors avec cet exercice dû à l'habileté de ses mains ou aux randonnées intellectuelles qu'elle entreprenait à travers les pages des philosophes des Lumières qu'elle aimait relire et méditer. Rien ne pouvait la sortir de la concentration dans laquelle elle plongeait dans ces moments. Pendant ces heures, sa vie disparaissait dans la course du fil, au sein de la trame du tissu, et dans les mots qui s'enchaînaient avec une logique imperturbable, pour une démonstration sans faille.

Parfois, quelque bruit lui faisait lever la tête. Elle croyait entendre le pas d'un cheval ou le roulement d'une voiture. Ce n'était pas lui. Il lui fallait revenir très vite à l'aiguille et aux mots pour ne pas laisser le sentiment de déception l'envahir. Et son cœur se durcissait encore un peu.

Quand le doute l'assaillait, elle pouvait tout imaginer. Il n'était peut-être plus vivant, ou bien il n'avait pas reçu sa lettre remise à l'aubergiste. Mais en aucun cas, elle ne devait cesser de l'attendre, et cela justifiait encore un peu la dureté de son cœur.

Un jour qu'elle était en train de cueillir les fleurs rouge sang de ce rosier qui escaladait, avec une exubérance non maîtrisable, l'arceau de fer du portail du Pavillon Rose, elle avait senti une présence derrière elle. Elle s'était piqué les doigts en se retournant vivement et avait maîtrisé avec difficulté sa colère contre son idée saugrenue de vouloir faire un bouquet. Debrume était là, debout devant elle. Il était venu à pied, ce qui l'avait fait sourire en pensant à tous les attelages et autres montures qu'elle avait imaginés. Décidément, elle n'était pas si experte. L'imagination est piètre conseillère quand il s'agit de déjouer l'indifférente froideur de l'attente. Elle le savait, mais son cœur n'en était pas moins dur pour autant.

Il tenait à la main un sac de voyage en cuir fatigué et sur l'épaule un havresac, comme n'importe quel voyageur qui se rend d'un point à un autre pour son propre agrément. Elle avait pensé que s'il acceptait de continuer la route avec elle, il aurait certainement peu d'agrément. Mais elle n'avait plus de compassion, plus de pitié pour personne. La vie était telle. Et telle était sa vie, s'était-elle répété.

Elle l'avait fait entrer et lui avait offert un café. Elle lui avait proposé le gîte et le couvert. Ils avaient à parler et cela pouvait durer longtemps. Quelques heures plus tard, à la nuit tombée, près de la lampe, ils devisaient comme un vieux couple.

Il lui avait tendu d'emblée les rapports qu'il avait réussi à arracher à Cinicchia le gardian, après maints marchandages. Elle était restée interdite.

- Mais, avait-elle dit d'une voix à peine audible, je connais cette écriture… c'est celle d'Evangéline de Bourdaine.

Puis elle avait lu jusqu'au bout. Après quoi, elle avait posé les papiers sur la table, les éloignant de la main comme s'ils étaient l'œuvre du diable.

- Je ne peux le croire, ce n'est pas possible, répétait-elle.

Elle était restée longtemps sans dire un mot. Il avait respecté son silence, sans oser lui prendre la main. Il la regardait. Il se laissait envahir par son image. Il ne voulait plus bouger. Il avait peur de la voir disparaître comme un mirage au moindre de ses gestes. Il aima profondément ce moment de répit qui lui rendait la lumière. Le silence avait duré longtemps. Et dans cette paisible intimité, quelque chose venait peu à peu à jour. Quelque chose de ténu et de subtil qui provenait des regards, des gestes ralentis, de quelque soupir intérieur, de quelque sourire, froncement de sourcil. Quelque chose qui avait été ébauché autrefois et dont ils reprenaient l'ébauche au point où ils l'avaient laissée. C'était ce qu'il avait espéré et devant quoi il avait fui sans trêve chaque fois que ces impressions l'avaient approché de trop près. Elle avait fui également devant les mêmes impressions qu'elle reconnaissait elle aussi. Peut-être avait-elle voulu le protéger. Mais aujourd'hui, elle allait avoir besoin de lui. Il pensait qu'il était finalement arrivé là où il voulait être. Elle se disait qu'encore une fois, il arrivait à point nommé pour la tirer d'affaire, comme il l'avait fait autrefois. Tant pis pour lui.

Lorsqu'ils sortirent de leur mutisme, et pour éviter quelque effusion qui leur semblait grotesque et hors de propos, ils cherchèrent des stratagèmes. Elle en trouva un la première, qui consistait à se moquer des conclusions et des commentaires qu'il essayait de tirer de ces documents étalés devant eux. Elle avait un humour mordant et acerbe qui convenait mal à la situation, mais elle n'avait rien d'autre à donner en pâture aux menaces qui planaient autour d'elle. Car, selon l'interprétation qu'on donnait à la provenance de ces rapports ainsi qu'à leur destination, il était évident qu'elle avait sous les yeux l'annonce de sa perte et de celle des siens. Et en conséquent, elle n'avait pas de quoi pavoiser devant l'impassibilité de Debrume qui avait toujours l'air de bien savoir où il mettait les pieds, malgré ses airs de Pierrot lunaire. Et qui avait la faculté de garder un espoir qu'elle était en train de perdre.

Pour cela, elle lui en voulait, car, au fond d'elle-même, le désarroi gagnait. Pourtant, il fallait sortir du marasme. Elle avait donc affirmé en riant que tout cela n'était que foutaise. Qui essayait-on de tromper ? Debrume avait été dupe. Ce Cinicchia l'avait fait marcher pour obtenir ce qu'il voulait de lui. Car Evangéline n'avait pas pu la trahir. Elle lui concédait qu'elle avait peut-être recopié ces lettres pour les lui transmettre. Mais tout cela était du grand Guignol. Le Comte de Claille, ce bellâtre qui s'était jeté aux pieds d'Evangéline avec ostentation, au point de devenir la risée de toute une société, qui était dévoré de passion pour elle, n'était pas de taille à pratiquer la dissimulation, ni à courir l'aventure, s'il ne s'agissait d'aventure amoureuse.

- Il est si bête répétait-elle avec mépris. Pour dissimuler un double jeu, il faut avoir des capacités particulières. C'est tout un art ! Il nous avait d'ailleurs proposé de donner de fausses informations à la police à notre sujet, mais nous avions refusé, connaissant la légèreté du personnage. Et il n'en a plus jamais été question.

- Mais là, dit-il, il ne s'agit pas de fausses informations… Tout ce que rapportent ces lettres a bien eu lieu. Et rien n'a été oublié. Vous ne savez pas qui est le Comte de Claille. Il s'agit de quelqu'un qui vous connaît bien et depuis longtemps. On peut dire qu'il connaît à fond toute votre histoire. L'avez-vous déjà rencontré ?

- Non, je ne le connais qu'à travers les lettres d'Evangéline ? Pourquoi, vous le connaissez ?

- Je le connais autant que vous le connaissez. Peut-être un peu mieux que vous et je sais de quoi il est capable. Il est dans votre vie depuis beaucoup plus longtemps que ce Comte sous le nom duquel il s'est fait passer pour entrer dans votre intimité. Par le biais d'Evangéline, il est entré dans le coeur de votre combat, votre cercle d'amis bien sûr.

- De complices, vous pouvez le dire, le mot vous démange. Et qui est donc, d'après vous, cet homme mystérieux ?

- Vous avez toujours à l'esprit ces lettres codées que vos amis et vous échangiez, pour vous tenir au courant de vos… allées et venues…, pour ne pas dire de vos exploits. D'ailleurs, si je puis me permettre, pour un stratège comme Corsan, on peut dire qu'il a cruellement manqué de prudence à cette époque.

- Vous en avez à revendre. Continuez !

- Cet homme, ce Comte de Claille à la moustache soyeuse et au regard de velours, et qui fait les quatre volontés de votre amie Evangéline, n'est autre que Claude Avrillé.

- Voilà qui est intéressant cher Debrume. Vous allez finir par me devenir indispensable dit-elle avec le même sourire en coin qu'elle n'avait pas quitté depuis le début de ces révélations.

- A votre service, Madame ! répondit-il avec le même sourire.

45

Le silence les reprenait encore. C'était celui de la menace. Ils se tenaient face à face dans le petit salon du Pavillon Rose où elle avait servi du thé et des gâteaux. Ils se regardaient longuement. Puis ils revenaient aux feuillets étalés devant leurs yeux, avec, à chaque regard, une conscience plus aigue du danger qui pesait.

Ils avaient entrepris de relire ensemble ces documents et d'en commenter chaque mot, chaque évènement évoqué. C'était replonger dans un passé dont chacun d'entre eux n'avait vécu qu'une facette, partager des émotions et des sentiments que chacun avait éprouvé de son côté, de manière et pour des raisons différentes. C'était essayer de comprendre ensemble ce qui les liait irrémédiablement et quels étaient les enjeux de cet attachement fortuit quoique quelque peu volontaire. Le même montreur de marionnettes tirait pour eux les ficelles avec volubilité et cynisme. Ils étaient partenaires. Ils deviendraient complices un jour peut-être, si cet artiste s'acharnait. La volonté dont ils avaient fait preuve était de lui avoir cédé.

Pour l'heure, le passé revenait de très loin, de ce temps oublié qui semblait définitivement perdu. Il revivait dans les mots de Claude Avrillé, qu'Evangéline avait recopiés avec application. Les commentaires fusaient, en même temps que la mémoire renaissait, par toutes petites touches dont la fragilité les tenait sur le qui-vive.

Marthe se souvenait de la visite de ce policier dont elle n'avait pas oublié le nom et dont elle avait gardé longtemps les traits en mémoire. C'était bien avant l'arrivée de Debrume à Couraurgues. Elle venait de s'installer à Combeferres. Comme elle était la proie d'attaques violentes menées contre elle par certains villageois, elle avait cru, dans sa naïveté d'alors, dont les désillusions n'avaient pas encore eu tout à fait raison, que le maire du village avait signalé ces faits à la police. A ce jeune inspecteur, plein de dynamisme et de bagout, très bien de sa personne et très fier de lui, elle avait fait une relative confiance. Elle l'avait reçu et lui avait parlé des mesquineries dont elle était la victime, sans crainte du ridicule. Une lettre témoignait de cette entrevue. Elle était datée de 1857 :

« … *il est maintenant certain que la femme que je surveille a posé ses malles dans une région de passage où elle a contact régulier avec des patriotes venus du Piémont par les montagnes. Elle fréquente également une jeune marquise qui vient de prendre époux et de quitter Couraurgues pour le village de Bourdaine. Elle se rend fréquemment à sa rencontre, dans la plus grande discrétion, en n'ayant pas peur de bivouaquer seule au sommet du Couron afin de l'y attendre sans éveiller les soupçons. J'ai pensé, comme vous, que c'est par cette amie, qui s'avère être l'épouse volage d'un jeune noceur de marquis, que je pourrai en savoir plus sur les manigances de cette fille de républicain rigide et insensible comme la mort qui est son amie. Je vous ferai parvenir les informations par le canal habituel.*

Par ailleurs, pour l'affaire qui me concerne personnellement, je prends en considération vos remarques. Je conçois clairement que notre police œuvre dans le plus grand secret. Je reconnais que j'ai manqué de prudence. Mais je vous demande instamment de me laisser une chance. Le gibier qui s'offre aujourd'hui à moi est facile. Et vous aurez bientôt également les informations que vous recherchez sur les charbonniers d'Aiglemont où se trame sans doute quelque complot contre notre Empereur.

Veuillez recevoir l'assurance de mon allégeance et pardonner les erreurs d'un homme dévoué qui ne sont dues qu'à l'enthousiasme qu'il met à servir au mieux son Souverain. »

Les formules serviles d'Avrillé à l'égard de son supérieur hiérarchique se répétaient souvent dans ses lettres. Il était évident qu'il avait commis une faute grave et qu'on la lui faisait payer. Rien n'apparaissait au sujet de la nature de cette faute. Ils pensèrent qu'elle concernait peut-être les documents revenus à Marthe, autrefois, juste avant l'incendie de Combeferres. Debrume avait eu accès à ces archives où ils n'auraient pas dû se trouver. Qui les y avait mis ? Et comment avait-on su que Marthe avait pu en prendre connaissance ?

- Je n'ai jamais parlé de cela à personne. Vous pensez bien que je ne serais pas auprès de vous si je m'étais vanté de haute trahison.

Il n'y avait aucune trace de leur présence dans les archives. Rien ne peut prouver que je les ai subtilisés. Mais par contre, en haut lieu on savait qu'Avrillé…

Ils remarquaient ensemble, avec la pointe d'humour indispensable pour masquer l'inquiétude, que la vie ne manquait pas encore une fois de se répéter : aujourd'hui Debrume ramenait à Marthe des lettres cruciales pour son avenir et celui des siens, ces lettres qui avaient été subtilisées par Avrillé et échangées à Cinicchia contre services. Ils creusaient la signification de chaque phrase avec un certain plaisir. Chacun pouvait à souhait compléter ce qui manquait à la compréhension de l'autre, comme autrefois Marthe l'avait fait pour combler les lacunes de Debrume au sujet de son passé. Cette loyauté qu'ils avaient l'un pour l'autre, avait quelque chose de délicieux. Elle avait la saveur des choses interdites si ce n'était celle du partage.

Elle avait cessé d'ironiser. Elle évoquait maintenant les années où elle était restée sans nouvelles des Corsan qu'elle avait crus morts ou disparus à jamais, alors que leur silence était dû à une simple prudence, suite à la disparition de ces documents dont ils avaient sans doute eu vent et probablement bien avant que Debrume ne les remette à Marthe avant son départ de Combeferres. Elle se souvenait des années d'attente dans la solitude de Couraurgues. De l'immobilité qui la paralysait. Puis elle évoquait l'incendie qui lui avait volé ce semblant de refuge tant regretté par la suite.

« … *puisque vous m'y contraignez, je retrouverai sa trace. Mais ne m'accablez pas de maux dont je ne suis pas responsable. Certes, cette personne était sous ma surveillance à Couraurgues et je suis concerné. Mais je ne suis pour rien dans la disparition des documents dont vous me parlez. Leur déchiffrage m'a coûté assez de fatigue pour que je tienne à ce qu'ils reviennent à qui de droit. Sans doute il faut incriminer* quelque erreur de l'administration, voire quelque trahison d'un complice gagné aux idées républicaines. Je sais que je ne suis pas dans une position qui me permette d'accuser qui que ce soit. C'est pourquoi je ne m'y hasarderai pas. Cependant, je vous prouverai que je ne suis pour rien dans l'affaire.

Par ailleurs, j'ai avancé dans mes démarches. J'ai lié connaissance avec l'amie de cette femme, la marquise de Bourdaine, dont je vous ai déjà parlé. Dans quelque temps, j'en aurai fait une alliée. Grâce à elle, je ferai le malheur des Corsan. Je ferai d'eux ce que vous voudrez, pourvu que vous me teniez quitte, et que je sois réhabilité dans mon titre et ma fonction dont j'estime avoir été injustement privé. Je me rends à vos raisons parce que les apparences sont contre moi. Mais je vous demande instamment de croire en ma fidélité en notre Empereur pour qui (…) »

Avrillé était prêt à tout pour sauver sa peau. Il s'acharnait contre les Corsan depuis longtemps. Il connaissait tout des vicissitudes du groupe. Ainsi, les protagonistes de leur histoire étaient-ils rassemblés là, dans ces lettres. Ils revivaient, se mouvaient sous les yeux de Marthe et de Debrume. Une lettre, datée de 1862, avait été écrite d'Amsterdam où ils s'étaient rendus tous deux séparément, Marthe pour s'y réfugier, Debrume à sa suite pour l'y chercher en vain :

« Les hollandais ne sont pas des gens étroits d'esprit, loin s'en faut, mais leur langue est absconse. J'ai du mal à en démêler la signification et acheter la moindre nourriture est une épreuve. Je me nourris de fromage de Gouda pour simplifier les choses, et de harengs crus, d'anguilles fumées que j'achète sur le port. Ma logeuse me prépare une soupe de poix qui laisse la cuillère plantée droit dans l'assiette. Je ne m'attarderai pas ici. Le couple Corsan arrive de Londres qu'il a quitté tranquillement, résiliant la location de la petite maison qu'il habitait dans un quartier élégant et discret. Vous trouverez ci-jointe la copie du contrat, l'adresse et le nom du propriétaire.

Dès leur arrivée à Amsterdam, ils ont intégré un appartement donnant sur un canal. Il semble leur appartenir. J'habite une mansarde de l'autre côté du canal, et je ne perds rien de leurs gestes, en m'aidant d'une longue vue. Les fenêtres ici sont vastes et sans rideaux, de véritables vitrines. Et ce que j'y vois m'intéresse fortement. J'ai eu la surprise de voir arriver ce matin la jeune femme de Couraurgues, Marthe Regardini. Les retrouvailles ont été touchantes. Je veux apprendre quels sont ici leurs complices, après quoi je rentrerai à Paris pour vous amener les documents que j'aurai amassés et je ne doute pas qu'ils nous seront utiles. Car ici, des choses se trament, dont pour le moment je ne peux vous dire davantage (…) »

Mais une lettre, plus que toutes les autres, réjouissait Debrume. Elle apportait de l'eau à son moulin. Elle concernait Aiglemont et les terribles évènements qui y avaient eu lieu :

« *La mission d'Aiglemont a été réalisée avec l'aide de deux de mes collaborateurs qui y ont trouvé la mort. J'ai pris le soin de les enterrer pour que les gendarmes ne puissent remonter jusqu'à vous. J'espère que cette tâche que vous m'avez assignée m'a racheté à vos yeux. (…)* »

Une autre lettre rendait Marthe folle de rage contre l'inconsistance d'Evangéline qui avait été la cause de bien des maux, volontairement ou non. Elle ne saurait sans doute jamais le fin mot de cette histoire, mais il faudrait bien un jour qu'elle en apprenne davantage :

« *Je serai bientôt sur les routes d'Italie en compagnie de cette jeune marquise qui dit devoir s'y rendre. Elle semble tolérer ma compagnie avec quelque plaisir depuis que je suis devenu pour elle le comte de Claille. Il m'a fallu des années. Mais mon stratagème a fonctionné. Elle a enfin cédé aux attraits de cet aristocrate qui lui a offert monts et merveilles. Je suis parvenu à me rendre indispensable dans sa vie. J'ai bien reçu, de votre part, les plans de la ville et les noms de républicains à contacter. Le couple Corsan qui s'y trouve ne se doutera pas de la présence de la police secrète de l'Empereur sous les traits que j'arbore maintenant. Il semble que la jeune Marquise ne les ait jamais rencontrés auparavant. Il semble aussi qu'elle ait perdu tout contact avec Marthe Regardini dont j'ai moi-même à nouveau perdu la trace. Je pense pouvoir faire une relative confiance à mon amoureuse. Elle semble apprécier ce Comte de Claille qui, tout à sa dévotion, se laisse manipuler à souhait. Mais n'ayez crainte, je connais nos accords. Vous serez toujours tenu à l'abri. Je sais trop ce que je risque à vous mettre en danger (…) »*

Evangéline avait manqué de la moindre sagesse en introduisant cet étranger dans le repaire des Corsan. Mais elle avait recopié ces lettres. Elle n'était pas assez naïve pour croire qu'elle avait converti le Comte à la cause. Si elle aimait le risque, elle n'était pas aussi inconsistante qu'on pouvait le croire. Il se pouvait que, plus récemment, elle ait été jouée par le Comte de Claille s'il avait surpris sa surveillance en lui tendant quelque piège. Pour l'heure, ils n'étaient pas en mesure de la condamner, ni de la considérer comme une victime. Elle avait eu un rôle difficile et qui ne devait pas laisser de trace.

Mais il fallait reconnaître que c'était elle qui avait amené Avrillé jusqu'aux Corsan. Et de façon délibérée. De telle manière qu'il était difficile de croire à une erreur ou une maladresse de sa part. Grâce à elle, Avrillé connaissait par le menu les agissements de cet homme qui avait mis tant de soin à se cacher. Il disait être allé dans les endroits où le couple vivait, pensant être à l'abri. Ainsi, le danger se précisait-il sans qu'on pût être absolument sûr de sa réalité. Ils lisaient ces lettres comme un roman d'aventures. Tout semblait y être fait pour mettre en place un miroir aux alouettes. Mais tout n'était peut-être que la plate réalité au bout de laquelle la mort attendait.

Les lettres suivantes dataient d'un passé plus récent. Plusieurs mois la séparaient des autres. La période correspondait à l'époque où Debrume, revenu à Couraurgues, venait de faire la rencontre de la belle marquise qui venait de quitter Bourdaine définitivement. Avrillé n'y faisait plus mention d'Evangéline. Il semblait être revenu seul sur la trace des Corsan. Il avait séjourné en Ombrie tout le temps dont il avait eu besoin pour y mener à bien ce qu'il avait à accomplir et avait surveillé Corsan de près.

« (…) *Le couple a pris un logement dans le lieu le plus aristocratique de la ville. Ils ont des accointances avec des notables qui œuvrent pour les mêmes idées qu'eux. Un pharmacien réunit ici tout ce que la population a de subversif et de républicain parmi l'élite, s'entend. Corsan fréquente les réunions avec la plus grande discrétion. Mais leur activité ne se borne pas là. Alors que Madame reçoit ses amies, toutes de la plus haute noblesse, Corsan court les chemins sous prétexte de chasse. La campagne aux alentours de la ville est très giboyeuse. Il préfère cependant la zone autour du lac Trasimène qui reste à demie marécageuse. Là où il va, je n'ai encore pu m'immiscer. Je ne parle pas la langue de ces paysans sinistres et roublards. Parfois, Corsan disparaît dans ces terres désertiques où se dresse quelque château abandonné. Si je n'apprends rien de plus sur ses activités, je rentrerai à la date prévue avec les plans et les listes que j'ai pu dresser et que je vous transmettrai. (…)* »

Puis, quelque temps plus tard :

« (…) *Il n'y a rien de plus à ajouter au sujet de cet homme. Son habileté m'épatera toujours. Je crois savoir ce qu'il fait en ce lieu désert de marécages insalubres qui repoussent la population. Malgré son âge, il y est comme un poisson dans l'eau. La sauvagerie du lieu convient à celle de son âme. Il a monté toute une histoire, se faisant passer pour l'héritier d'un domaine abandonné depuis cinquante ans aux mains des métayers. J'ai retrouvé le notaire qui le lui a vendu. Quand je lui ai dévoilé l'identité véritable de Corsan, ce dernier a accepté de m'aider au nom de la reconnaissance pour l'empereur qui protège la papauté. Ainsi, j'ai pu avoir accès à des renseignements précieux, sans passer par une enquête auprès de gens peu discrets qui m'eussent aussitôt dénoncé pour quelque denier. Car ici, on ne peut se fier à personne. Qui est pour qui ? Chacun fait ce qu'il peut dans le désarroi auquel est en proie le pays. On vous vendrait pour un morceau de pain.*

Cette zone de paluds au sud du lac Trasimène est le domaine idéal pour les jeunes hommes qui refusent de partir à la guerre au nom de leur nouveau roi, celui du Piémont. Ces fils de paysans n'ont cure d'une patrie qui n'est pas la leur. Ils s'estiment trahis par les piémontais qui les obligent à la conscription. Ils désertent, et prennent le maquis. Pour Corsan, qui s'adapte à toutes les situations avec une facilité déroutante, voilà le terrain de recrutement idéal. Il a affaire avec eux, les reçoit chez lui la nuit, leur fournit des armes et de la nourriture, les abrite quand ils reviennent d'un de leurs pillages nocturnes et qu'ils ont mis à sac une demeure d'aristocrate comme la sienne. Jusqu'où va sa complicité avec ces bandits, je ne saurai le dire. Et ce qu'elle cache, c'est ce qui me reste à démêler (…) »

Avrillé était au courant de beaucoup de choses. Depuis cette date il avait eu le temps d'en apprendre davantage encore. On comprenait qu'il avait réussi à mettre en place toute la documentation nécessaire, les adresses cachées, les noms des complices, de ceux qui avaient été payés pour accomplir certaines tâches. Mais ils avaient beau imaginer le pire, la dernière lettre ne les éclairait pas sur son dernier projet. Elle restait une énigme.

« Les doutes que vous émettez au sujet de ma probité me font encore une fois basculer dans le malheur. Les fuites dont vous me parlez ne peuvent émaner de moi. Mais il faut que je m'assure de tout cela. Je rentre en urgence en Provence.

Ici tout est en place, soyez tranquille. Les évènements seront déclenchés d'un signe de ma part. Je n'attends qu'un signe de la vôtre. Il nous reste trois mois pour les voir tous réunis ici. Le coup de filet sera intéressant. Vous ne regretterez pas d'avoir attendu autant d'années (…) »

Or, une action d'importance devait avoir lieu en Ombrie. Evangéline avait été chargée de rassembler des fonds et des personnes en Haute Provence pour y participer. Marthe devait s'y rendre pour être aux côtés de ses amis quand l'offensive serait déclenchée. Aujourd'hui il était trop tard pour remettre tout cela en question. La communication était coupée entre Evangéline et Marthe. Et les trois mois fatidiques qu'Avrillé décomptait, arrivaient à leur terme.

- Nous devons prendre en considération les paroles de cet homme, même si depuis, avec les fuites dont il parle, il a eu le temps de faire de gros dégâts. Mais je doute qu'il soit le seul danger. Enfin, le seul danger réel, j'entends, dit Marthe.

- Que vous faut-il, que tout le monde soit mort ?

- Comprenez bien que la réalité de notre action a de multiples facettes. Combien d'idées et de projets n'aboutiront jamais auxquels on a cru dur comme fer…

- Vous parlez de la vie, Madame, de la vie telle qu'elle est !

- En quelque sorte… Mais je dois vous dire que tant de choses nous dépassent tous, tant de décisions qui ne dépendent pas de nous et qui nous sont imposées à nous, comme aux Corsan. Les Corsan se préparent depuis longtemps pour faire aboutir une grande action qui devrait mener l'unification du pays à son terme et qui serait le couronnement de leur longue carrière. Jamais il n'y a eu autant de monde pour faire aboutir un tel projet. Je n'ai rien à vous en dire, parce que je ne suis pas dans le secret des états-majors. Nous devons aller en aveugle et à nos risques et périls.

- Mais y a-t-il un autre choix ? Et que vaudrait la vie… ?

- Le bateau part dans deux jours. Nous débarquerons à La Spezia dans moins d'une semaine. Il nous faudra quelques jours pour gagner l'Ombrie à cheval. Accepteriez-vous de me servir d'escorte ?

46

Le télégraphe avait bien fonctionné. Le brigadier Marino s'en félicitait. Il s'agissait d'un outil de première importance, et une brigade se devait, à notre époque, d'être équipée d'instruments modernes.

L'ex-inspecteur Charles Debrume, après plusieurs mois d'absence, avait finalement donné de ses nouvelles. Et Marino n'avait pas été peu fier qu'il se fût adressé à lui en personne. Il disait avoir la preuve formelle que la marquise Evangéline de Bourdaine n'avait pas été enlevée et qu'elle jouissait pleinement de sa liberté. Il était en mesure de témoigner qu'il l'avait vue récemment et lui avait parlé. Il précisait son adresse à Coudourane où elle séjournait quelques mois chez son hôte le Comte de Claille. Il demandait à Marino de faire le nécessaire pour dépêcher en ce lieu les représentants de la gendarmerie la plus proche. Par ailleurs, Debrume tenait un suspect pour les meurtres des bergers. Il avait mis la préfecture au courant et on s'occupait de ce criminel en haut lieu. L'ordre de libération d'Augustin ne manquerait pas de suivre dans quelques jours. Debrume avait également demandé à Marino de se charger d'avertir le notaire Trabon et de lui donner des nouvelles de sa fille. Et il lui avait recommandé de faire savoir la nouvelle dans le village et de réserver le meilleur accueil à Augustin, lors de son retour.

On pensa d'abord organiser un banquet, mais, comme le Maire n'avait pas été l'interlocuteur direct de l'ex-inspecteur, il mit des bâtons dans les roues. On organisa cependant une petite fête. Marino essaya de penser à tout pour recevoir le berger avec les honneurs, en se faisant aider par quelques villageois bienveillants, parmi lesquels Prudence Malmaure.

Ce fut d'ailleurs elle que l'on désigna pour recevoir Augustin dans sa maison. On l'aiderait dans cette tâche qu'elle jugea quelque peu lourde pour une personne de son âge. L'enthousiasme était à son comble dans ce groupe de fidèles amis qui n'avaient jamais douté de l'innocence du pauvre homme injustement arrêté et privé de sa liberté. La mère Malmaure nota que ce n'était pas toujours ce qu'ils avaient déclaré, mais il était inconvenant, en ce jour de liesse, de ressortir de vieilles rancoeurs.

On vit arriver la patache de V, à l'heure habituelle sur la colline, de l'autre côté de la plaine du Can. On eut tout le temps de préparer la haie d'honneur que le brigadier avait décidé de mettre en place dans les règles de l'art. On pouvait lui faire confiance, il savait de quoi il parlait.

Augustin mit pied à terre parmi les vivats. Lorsqu'il aperçut Prudence, il lui dit simplement :
- Ah ! Tu es là !

Il n'y avait pas de fanfare, mais le maire avait quand même décidé de faire un discours plein de bons sentiments, pour ne pas se rendre antipathique aux amis, tout à coup très nombreux, d'Augustin. Que le berger eût tant d'amis le laissa toutefois perplexe pendant longtemps.

Après les vivats et le discours du Maire, les commentaires reprirent leur cours. Tout le monde voulait congratuler le berger et se pressait autour de lui. Mais Augustin tirait Prudence Malmaure par la manche.

- Allez… on y va. J'ai quelque chose à te dire.

Devant la porte de la maison, la dernière escouade qui les avait escortés arrivait sur leurs talons. On espérait manifester tout son saoul sa sympathie au berger, le questionner sans fin sur sa vie à l'hospice et sur sa libération, connaître les maints détails de son aventure. En attendant, on parlait de miracle, ce qui permettait de se passer d'autres explications plus terre à terre et d'élever l'évènement à une hauteur apte à prolonger l'enthousiasme, l'émotion et une exaltation qu'on pourrait cultiver avec un certain plaisir et pendant un certain temps.

- Vite… vite…, disait Augustin en montant l'escalier.

Car il faut bien dire que la vie à l'hospice lui avait rendu quelque vigueur. Son pas était plus vif et bien assuré. On avait d'ailleurs quelque mal à le suivre le long de la rue qui menait chez la mère Malmaure. On était arrivé derrière les deux vieillards juste pour se prendre la porte sur le nez. On insista un moment sur la voie de l'exaltation, mais la foi finit par manquer. Dépité, chacun rentra finalement chez soi. Au bout du compte, l'affaire n'aurait occupé les nouveaux amis d'Augustin qu'une petite demi-heure.

- Mais que se passe-t-il mon pauvre ami ? Pourquoi es-tu si pressé ?

- Il faut que tu m'accompagnes, Prudence. Je dois y aller tout de suite.

- Mais où veux-tu aller à cette heure ? Il est déjà tellement tard…

- Justement, avant la nuit… il faut y aller avant la nuit : nous devons aller saluer Apolline.

- Mon pauvre Augustin, monter à la bergerie après un si long voyage… Même à cheval, nous n'y arriverions pas avant la nuit. Et nous avons passé l'âge !

- La bergerie ? Mais qui te parle de monter dans la montagne, et pourquoi faire ? Tu sais bien qu'Apolline est au cimetière. Tu me l'as assez dit ! Allons-y ensemble. Je ne sais pas où est sa tombe. Il faut que tu me montres.

Il faisait déjà bien nuit lorsque le brigadier Achille Marino laissa son cheval à l'écurie, en bas du village, après l'avoir longuement étrillé. Il lui avait octroyé quelque soin supplémentaire pour le remercier de sa brillante prestation de la journée. Il mit un bon quart d'heure pour remonter à pied de l'écurie, à la lueur de quelques réverbères, jusqu'à la maisonnette qu'il venait de louer près du cimetière.

Il crut avoir une hallucination. Un couple d'amants, assis sur le muret face au portail du cimetière se tenait enlacé. Si l'endroit pouvait paraître incongru et peu adapté aux roucoulades -mais en matière de goûts il n'y a rien à dire- il n'y avait cependant rien d'anormal. Le brigadier n'était pas tombé de la dernière pluie. Il savait bien que l'adultère existe partout, même à Couraurgues où on le pratique avec assiduité comme ailleurs, et lui-même quelquefois, n'avait pas eu à s'en plaindre. Et, même si les filles étaient élevées dans les plus stricts principes et que les garçons pouvaient discrètement se libérer de la tyrannie de la chair dans certaines maisons accueillantes de la ville de V, lorsqu'ils ne trouvaient pas de bergère compatissante, les aventures de la jeunesse ne manquaient pas d'alimenter les conversations au lavoir et ailleurs. Mais ce que le brigadier avait sous les yeux était tout à fait incongru. Jamais il n'aurait pu imaginer qu'une telle scène pût avoir lieu ici, dans ce village perdu, où la romance semblait ne jamais avoir atteint personne.

Sous la lumière de la lune, Augustin et Prudence se parlaient tendrement. Il avait passé son bras autour de ses épaules. Sur les deux visages striés de rides, on pouvait lire l'expression de la plus grande joie, de la plus grande douceur. Comme s'ils venaient de découvrir un bonheur qui leur apportait enfin l'apaisement.

En cherchant, sans le trouver, le trou de la serrure pour y mettre sa clé, Marino ne cessait de les regarder sans pouvoir détacher les yeux de ce spectacle émouvant. Il pensait à tout le temps qu'il faut pour trouver l'amour. Et qu'il n'y a pas d'âge pour aimer. Quant à lui, il n'était plus tout jeune, mais il n'était pas dit qu'un jour, lorsque la nouvelle gendarmerie serait inaugurée et qu'il serait nommé brigadier en chef, il ne serait pas atteint par cette sorte de grâce qu'il espérait depuis toujours.

Couraurgues dormait profondément alors que ce rêve tournait encore dans la tête du brigadier jusqu'à la faire éclater. Ce rêve qu'il faisait chaque soir avant de s'endormir, y tournait depuis tellement d'années qu'il avait de plus en plus de mal à trouver le sommeil.

Mais ce soir-là le village était particulièrement paisible et les étoiles silencieuses. La lune venait, elle aussi, de se coucher sans éveiller personne. Nul cavalier inconnu ne traversait les rues. L'ordre régnait, la paix absolue. Marino savait que cette paix était son œuvre et celle de Debrume. Le clocher s'en mêla. Il sonna minuit. Par ses douze coups réguliers, il soulignait la belle ordonnance du temps. La parfaite succession des minutes et des secondes sur lequel le travail des deux hommes avait pu calquer sa précision. Après le douzième coup de minuit, il se dit que la nuit était suspendue en son milieu, en son point d'équilibre parfait. Le monde entier était suspendu, en ordre, au milieu exact de la nuit. Alors, le brigadier Achille Marino oublia son rêve et s'endormit du sommeil du juste.

La Colle sur loup, 2012

Principaux personnages par ordre d'apparition dans le texte

Augustin Chabertins le berger, ami et plus de Prudence, amoureux fou dans sa jeunesse de sa belle cousine Apolline

Apolline Chabertins, la cousine germaine d'Augustin, est morte jeune.

Prudence Malmaure est la veuve du maître de la bergerie de Pecorelle

Achille Marino, brigadier

Inspecteur Charles Debrume

Paterne Cavadaire, forgeron, également in *Selon le feu*

Notaire Anselme Trabon, père d'Evangéline, a son étude place de la Combe, dans la plus grande maison de maître de la place.

Prosper Martin, l'aubergiste, place de la Combe, frère de l'épouse Cavadaire et oncle du jeune Cavadaire arrêté par Debrume dans *Selon le feu*

Angarade est la jument d'Evangéline jeune.

Marquis de Bourdaine, mari d'Evangéline qui la délaisse et qu'elle trompe éhontément.

Marthe Regardini habite Combeferres que les villageois continuent d'appeler le château. Fille de **Roberto Regardini**, patriote républicain militant, est liée aux Corsan pour la cause républicaine en Italie

Elodie et Adalberto Bonacci da Corsan. Ange Bonnet est le pseudo de Corsan

Bernadette la bergère de la ferme Pecorelle, amie de Prudence Malmaure

Commandant Anselme Joubert que Marino escorte lors de la construction de la gendarmerie

Sidoine est le cantonnier du village.

Grégoire Chabertins, l'oncle d'Augustin.

Apolline est la fille de Grégoire Chabertins et la cousine germaine d'Augustin

Germaine est la vieille nourrice d'Evangéline

Comte de Claille, amoureux d'Evangéline est en réalité **Claude Avrillé**, ancien policier et collègue de Debrume

Honoré est le vieux berger qui a appris le métier à Augustin. Il est surnommé Noré

Cinicchia est né à Canelli. C'est un bandit de grands chemins. Il se réfugie en France pour échapper à la justice piémontaise. Il enlève Evangéline sur ordre du Comte de Claille et se venge de lui en favorisant la fuite de Debrume de Coudourane.

Bernardin est le berger de Vallaure.

La mère Bastour, une commère du village.

Marthe Regardini, fille de Roberto Regardini, patriote italien militant habitant Manosque, la bastide du Canal. On raconte la vie de sa mère dans *Ombre portée.*

Evangéline de Bourdaine, fille du notaire Trabon a épousé le marquis de Bourdaine. Derume aura une liaison avec elle.

Isidore Maurin est l'aubergiste du village de Bourdaine. Il est le cousin de l'aubergiste de la place de la Combe à Couraurgues.

Les carbonari, groupe de patriote italien clandestin, actif depuis longtemps a contribué à l'Unité d'Italie

Figaro, petit cheval bai, acheté du côté d'Oraison et compagnon temporaire mais apprécié de Debrume.

Justin, berger de Callongue

Comte de Bourdon, déguisement d'emprunt de Debrume à Nice

Orfeo (mot cité dans un billet)

Principaux lieux par ordre d'apparition dans le texte.

Le ravin Pigouret

Ferme de Pecorelle dont Bernadette est la bergère

Bergerie de Bertane, dont dépend Augustin qui garde les moutons de son oncle, Grégoire Chabertins, père d'Apolline.

La passe du Diable à laquelle on peut accéder depuis les terres de Combeferres, et qui se trouve sur les pentes du Couron

Camargue pour les chevaux dont Evangéline fait commerce quand elle crée son écurie. Elle les achète aux maquignons du marché d'Avignon

Vallaure dont Bernardin est le berger, sur les pentes nord du Couron loin du village

Callongue, bergerie sur les pentes du Couron côté nord, loin du village. Son berger s'appelle Justin

La ferme Pecorelle appartient à Prudence Malmaure qui l'hérite de son époux

Passe Saint-Anne, quelque part dans le Couron

Forêt de Garmagne, dans les collines face au village, côté sud

St Pons, Cirane, hameaux à l'ouest de Couraurgues sur les pentes du Couron

Courmes est un village qui existe et domine les gorges du Loup

Forêt de Rames et Aiglemont : les charbonniers élaguent la forêt et sont installés dans un hameau abandonné Aiglemont où ils se font assassiner. Je les situe loin en Provence, du côté de St Etienne les Orgues

La ligne des Baous, St Jeannet, Montaleigne, parcours de la ville de V vers Nice

Le Var

La digue des Français à St Lourent-du- Var a été construite en 1792

Le Château de Chambéron situé à Nice où il n'a jamais existé

Saint-Véran

Castellane

Château de Maussignac

Subrane

Vallée d'Asse, Clue de Chabrières, Mézel, Châteauredon, St Julien d'asse, Estoublon, Oraison, parcours existant entre Castellane et Manosque.

Coudourane, maison du Comte de Claille (Avrillé) arrangée pour ressembler au mieux à Combeferres.